águas turvas

HELDER CALDEIRA

águas turvas

1ª edição
2ª reimpressão

QUATRO CANTOS

Copyright © 2013 by Helder Caldeira

Grafia conforme o Acordo Ortográfico da Língua Portuguesa

CAPA
Rosana Martinelli

FOTO DE CAPA
© Luiz Laercio P. Barbosa

PREPARAÇÃO
Renato Potenza Rodrigues

REVISÃO
Larissa Lino Barbosa
Vivian Miwa Matsushita

Dados Internacionais de Catalogação na Publicação (CIP)
(Câmara Brasileira do Livro, SP, Brasil)

Caldeira, Helder
  Águas turvas / Helder Caldeira. — 1ª ed. — São Paulo: Quatro Cantos, 2014.

  ISBN 978-85-65850-12-4

  1. Ficção brasileira. I. Título.

13-12337   CDD-869.93

Índice para catálogo sistemático:
1. Ficção : Literatura brasileira 869.93

Todos os direitos desta edição reservados em nome de:
RODRIGUES & RODRIGUES EDITORA LTDA. – EPP
Rua Irmã Pia, 422 — Cj. 102
05335-050
São Paulo — SP
Tel (11) 2679-3157
Fax (11) 2679-2042
www.editoraquatrocantos.com.br

Para Tiago

If I had three wishes
I tell you what they'd be
You would be all three
DAVE THOMAS JUNIOR, 3 Wishes

Foi o melhor dos tempos,
foi o pior dos tempos...
CHARLES DICKENS, A Tale of Two Cities

nível das águas

PRÓLOGO — Seixos rolados 13

O vento do sul 19
Stunning Beauty 37
Duas mesas 57
Sob as águas 65
O vento do leste 79
Névoa e trovões 97
Just Breathe 109

INTERMEZZO — Bridge Over Troubled Water 129

Correspondências 133
Caminho de pedras 151
Leões e cordeiros 165
Obsolescência planejada 179
Poses, Anyway! 201
Submersos 223
Holden Memorial Day 253

EPÍLOGO — Ampulheta 267

PRÓLOGO

seixos rolados

Meu pai diz que estamos vivendo uma época em que as águas são mais turvas, os lagos, menos calmos, e as pedras, cada vez mais escorregadias. A vida trafega em alta velocidade através de fibras ópticas, mas poucos têm a sorte de encontrar a alma do outro — e a sua própria — em um simples olhar. As memórias digitais precisam ser cada vez maiores para comportar o volume de informações e para compensar a memória reduzida dos homens. O tempo que nos é dado parece cada vez menor. Por outro lado, e talvez por tudo isso, a tradição tornou-se uma tendência na balança que pontua o delicado equilíbrio das relações humanas.

Ele fala que a era digital, com toda a evolução tecnológica, conduz as pessoas como que numa correnteza, chocando-as umas às outras, mas raramente as unindo. São como seixos rolados, pedras lisas vitrificadas, interagindo todo o tempo, mas sem qualquer aderência. Antes de conhecê-lo, de certa forma, eu já sabia disso e não achava tão ruim. Até ele conseguia encontrar um lado bom em todo o pessimismo que tal visão parecia carregar: essa dinâmica escorregadia está provocando nos seres humanos uma necessidade de criar poros, garras, arestas inaparáveis ou qualquer coisa capaz de nos manter juntos. E, com isso, poucas vezes na história da humanidade valorizou-se tanto o amor como fundamento da existência, seja ela humana ou divina. Meu pai gosta de brincar que até os vampiros, os maiores predadores da ficção, mortos-vivos e desalmados, agora são devastados pelo amor de verdade, aquele que dói e fascina, aquele que quebra todas as regras, tão insensato quanto temerário, mas capaz de produzir uma aderência maravilhosamente irremediável.

Às vezes é um pouco complicado compreender tudo o que ele me diz, por seu vasto conhecimento. Eu entorto a boca, enrugo a testa, e ele sempre encontra um jeito para expressar suas palavras, pensamentos e ideias de uma forma, digamos, mais transparente. No caso das pedras lisas, da aderência e do amor incondicional, ele resumiu tudo em uma única frase: a escritora Stephenie Meyer é a versão feminina moderna de William Shakespeare. Daí eu abro um sorriso e ele me puxa pelo ombro para um aconchegante abraço. É o nosso código de compreensão. São os poros e as garras que nos unem.

Meu nome é Matthew Genezen Thompson. Atualmente moro em Holden, uma pequena e fria cidade nas colinas do estado de Massachusetts, cercada por magníficas florestas de bétulas, áceres e pinheiros e por dezenas de reservatórios de água gelada e cristalina. Mas eu não nasci aqui. Não sou americano. Sou belga, tal como a estrela Audrey Hepburn e o detetive Hercule Poirot. Ainda assim, os garotos da escola preferem citar Jean-Claude Van Damme para falar das minhas origens. Nasci em Turnhout, Antuérpia, na região de Flandres, onde morei com minha mãe, Sybille, até os doze anos de idade. Ela tinha uma pequena empresa de produção de chocolates que nos sustentou por longos anos, até que as constantes crises econômicas na Europa nos afetaram e o negócio seguiu titubeante até ser decretada sua falência, o que a fez tomar a decisão mais difícil: deixar a Bélgica e vir para os Estados Unidos em busca da ajuda do meu pai, que até então eu não conhecia e que sequer tinha ciência da minha existência. Essa decisão, em um daqueles lances cruéis e descabidos do destino, acabou custando sua própria vida.

Hoje estou prestes a completar quinze anos e vivo bem com essa nova família, que há três anos está se desenhando à minha volta. Ainda acordo todas as manhãs e sinto o cheiro do chocolate da minha mãe, num anúncio de que essa saudade é uma daquelas lacunas que jamais conseguirei preencher. Também foi horrível perceber que a distância que separa o desconhecido do rejeitado é mínima, quase nula em alguns casos. Por outro lado, descobri um pai incrível, carinhoso, inteligente, companheiro e leal. Um homem de sinceridade rascante e generosidade espontânea. Corajoso e determinado naquilo que lhe parece correto e impiedoso com o que julga errado. É uma daquelas pessoas raras que consegue, com maestria, mesclar ousadia com um comedimento polido. Sobretudo, meu melhor amigo.

Há ainda meus dedicados e temperamentais avós paternos, Edward e Catherine, meus tios tão díspares que nem parecem irmãos e a irmã do meu avô, a surreal tia Mildred, e seu educado e conservador marido, tio John. Quando estamos todos reunidos em uma casa, é quase impossível evitar catástrofes e hecatombes. Dizem que uma família é assim mesmo e, por falta de experiência, sigo acreditando. Também fiz grandes amigos nos últimos dois anos na Wachusett Regional High School, onde estudo. E como se tudo isso não fosse suficiente, agora tenho a Claire e essa é uma história delicada.

Os próximos anos serão decisivos. Meus últimos na escola de Holden. Depois vou para uma faculdade em Worcester ou até mesmo em Boston. Sempre antecipando todos os passos, há meses meu pai perguntou que carreira eu queria seguir. No fundo eu tinha certeza de que não o desapontaria por não seguir a profissão que ele tanto ama, mas era inimaginável que fosse ficar tão feliz quando disse que eu queria ser um escritor. Tanto que me propôs um desafio: começar a praticar imediatamente. Disse que eu tinha um talento especial para narrativas. Comprou um pequeno caderno preto de capa dura e pediu que fosse rascunhando todas as ideias e propostas de histórias que eu gostaria de escrever. Uma espécie de reunião de sinopses. E foi o que eu fiz durante meses.

Se eu não o desapontei com a escolha da carreira, acredito tê-lo desapontado quando lhe entreguei o caderno e permiti que lesse meus apontamentos. Todos os meus heróis imaginários vivendo realidades fantásticas, espadas em punho, cavalos voadores e cajados com poderes mágicos sucumbiram ao seu olhar apurado. Três dias após eu lhe entregar o caderno, ele decidiu expressar sua opinião enquanto estávamos na estrada de volta pra casa, no final da tarde daquela véspera de Natal, depois de acompanhá-lo no trabalho em Worcester e das incontáveis ligações de Daddy J, preocupado com nosso provável e incomum atraso:

— Talvez não seja muito difícil explorar a criatividade na sua idade criando fantasias, histórias de superpoderes, universos paralelos ou outros planetas, ainda que sejam metáforas de uma realidade. Quantos não sonham acordados? Quantos não gostariam de ser super-heróis, extremamente fortes e velozes, capazes de realizar as mais incríveis proezas? Quantos não gostariam de ser divinos? A questão é que, por identificação de ambas as partes, os deuses vão ter sempre um lado humano e essa é a grande atração. Criar super-heróis é fácil. Difícil mesmo é humanizá-los. Então, se você quer escrever histórias fantásticas, ótimo. Mas acredito que o melhor caminho será praticar escrevendo algo simples, sobre pessoas normais, com a realidade que o cerca. E não pense que isso é uma tarefa sem custos. Talvez seja até mais difícil escrever sobre a simplicidade ao nosso redor. Que tal você tentar?

Eu torci a boca e enruguei a testa. E ele imediatamente resumiu:

— Os grandes mitos da ficção, os que realmente merecem destaque, não têm medo do inimigo. A grande batalha que travam é com sua própria fração humana. Com aquelas necessidades básicas do homem em sociedade, especialmente quando diz respeito ao amor, como carinho, beijos, sexo. Ele pode realizar proezas fantásticas, mas não consegue ser humano. E isso acaba nos fazendo sentir tão ou melhores que eles, pois sabemos que somos homens simples plenos, que, quando temos coragem e sabedoria, também somos capazes de feitos extraordinários. Ser divino talvez seja até simples demais. Difícil mesmo é ter a ousadia de ser humano. Pense nisso, Vullen.

A propósito, é assim que meu pai me chama: "Vullen". Significa "rechear", "preencher algo", no idioma da minha terra natal. Pode parecer idiota, mas eu gosto quando ele me chama assim. Como sempre, ele tem a habilidade cirúrgica para tocar de forma simples e profunda nos pontos determinantes. Compreendi perfeitamente o que ele me disse, mas passei o resto da viagem em silêncio, com o rosto encostado no vidro do carro, admirando a paisagem do caminho e pensando em como tudo aquilo que antes tinha cores intensas, agora estava tomado pelo branco da neve. Mesmo sem vê-lo, eu sentia que meu pai me olhava de soslaio e sorria. Eu estava refletindo e ele sentia um prazer sobre-humano quando provocava em mim essa reação. Talvez esse fosse um dos seus superpoderes, nem sempre secretos.

Já era noite quando chegamos à casa dos meus avós. Estavam todos na sala, milimetricamente decorada com os possíveis e imagináveis motivos natalinos. Por alguns instantes me deixei levar pela pequena locomotiva percorrendo sem parar a vila em miniatura ao lado da gigantesca árvore colorida e repleta de presentes ao redor. Depois olhei para todos, felizes e com aquele espírito de confraternização típico dessa época do ano. Mas eu sei que nem sempre foi assim e comecei a imaginar os caminhos que nos trouxeram até aquele momento. Num instante, veio o estalo: eis a história que eu preciso contar. A história da minha família. A história desses seixos rolados que buscam sempre se manter unidos em meio às águas turvas.

Pouco antes da ceia, quando começamos a entrega dos presentes, meu pai, como um daqueles heróis fantásticos capazes de ler os pensamentos e prever o futuro, me deu um notebook e um minigravador digital de última geração. Disse que poderia ser útil para minhas próximas empreitadas. Ele nem imagina quanto. E então começaria a tarefa, de fato, mais difícil: ouvir cada um deles e contar a história desses divinos humanos que me cercam: a família Thompson.

Mr. Tappertit, em *Barnaby Rudge*, diz que: "Há cordas no coração humano que seria melhor não fazer vibrar". Mas essas cordas vibraram. Então, vamos ao começo. E nada melhor que voltar três anos, quando ventos do sul e do leste se cruzaram em Holden e mudaram o destino de muitos...

o vento do sul

Todas as grandes decisões da vida seguem a lógica e a dinâmica das estações do ano. Principalmente quando decidimos mudar de vida. Primeiro experimentamos o calor da atitude, o verão intenso dos desejos e esperanças, a plenitude das variações extremas entre manhãs ensolaradas e tardes tempestuosas. Pouco tempo depois, a desconstrução daquele passado passa pelo processo de amarelar as folhas e deixá-las partir rumo à morte ou ao esquecimento. É nesse momento que as calorosas certezas dão lugar à brisa fria das dúvidas que se agigantam no horizonte. O inverno chega e com ele vêm o recolhimento e a sensação de solidão. O frio intenso é solitário. Sentir frio é sentir-se só. E, por fim, se sobrevivemos às nossas próprias decisões e suas intempéries, a neve vai dando lugar aos campos verdejantes, minúsculas folhas começam a brotar nos troncos desnudos e uma paleta de cores tinge os jardins.

A firmeza do verão, as dúvidas outonais e a solidão do inverno dão lugar a todas as possibilidades de uma primavera. É por isso que o tempo é tão imperioso e impiedoso com cada um de nós quando tomamos uma decisão importante na vida. O tempo — e só ele — é capaz de nos colocar diante daquilo que mais nos assusta ao longo da existência: a liberdade e a responsabilidade de sermos nós mesmos e tomarmos nossas próprias decisões. Decidir é um processo, um percurso, um ciclo. E nunca terá um fim em si mesmo.

O avião decolou no Brasil em pleno inverno de julho e, no início da tarde do dia seguinte, quando Gabriel Campos colocou seus pés no Logan International Airport, o verão de Boston parecia aquecê-lo mais que qualquer outro passageiro do voo 7415 da United Airlines. Era uma chancela para a sua decisão de deixar a terra natal e ir estudar, e quem sabe fixar morada, nos Estados Unidos. Depois de encarar uma longa jornada aérea de mais de vinte e duas horas, com cansativas conexões no Aeroporto de Guarulhos, em São Paulo, e no Dulles International, em Washington, finalmente tinha desembarcado em Boston, a ogiva financeira, cultural e educacional do estado de Massachusetts e de toda a região da Nova Inglaterra, na Costa Leste do território americano. O gigantesco e frenético movimento do Logan convidava suas emoções à certeza da escolha pelo monumental leque de oportunidades que aquela cidade e aquele país lhe ofereciam. Um convite irrecusável, a princípio. Mas, com certeza, incoerente com tudo que havia sido sua vida até então.

Aos trinta e dois anos, apesar de uma vida solitária, era a primeira vez que Gabriel estava, de fato, só. Filho único de um pequeno sitiante agricultor e uma mãe devotada, crescera na zona rural de uma cidadela da região serrana do estado do Rio de Janeiro. Suas grandes aventuras pueris aconteciam pelos trilhos que os bois deixam no pasto, subindo serras intermináveis girando nas mãos um galho retorcido como se fosse um volante. Desejava ter um Jeep prateado e conversava com um companheiro imaginário. Às vezes acelerava para fugir de alguma temperamental vaca parida, ou estacionava à sombra de alguma árvore frondosa que lhe servia de abrigo, fosse para um descompromissado sono de dez minutos ou para ocultar, atrás dos troncos, suas primeiras experiências sexuais solitárias. Os melhores beijos sempre foram dados nas pedras lisas que colhia nas margens arenosas do riacho de águas turvas que cortava o sítio de sua família. Essas sinuosas pedras de branco perolado eram tão lisas que pouca saliva era suficiente para fazer seus lábios deslizarem no movimento daquilo que lhe parecia o maior dos erotismos.

Crescer foi tão difícil quanto convencer seus pais de que queria ser médico e não mais amarrar a peia nas pernas de bezerros e tirar o leite das vacas. Queria cuidar das pessoas, salvar vidas, e não ficar aguando a pequena horta de alface, repolho e temperos verdes. Queria conhecer o mundo e não mais ficar refém dos esteios e arames farpados que cercavam a pequena propriedade, estabelecendo as fronteiras de seus sonhos. Seus desejos o chamavam para além de tudo aquilo.

Só conseguiu sair de casa às vésperas de completar vinte e cinco anos, quando embarcou na extensa e exaustiva jornada acadêmica que a medicina impõe a seus aprendizes. Após a rejeição inicial, seus pais começaram a sentir orgulho do futuro doutor. Enquanto isso, Gabriel aprendia suas lições sobre a anatomia humana e a anatomia da sociedade. Continuava sem saber se era melhor ter companheiros imaginários que nunca respondiam suas perguntas ou ter amigos reais que, com frequência, lhe apresentavam questões para as quais não tinha respostas.

Quantas assustadoras semelhanças havia entre a solidão do asfalto e a quietude dos trilhos de boi? Muitas. Mas as diferenças ele experimentou ao perceber que as pedras do riacho deslizavam mais que os verdadeiros lábios molhados, e estes provocam reações mais rápidas e perigosas, na maioria das vezes sem troncos de árvores frondosas para esconder-lhe o ato. Por isso mesmo, todos os beijos reais lhe queimavam o rosto e evidenciavam as maçãs avermelhadas naquela pele tão alva quanto as pedras lisas que colhia e colecionava quando criança.

Durante os seis anos de estudo na Faculdade de Medicina de Petrópolis, dividiu um pequeno apartamento no Centro Histórico da cidade imperial brasileira com dois colegas de classe. Um mineiro da longínqua Unaí e um paulista da próspera São José dos Campos. Pelos dois nutriu todas as variáveis platônicas. Durante todo o curso, com o primeiro não realizou nenhuma de suas fantasias, apesar das similaridades de origem e criação que os aproximavam. Já com o segundo, sentia-se como num daqueles romances de Jane Austen que o encantaram na adolescência, onde o confronto romântico dos sentimentos é adornado por uma espécie de sermão dramático, permeado de preconceitos e orgulhos tolos, mas que sempre colocam em duelo o racional e o passional de cada personagem. Por isso mesmo, passou os seis anos sem trocar o colchão de seu beliche que, menor que a cama, permitia-lhe passar madrugadas vislumbrando, através das madeiras do estrado, a silhueta bem desenhada do paulista que ocupava a cama de baixo. Em noites de sorte, a claridade da lua que atravessava a fresta da cortina fazia seus olhos brilharem ao ver algo ereto apontar pelas pernas curtas de uma cueca boxer de algodão branco, nas constantes poluções noturnas de seu colega de quarto.

Certa noite, em meados do quarto semestre letivo, exausto com a miscelânea didática que o estudo simultâneo das disciplinas de Anatomia, Saúde Coletiva, Farmacologia, Fisiologia, Microbiologia e Parasitologia provocava em sua mente, passou poucos minutos observando o sono erótico do colega logo abaixo e, ao virar-se na cama para finalmente dormir, cruzou seus olhos com o mineiro na cama ao lado, que estava a observar-lhe os movimentos suspeitos. O olhar curioso e, de certa forma, reprovador, fuzilou seus olhos apavorados, descobertos em seu mais profundo e tolhido desejo. E quando segredos de tal natureza são revelados nesses supetões de cruel realidade, dificilmente é possível estabelecer um diálogo que, quando não os explique, pelo menos os supere. Assim o fizeram e nunca houve uma única menção à possibilidade de conversa a respeito.

Talvez, por isso, o mineiro tenha insistido em apresentar com constância as mais variadas amigas a Gabriel, duas das quais se tornaram namoradas de curta duração. Fosse por reprovação, vigilância ou até mesmo por alguma tara sexual reprimida ou puro voyeurismo, sempre que o sono lhe permitia, fixava o olhar em Gabriel durante as madrugadas como um ciclope siciliano, um pastor sem leis que acreditava na surreal redenção daquela ovelha desgarrada, um ferreiro tentando forjar uma espada que considerava torta para os padrões de sua convivência. Contudo, era sempre vencido pelo cansaço e, ao sinal do primeiro ronco do colega, lá estava Gabriel na conflituosa e diária tarefa de vislumbrar e conter qualquer desejo ou ousadia.

Logo no início do penúltimo semestre letivo, um ataque cardíaco fulminante derrubou seu pai enquanto, sob um sol escaldante, dirigia o trator para arar a terra. Ainda que fosse possível qualquer tipo de socorro, a distância entre o sítio e a zona urbana da cidade seria um obstáculo quase intransponível. Seu pai só conseguiu parar o pequeno Massey Ferguson 255 e tombou pelo lado direito, estirando-se na terra frouxa numa morte rápida e dolorosa. Até o último minuto de sua existência, fez o que mais lhe dava prazer, foi exatamente aquilo que acreditava ter nascido para ser. Seu derradeiro suspiro foi dado cuidando daquilo que ele dizia ser seu bem mais precioso: sua própria terra.

As discrepâncias entre as leis da vida e da natureza e os poderes da ciência começaram a rondar os pensamentos mais profundos de Gabriel, questionando o alcance da profissão na qual estava prestes a se formar. No entanto, mal deixando o luto devastador pela morte do pai, o jovem formando encontrava-se à margem de um dos grandes desafios de sua vida: cuidar da própria mãe. Acometida por uma forte depressão pela perda do marido, ela deixou-se abater por uma gripe que em poucos dias transformou-se em pneumonia. Foi internada às pressas no iníquo hospital local e Gabriel logo conseguiu sua transferência para o Hospital de Ensino Alcides Carneiro, em Petrópolis, com melhores recursos e onde ele poderia manter-se próximo e auxiliar no tratamento.

Após cinco dias de internação, o quadro mantinha-se grave e a equipe médica — muitos dos quais professores — temia pela resistência daquela senhora. Nas raras vezes em que acordava, o próprio Gabriel percebia a distância opaca nos olhos de sua mãe em meio ao silêncio opressivo e necessário dos tubos de oxigênio. Não queria perdê-la sob nenhuma circunstância, mas reconhecia em seus olhos a impossibilidade de continuar vivendo sem o grande amor de sua vida. O amor entre uma mãe e um filho é sublime pela imperiosa força da natureza que os une do início ao fim. Mas o amor entre duas pessoas que se escolhem e decidem se unir pelo resto de suas vidas é soberano, é uma necessidade, é uma condição vital. No último olhar que trocaram, Gabriel pôde constatar que, apesar de tudo que era feito para manter sua mãe viva, ela já tinha tomado sua decisão: era impossível continuar vivendo sem seu marido. Ela partiu pouco antes das nove horas da manhã seguinte, serena como a névoa que cobria a região. Em seu rosto era possível encontrar um leve esboço de sorriso, como quem segue ao encontro de uma felicidade distante, uma pedra lisa que é levada pela correnteza das águas.

Gabriel concluiu o curso de Medicina em um assombroso silêncio enlutado. Dedicou-se exaustivamente aos estágios em plantões diversos para esquecer no que sua vida tinha se transformado: estava só. Absolutamente só. Até com os companheiros de quarto reduziu as palavras e, por mais que insistissem numa interação, impôs uma distância fria e melancólica. Não compareceu aos ritos de comemoração de formatura e sua última visita à Faculdade de Medicina de Petrópolis foi para pegar o diploma e assinar os papéis de conclusão. Naquela mesma manhã, seu colega paulista havia se despedido e seguido para a terra natal, encerrando assim mais um capítulo de sua história pessoal. Tanto Gabriel quanto o mineiro já tinham encaixotado seus pertences e pretendiam entregar o apartamento ainda naquela semana. Um voltaria para Minas Gerais e o outro tinha conseguido ingressar em residência médica no Hospital Miguel Couto, na cidade do Rio de Janeiro.

Quando chegou ao apartamento, Gabriel encontrou apenas suas caixas, encostadas em um dos cantos da pequena sala. Tudo indicava que o último companheiro de quarto havia partido sem se despedir. Talvez para evitar as lamúrias desse tipo de situação, pensou. Talvez até por entender que ele vinha de um período de tantos sofrimentos e despedidas que evitar outra seria o mais adequado, concluiu. Pela primeira vez em seis anos, tirou toda a roupa e andou nu pelo apartamento. Foi ao banheiro, ligou o chuveiro elétrico para esquentar a água e o ambiente, e ficou transitando entre a sala e o quarto, por vezes fixando os olhos naquele beliche que tantos sonhos lhe proporcionara.

O banheiro estava repleto de vapor e a água, tão quente quanto aquela em que sua mãe enfiava os frangos mortos para depená-los. É impossível dizer por quanto tempo ficou ali, parado, com a testa encostada na parede, deixando a água escaldante percorrer o corpo, perdido em pensamentos. De tão ensimesmado, não escutou que alguém andava pelo apartamento, nem o som dos sapatos e das roupas sendo jogadas pelo chão. Também não escutou o abrir e fechar da porta, nem percebeu que ali havia outra pessoa. Deu por si quando o mineiro, companheiro de quarto que julgava ter partido, completamente nu, agarrou-lhe por trás e com uma das mãos tapou-lhe a boca, enquanto com a outra abarcava-lhe o tórax. Apesar de ter um porte alto e forte e de todos os esforços e murros empenhados, Gabriel não conseguiu se soltar, nem sair daquela posição. Seu algoz, com a mesma altura, tinha um corpanzil gordo e, talvez pela obstinação do ato, mostrava-se naquele momento com muito mais força. Apertado contra a parede como um chiclete a ser grudado, ouviu apenas quando o mineiro disse:

— Fique quieto! Não resista! Vou soltar sua boca e você não vai gritar... — e enquanto ele tirava lentamente a mão, Gabriel ensaiou o início de um pedido de socorro ao que foi reprimido por um violento soco no lado direito do maxilar que, de tão forte, cortou um pedaço da língua e fez-lhe cuspir sangue na parede. E o mineiro reforçou as ordens: — Já falei pra calar a boca! Se gritar, eu mato você aqui! — disse, e deu-lhe um soco na lateral direita das costas, bem na altura do pulmão. — Agora eu vou te dar o que você sempre quis. Vou te dar o que você gosta. — Enquanto falava, pegou o sabonete e o esfregou por todo o pênis já em ponto de bala.

Penetrou sua vítima, como quem sacia uma fome ancestral, bufando como um touro. Gabriel não conseguia produzir qualquer som. Sentia um rasgar interno e uma vontade de vomitar, enquanto o sangue escorria de sua boca e por suas pernas, tingindo o chão no caminho em direção ao ralo. Seus olhos pareciam querer saltar do crânio e nada mais conseguia ouvir, como se estivesse surdo. Suas lágrimas misturavam-se com a água quente que caía ininterruptamente do chuveiro, assim como os movimentos fortes e socados daquele ex-companheiro, ex-colega, ex--amigo e agora brutal e violento estuprador.

Sentiu quando o mineiro terminou e, tão logo se afastou, desferiu--lhe um soco no meio das costas que fê-lo despencar ao chão. Ainda teve tempo de olhar aquele homem parado, em pé, do lado de fora do box, olhando-o fixamente. Atordoado e às margens de perder totalmente os sentidos, ainda acreditou ter ouvido um pedido de desculpas, sem que jamais viesse a confirmar a veracidade do que escutou depois de tamanha violência. Se é que escutou algo de fato. Ficou jogado no banheiro, desmaiado, por horas. Gabriel tinha trinta anos quando teve sua primeira experiência sexual com outro homem, penetrado à força por aquele que por anos, paradoxalmente, ele chamou de companheiro. Encolhido e inconsciente, a água quente caía sobre seu dorso, como quando sua mãe depenava os frangos mortos.

Enquanto aguardava a liberação de sua bagagem no Logan International Airport, Gabriel observava o movimento ao seu redor com a sensação daquele que acaba de nascer. Dois anos foi o tempo necessário para juntar algum dinheiro com plantões seguidos em três hospitais no Rio de Janeiro e começar a transformar em realidade o sonho que alimentou durante a faculdade, principalmente após a morte prematura de seus pais: morar nos Estados Unidos, longe de todo aquele passado que o assombrava. Inscreveu-se para cursos de especialização em várias universidades e foi aceito quase imediatamente — seu currículo era excepcional — por duas delas: uma em Detroit, no estado de Michigan; e outra, na University of Massachusetts Medical School, em Worcester, a aproximadamente sessenta e cinco quilômetros da capital, Boston. Seus antigos professores da Faculdade de Medicina foram unânimes em indicar a última como a melhor escolha e chancelaram sua decisão final.

Enquanto trabalhava nos hospitais, bancou o melhor curso de inglês do Rio de Janeiro e colocou o sítio da família à venda. Sob nenhuma hipótese pretendia manter ou voltar a morar naquelas terras. Apesar de boas recordações, Gabriel estava convencido de que havia muito a aprender, um mundo a ser conquistado e algum passado a ser esquecido. A venda da propriedade foi o processo mais demorado, já que, mesmo sendo herdeiro universal de seus pais, o imóvel teve que ser inventariado. Como o andamento da Justiça brasileira é lento e burocrático, sabia que tal processo só seria concluído em quatro ou cinco anos. No entanto, um proprietário de terras vizinhas aceitou selar a compra através de um contrato de compra e venda registrado em cartório, ficando Gabriel responsável pela transferência legal do imóvel rural tão logo a escritura das terras estivesse definitivamente em seu nome, ou seja, após a conclusão do inventário.

Com a propriedade vendida, dinheiro em mãos, inglês afiado, aprovação da inscrição na universidade e toda coragem e confiança, Gabriel finalmente desembarcava para um novo rumo em sua vida. Pagou e emitiu uma procuração para que um advogado ficasse responsável pela tramitação do processo de inventário, mas tinha ciência de que, após a conclusão, teria de voltar ao Brasil para passar a escritura definitiva das terras para o novo proprietário. Ainda assim, isso certamente não aconteceria tão cedo e a viagem para tal fim poderia ser rápida. Em tudo mais, queria apenas descobrir esse mundo que se materializava diante de seus olhos já no saguão do Logan Airport.

Já passava das quatro da tarde quando Gabriel finalmente chegou ao saguão de saída do terminal C do Logan International. Apesar do movimento intenso naquela tarde de sábado e daquelas insuportáveis chamadas para chegadas e partidas, era possível ouvir, nem tão longe, alguém tocando música clássica ao piano, dando boas-vindas aos viajantes, tentando afagar a ansiedade dos que ali estavam esperando pela chegada de alguém e até mesmo para tentar equilibrar o vaivém da multidão. Aproximou-se do local onde o pianista fazia sua solitária apresentação. Esboçou um leve sorriso de aconchego quando o artista começou a tocar o doce e suave "Canon em Ré Maior", de Pachelbel.

Não era difícil para Gabriel passar completamente despercebido. Era um tipo bastante comum, apesar do seu um metro e oitenta e cinco, corpo atlético esculpido pela lida de uma vida no sítio, traços faciais de grande delicadeza, um cabelo curto cor de chocolate e com as pontas completamente desfiadas. Naquele momento, parado no meio do saguão, de calça jeans, camiseta, tênis e três grandes malas de viagem no carrinho de bagagem à sua frente, muito provavelmente estaria invisível em meio ao turbilhão de pessoas circulando. Não pretendia demorar muito tempo naquela contemplação musical, pois ainda tinha que chegar à cidade vizinha, Worcester, e o final da tarde já se aproximava. Era impossível, no entanto, não se render à singela interpretação do pianista anônimo para a mais famosa peça do compositor barroco alemão.

Mesmo concentrado na música, Gabriel conseguiu sentir a rápida aproximação de alguém pelo seu lado direito e percebeu que se tratava de um homem, aparentemente da sua idade, falando ao celular e completamente desatento ao caminho por estar com os olhos voltados para o monitor de indicação dos desembarques. Ainda foi possível ouvi-lo antes do choque:

— ... eu estou tentando avisar o papai, mas o celular dele está desligado. O voo do Ethan foi transferido para o terminal C e ele deve estar indo nos encontrar no terminal E... — foi o que Justin conseguiu dizer antes de colidir com o carrinho de bagagens de Gabriel, derrubando as malas e caindo sobre elas.

— Meu Deus! — assustou-se Gabriel, imediatamente estendendo a mão para tentar ajudar o desastrado desconhecido. — Deixe-me ajudá-lo. Você está bem?

— Me perdoe. Meu Deus! — disse Justin, voltando a falar ao celular: — Mãe, eu já te ligo de volta... Não! Não! Está tudo bem. Eu já te retorno, mãe — desligou.

— Vamos! Eu te ajudo a levantar.

— Obrigado. Que bagunça eu fiz!

— Não. Sem problemas — afirmou Gabriel, sem grande certeza do que estava falando e ajudando o desconhecido a se erguer.

Ao ficar de pé, o corpo de Justin posicionou-se a um palmo do dono das malas e seus olhos de um intenso azul encontraram diretamente o doce e assustado tom de mel do outro. Tinham exatamente a mesma altura, aparentemente a mesma idade, e na espantosa simetria corporal de ambos, era possível ver linhas invisíveis unindo-os, geometricamente calculadas. Por uma daquelas frações de minuto que parecem margear a eternidade do tempo, ficaram ali, olhos nos olhos, bocas entreabertas, gargantas secas e corações em disparada, tal qual cavalos selvagens. Ficaram surdos a todo movimento à volta. Mas não totalmente. Era possível ouvir a respiração ofegante um do outro e o pianista dedilhando Pachelbel ao fundo.

— Você está bem? — perguntou Gabriel, rompendo o silêncio num tom que parecia acompanhar o som do "Canon".

— Estou sim. Foi só um susto... — afastou-se Justin, completando — ... deixe-me colocar suas malas no lugar.

— Não! Tudo bem... eu mesmo arrumo.

— Por favor, deixe-me ajudá-lo. — Ao pegar a segunda mala no chão, Justin percebeu uma etiqueta de identificação estampada com a bandeira do Brasil. — Você é brasileiro?

— Sim. Acabei de chegar.

— Bem-vindo a Massachusetts!

— Obrigado. Desculpe-me, mas eu preciso ir. Você tem certeza de que está bem?

— Eu estou ótimo. Não se preocupe. Perdoe-me pela bagunça.

— Tudo bem. Mas tenha cuidado.

— Pode apostar que eu vou ter.

Despediram-se formalmente, mas Justin ficou por um bom tempo admirando aquele homem seguindo em direção à saída, passando pela porta principal até perder-se entre as pessoas que estavam fora do aeroporto. Sentia um ímã puxando-o e exigindo uma atitude impulsiva de segui-lo, apresentar-se, dar seus contatos, oferecer ajuda ou qualquer coisa do gênero que pudesse abrir precedentes para outro encontro. Tinha acabado de olhar dentro dos olhos daquele estranho e teve a ligeira sensação de que ali estavam todas as respostas. E também fora fuzilado por eles, sentindo sua alma nua e frágil, pronta para ser capturada por aquele estrangeiro que talvez nunca mais voltasse a ver. Os olhos não mentem jamais.

Justin só saiu daquela espécie de transe quando seu telefone celular tocou. Voltou a ouvir todo o movimento dos transeuntes à sua volta e viu pelo identificador de chamadas que era sua mãe, certamente preocupada com aquela interrupção repentina.

— Alô, mãe!

— Justin, o que aconteceu? Eu ouvi um barulho alto e você desligou em seguida. Está tudo bem? — questionou ela.

— Está tudo bem. Eu estava olhando o monitor para confirmar a chegada do avião do Ethan quando tropecei no carrinho de um brasileiro e caí sobre suas malas — disse em um misto de diversão e incredulidade.

— Mas está tudo bem? Você se machucou?

— Não, mãe! Está tudo bem. Foi só um acidente.

— Tem certeza? Estou sentindo sua voz estranha...

— Fique tranquila, mãe. Eu estou bem fisicamente — enquanto essas palavras saíam de sua boca, Justin ainda estava com o coração disparado e com aquele olhar na memória.

— Você já encontrou seu pai? Seu irmão já desembarcou?

— Ainda não encontrei o papai e o Ethan já deve estar pelo saguão nos procurando também. Pelas informações do monitor, seu voo chegou há mais de quarenta minutos... — não conseguiu concluir o raciocínio quando seu celular começou a acusar a existência de uma chamada em espera. — Mãe, o Ethan está me ligando. Vou desligar e falo com você assim que estivermos todos reunidos, o.k.?! — Desligou a ligação com a mãe e começou a conversa com o irmão: — Oi, Ethan! Onde você está?

— Eu que pergunto... onde vocês estão? — questionou Ethan, sempre irritadiço e com voz acelerada.

— Eu estou praticamente em frente à saída do saguão principal do terminal C.

— Não saia daí, Justin. Eu vou te encontrar.
— O.k.! Vou estar aqui esperando.

Assim como Justin, Gabriel ficou com aquela sensação vazia de que algo especial havia acontecido naquele cruzar de olhos e que nada tinha sido feito, efetivamente, a respeito. Talvez por medo, por decoro ou até mesmo por uma lufada de lucidez em meio à situação inusitada. Quando se dirigiu à saída principal do terminal C, por duas vezes pensou em olhar para trás e conferir se aquele desastrado desconhecido ainda estava lá. Conteve-se. Deixou a última porta automática fechar atrás de si e seguiu para sua esquerda, onde avistou táxis estacionados. No caminho, foi tomado por uma sensação de impulsividade pueril. Parou por um instante e decidiu que deveria voltar lá e, se ainda encontrasse o rapaz, apresentar-se, pedir uma informação ou qualquer coisa para iniciar um diálogo.

Girou quase que sobre o próprio eixo e seguiu em direção às duas portas principais de acesso ao aeroporto. Tão logo elas se abriram, num misto de pânico e felicidade, viu que o desconhecido ainda estava lá, em pé, novamente falando ao celular e olhando ao redor como se procurasse alguém na multidão. Por ironia, só agora estava conseguindo vê-lo por completo, desde o tênis branco até os cabelos castanho-claros tão curtos quanto finos e lisos. O corpo esculcural, mas sem exageros, era valorizado por roupas levemente justas, deixando alguns músculos visíveis. Perfeitamente adequado ao final de tarde do verão norte-americano, pensou.

Viu quando o desconhecido, sem ter notado seu regresso, deu um sorriso contido, emoldurado por uma boca volumosa, enquanto falava ao celular e continuava sua procura. A pele era alva, saudável e corada. Isso sem falar naqueles olhos de um azul intenso, que mais pareciam um par de safiras. Aquele homem desastrado, que despencou sobre suas malas e de quem esteve a um palmo de distância em uma troca tão extraordinária quanto inesquecível, era absolutamente perfeito.

As pernas de Gabriel tremiam como se estivessem prestes a faltar-lhe o sustento. Suas mãos minavam um suor frio. Apenas o ar que entrava por suas narinas parecia não ser suficiente. Seu coração estava descontrolado e sua cabeça, numa busca frenética por algum texto capaz de justificar aquele regresso e o início de alguma conversa. Ele tinha olhado no fundo daqueles olhos e talvez nem fosse necessário dizer nada. Bastava contemplá-los novamente e todas as palavras estariam ditas. Ou não. Talvez se estabelecesse uma situação constrangedora. Ele não sabia exatamente o que deveria fazer, mas tinha certeza de que algo precisava ser feito.

Quando finalmente rompeu o campo de força de dúvidas que o cercava e deu seu primeiro passo em direção ao homem de olhos azuis, percebeu que ele se movimentou para a direita, sinalizando a uma terceira pessoa que já vinha a passos largos em sua direção. Um homem também muito bonito, porém um pouco mais velho, que recebeu um longo e apertado abraço, muito além de qualquer afeto. Tratava-se de um abraço íntimo, onde os olhos se fecham e o nariz se aproxima perigosamente do pescoço. Logo depois, aquele segundo homem beijou carinhosamente o rosto do belo desconhecido. Provavelmente é o namorado ou companheiro, concluiu Gabriel por puro prognóstico.

Estático, não tinha saliva na boca e engoliu algo que lhe fez lembrar arame farpado, cortando o caminho por onde passava. Novamente fez um movimento quase sobre o próprio eixo e saiu pelas portas automáticas, em direção ao primeiro táxi que estivesse em sua frente. Não compreendia por que aqueles breves e sucessivos acontecimentos tinham ganhado um tom fechado de decepção e lamento. Estava realmente triste, mas decidiu que não poderia transformar seus primeiros momentos em Massachusetts num reflexo daquela cena abismal.

Entrou no primeiro táxi e pediu ao motorista para levá-lo à cidade vizinha, Worcester, onde iria morar. Apesar do trajeto relativamente longo e da possibilidade de utilizar os trens e ônibus de Boston, optou pelo táxi por questões razoáveis: ainda não conhecia nada daquele local, suas malas estavam pesadas e muito em breve a noite chegaria. Enquanto o táxi começava a andar, teve a breve sensação, por um vulto em seu olhar periférico, que alguém havia saído correndo do aeroporto. Não olhou. Não conferiu. Já estava passando da hora de despedir-se do Logan International e seguir sua vida.

Não demorou muito para que Ethan encontrasse Justin no saguão. Os irmãos não se viam havia mais de duas semanas, desde que Ethan foi à França para uma conferência internacional sobre automóveis. Deram-se um abraço longo e demorado, selado pelo comum beijo no rosto que Justin recebeu, marca registrada de seu irmão.

— Como você está, moleque? — perguntou Ethan.

— Eu estou bem. Fez boa viagem?

— Digamos que sim. Com essas poltronas de avião cada vez mais desconfortáveis e pequenas para nós, qualquer dia vamos viajar em pé — respondeu Ethan, assumindo sua habitual ranzinzice.

— Eu achei que não conseguiria chegar a tempo. Papai me deixou na entrada do terminal e foi estacionar o carro. Mas quando olhei o monitor, vi que seu desembarque tinha sido transferido para o terminal C. Vim correndo!

— Assim que o avião aterrissou, o piloto nos avisou da mudança. Disse que um vento forte do sul estava provocando um caos no Logan e impedindo vários pousos e decolagens.

— Um vento do sul?! — questionou Justin com um leve sorriso contido nos lábios.

— Sim. Por isso foram obrigados a reposicionar várias aeronaves em solo, o que nos trouxe para o terminal C. E você, já conseguiu avisar o papai?

— Ainda não. O celular dele está desligado. Vamos torcer pra ele... — Justin não conseguiu concluir a frase, pois foi surpreendido ao avistar a porta externa de saída do saguão se fechando atrás daquele que imaginou ser o brasileiro em quem havia tropeçado minutos antes. — Espere aqui, Ethan, eu preciso resolver uma coisa. É rápido!

— Aonde você vai, moleque?

— É rápido, eu prometo.

— Mas o que está acontecendo? Você viu o papai passando?

— Não, Ethan. Eu acho que vi uma pessoa conhecida.

— Você acha que viu uma pessoa conhecida e vai sair correndo atrás dela?

— Eu prometo que não demoro. Só preciso confirmar. É uma pessoa importante...

Justin foi correndo em direção à saída, desviando das pessoas com cuidado para não repetir o tombo anterior. Tinha certeza de que aquela breve visão não poderia ser um déjà vu. Fosse mesmo aquele homem com quem compartilhara aquela troca de olhar, respiração e energia, ele teria voltado, talvez incentivado por uma coragem que lhe faltou em ir atrás dele como imaginou inicialmente. Se não tivesse voltado por sua causa, descobriria. O que não podia era deixar a situação nesse fio de navalha.

Atravessou as portas automáticas e chegou à calçada bem no momento em que o táxi acelerava e seguia seu rumo em direção ao centro de Boston, perdendo-se em meio aos demais carros. Mas no momento em que o veículo passou ao seu lado, teve a certeza de que aquele era o estrangeiro por quem havia nutrido uma imediata atração. Viu seu perfil pelo vidro do táxi. É ele! Ele voltou ao saguão! E agora, o que fazer?

Das poucas certezas que Justin tinha na vida, uma delas era que o destino, na maioria das vezes, brinca com nossa capacidade de observação e com nosso potencial de reação, manipulando muitas variáveis para provocar uma única situação capaz de mudar muitas outras vidas. O pior que pode nos acontecer é não ter a coragem e a ousadia para aceitar o jogo do destino e confrontá-lo no campo de batalha. Justin pensou ter sido derrotado naquele momento.

Não demorou muito para Ethan encontrá-lo do lado de fora do Logan, e quase imediatamente seu pai, Edward, parou o carro bem em frente ao local onde estavam. Enquanto Justin colocava a bagagem do irmão no porta-malas, Ethan entrou no veículo e deu um abraço apertado no pai. Era longa a viagem de Boston até Holden, onde mora a família Thompson, nas colinas depois de Worcester. Justin falou muito pouco durante todo o trajeto. A noite caiu quando ainda estavam na estrada e os faróis dos carros em sentido oposto iluminavam a cena: o velho Edward dirigindo o carro e conversando com o filho Ethan, um assunto que parecia bastante animado, levando em conta as gargalhadas fáceis; no banco de trás, Justin permaneceu perdido no breu da noite, vislumbrando o nada. Em sua memória, só permanecia aquele olhar encantado, que parecia ter-lhe roubado a alma.

stunning beauty

— Eles devem estar chegando — disse Catherine, dispondo delicadamente os oito pratos na grande mesa da sala de jantar. — John e Mildred também já devem estar a caminho. Eles nunca se atrasam.

— Não vejo a hora de encontrar meu marido. Estou morrendo de saudades! — revelou Helen em sua sutil introspecção, enquanto alinhava as taças de cristal, sempre usadas nas ocasiões especiais da família Thompson.

— Querida, você não sabe quanto eu fico feliz por ver você e o Ethan vivendo bons dias após toda aquela turbulência — e Catherine segurou, com carinho, sua nora pelos ombros. — Helen, fique tranquila. Vocês vão conseguir ter um bebê. Eu posso imaginar quanto esse tratamento hormonal está mexendo com você e deixando as coisas ainda mais complicadas, mas tente relaxar...

— Eu sei, Cathy. Tenho tentado relaxar nos últimos meses, mas às vezes penso se não é hora de desistir. Nós já perdemos dois bebês e eu não sei se sou capaz de aguentar todo aquele sofrimento mais uma vez.

— Você precisa parar de se cobrar tanto. Nem sempre as coisas acontecem exatamente como sonhamos ou no momento em que queremos.

— Mas eu sinto que isso é importante para o Ethan. É importante pra mim também.

— É importante pra todos nós...

— É isso! É importante para todos. E sinto como se eu não fosse capaz de realizar esse sonho. Como se eu não pudesse dar essa alegria a todos — uma lágrima contida saltou dos olhos de Helen.

— Helen, querida. É exatamente isso que estou dizendo. Você precisa relaxar. Não tem que ficar se cobrando dessa forma. Eu até acredito que o Ethan esteja fazendo cobranças indiretas quanto a vocês terem um filho. Mas nenhum de nós está aqui para julgar o seu tempo ou a sua natureza. — Ao perceber que a nora desaguava um choro preso havia dias, Catherine abraçou-a carinhosamente. — Não fique assim. Olhe para mim. Ninguém pode forçar a natureza. Você já está fazendo todos os tratamentos necessários e disponíveis. Agora é só esperar acontecer, sem pressão.

— Mas e se nunca acontecer, Cathy? — indagou Helen, entre soluços.

— Se nunca acontecer, é porque tinha que ser assim — disse Catherine, em seu melhor tom consolador. — Eu não gosto de usar essa palavra... nunca. Mas se você está sentindo que não consegue mais suportar o tratamento, se acredita realmente que não será capaz de engravidar dessa forma, você precisa aceitar isso, se respeitar. Precisa conversar francamente com o Ethan. Meu filho pode ser um grande cabeça-dura, mas você, melhor do que ninguém, sabe o potencial de sensibilidade que existe naquele coração. Abra o seu para ele. Fale. Eu sei que é um assunto delicado, mas enfrentar sozinha seus próprios limites não parece ser uma decisão acertada. Vocês são um casal, Helen. E precisam agir como tal e parar de ficar se escondendo atrás de uma fantasia que pode não se realizar da forma como vocês desejam.

— É disso que eu tenho medo. Eu não sei como o Ethan vai reagir...

— Você só vai descobrir quando falar com ele.

— E você, Cathy, como se sente quanto a isso? — indagou Helen diretamente, algo que não era típico de seu comportamento.

— Querida, eu não vou negar que estou louca para ver essa casa novamente povoada de crianças, correndo de um lado para o outro, fazendo bagunça, pendurando meias na lareira na noite de Natal, fazendo cara feia diante de um prato de ervilhas. — Catherine abriu seu largo e acolhedor sorriso, respondido com suavidade por Helen. — Às vezes eu entro no quarto do Justin e ainda sinto o cheiro do talco e das fraldas. Ainda acordo de madrugada imaginando ouvir seu choro faminto no antigo berço. Sinto saudades do tempo em que eu achava que não teria tempo para mais nada. E você não pode imaginar a grandiosidade de tudo isso. Então, quando eu vejo você e o Ethan sofrendo como estão por não conseguirem ter um bebê pelas vias naturais, fico com o coração partido. Mas eu também fico pensando: há alternativas. Vocês vão ter tantas emoções e tantas responsabilidades para criar, educar e conviver com uma criança que, no fim das contas, ser ou não um filho biológico é o que menos importará.

— Você está falando em adoção? — questionou Helen. — Cathy, você realmente acha que devemos adotar uma criança? — havia um misto de espanto e alívio em sua pergunta.

— Não só em adoção, Helen. Vocês também podem procurar uma barriga de aluguel. Há tantas crianças precisando de pais no mundo. E, sinceramente, não conheço duas pessoas melhores para dar um lar, uma família, a uma criança do que você e o Ethan.

— Isso que eu estou ouvindo é sério?!

— E por que não seria? Além do mais, você está certa. Eu quero ser avó logo, enquanto posso curtir tudo isso! Não quero meus netinhos correndo em volta de uma velha caquética se defendendo da queda com uma bengala! — As duas deram uma boa gargalhada. — É por isso que eu quis essa casa grande com esse jardim imenso... para poder correr por todos os lados com meus netos!

— Alguém disse um dia que a avó é uma espécie de mãe com açúcar.

— Oh, meu Deus! Eu esqueci a calda de amoras para a sobremesa no fogo! Deve ter queimado... Como eu sou estúpida! — disse Catherine, completando enquanto corria para a cozinha: — Helen, por favor, coloque os talheres na mesa enquanto eu resolvo isso aqui. Eles já devem estar chegando.

Helen sentiu o cheiro da calda de amoras queimada, que já deveria estar circulando pela sala de jantar havia tempos, mas que nem ela, nem sua sogra Catherine, tinham sentido, inebriadas que estavam por aquele assunto que quase arruinou seu casamento com Ethan. Enquanto dispunha todos os talheres ao lado dos pratos à mesa, ficou um longo tempo pensando no que tinham acabado de conversar. Despertou de seus pensamentos quando ouviu a campainha tocar à porta da frente. A noite estava apenas começando.

A noite caiu enquanto ainda estavam na estrada. Justin, perdido em seus pensamentos, sequer viu passar Framingham. Só se deu conta do trajeto quando atravessaram Worcester, já na rodovia 122A, subindo para Holden. Particularmente não gostava daquele trajeto. Preferia o caminho alternativo pela Reservoir Street, a estrada dos reservatórios. Mas seu pai tinha escolhido o percurso mais rápido para quem vinha de Boston. Estavam a menos de dez quilômetros de casa quando o farol do carro avistou a pequena placa em forma de livro, onde se lia: "Holden — Incorporada em 1741 — População: 16 608 habitantes" com o brasão da cidade ao centro.

Assim que se aproximaram do semáforo no cruzamento da Main Street com a Industrial Drive, Ethan fez um pedido:

— Pai, será que você pode parar ali na frente, na Edith's Flowers? Quero levar umas flores para a Helen. Vai ser bem rápido.

— Tudo bem, Ethan. Acho que ela ainda deve estar com a loja aberta — assentiu Edward, introduzindo uma nova pergunta: — E como estão as coisas entre vocês, meu filho?

— Acho que estamos bem. Quando Helen sofreu o primeiro aborto foi triste, mas nós superamos. Desta vez parece que está sendo mais difícil. Às vezes acho que ela não vai conseguir superar e vai desistir de tentar novamente — revelou Ethan, cujo transtorno era visível.

— Ethan, você já considerou a possibilidade de que a Helen, muito além de estar sofrendo por perder um segundo bebê, pode estar cansada fisicamente de todos esses tratamentos? — interveio Justin, em sua primeira interação desde que pegaram a estrada em Boston.

— Ela falou alguma coisa para você, Justin? — questionou Ethan.

— Não. Mas não precisa ser um expert para perceber que ela não está nada bem. Está se cobrando pelo fato de não ter conseguido manter as duas gestações e dar o filho que você tanto quer.

— Não é só ele quem deseja esse filho — ponderou Edward. — Todos nós estamos ansiosos por uma criança, o início da nova geração dos Thompson. E todos nós sofremos quando Helen perdeu os bebês.

— É exatamente isso, papai! — disse Justin, com certo tom áspero, quase uma reprimenda: — Helen está abalada e se sentindo pressionada por toda a família.

— Mas ninguém a está pressionando — discordou Ethan. — Eu mesmo disse a ela para deixarmos os tratamentos de lado por um tempo. Mas ela insiste. Eu também quero muito ter um filho, mas já começo a considerar a possibilidade de que isso não venha a acontecer nunca. E você acha que eu também não sofro com isso?

— Esse é o ponto, Ethan! Você consegue sofrer abertamente e sempre deixou claro quanto quer ser pai... — Justin não conseguiu concluir, pois foi atravessado por Ethan.

— E o que há de errado em um homem da minha idade querer ser pai? Sim! Eu quero. E quero muito. Uma parte de mim morreu com aqueles abortos. Será que é um absurdo eu mostrar que estou sofrendo com tudo isso? — questionou Ethan, subindo o tom de voz.

— Mas será que você já se perguntou quanto a Helen está sofrendo? Ela está em cacos, Ethan. Mal consegue falar sobre o assunto. E a cada dia, sente como se você e todos nós estivéssemos com olhos de lince sobre ela, prontos para devorá-la — disse Justin, também subindo o tom de voz. — Você deveria conversar mais com sua mulher. Ela está sofrendo, Ethan. E sofrendo muito...

— O que você tem conversado com a Helen?

— Só estou tentando ajudá-la, coisa que você não faz!

— Eu sabia! Tinha certeza de que havia dedo seu nessa história! Helen estava diferente quando nos falamos ao telefone durante minha viagem. Por que você tem sempre que se intrometer nos meus assuntos privados, Justin?

— Eu não estava me intrometendo. Helen me procurou. Precisava de ajuda. Precisava conversar. Apenas ouvi o que ela queria dizer.

— Por que você sempre faz isso, Justin? Por que está sempre se metendo na minha vida? Por que você precisa estar sempre se comportando como o irmão gay frustrado disposto a tirar bons conselhos da cartola quando um de nós precisa? Por que, em vez de ficar entrando onde não é chamado, você não aproveita seus conselhos e os usa em sua própria vida? — atacou Ethan, já em tom de briga.

— É isso que você pensa de mim? Que eu sou o irmão gay frustrado incapaz de ser feliz?

— Há quanto tempo você não namora alguém? Dois anos? Três anos? Aliás, você já namorou alguém pra valer?!

— Ei! Rapazes, parem com isso! — apartou Edward, percebendo a exaltação de seus filhos enquanto estacionava o carro diante da loja da florista. — A loja ainda está aberta, Ethan. Vá e compre as flores. Helen vai gostar do presente.

— Fique sabendo, Ethan, que eu não preciso arrumar um namorado para provar nada a ninguém! — provocou Justin.

— Pois deveria. Talvez assim você se ocupasse mais com sua própria vida em vez de se intrometer na vida dos outros — respondeu Ethan, já descendo do carro.

— Vai logo, Ethan! — pediu Edward.

— Me apresente um cunhado, Justin! Daí, conversamos de igual pra igual — incitou ironicamente Ethan.

— Vá se ferrar! — concluiu Justin, já percebendo o irmão dando-lhe as costas e caminhando em direção à porta de vidro da Edith's Flowers. Teve vontade de abrir a porta e sair atrás dele para não deixá-lo com aquele riso sarcástico, sempre que Ethan sentia ter vencido um debate. Mas foi contido pelo pai, que se virou para o banco de trás do veículo, segurou-o pelo braço e emanou aquele olhar de inacreditável doçura depois de separar duas crianças brigando. Por um momento, sentiu-se com a idade da irmã, Nicole.

Nicole, ou simplesmente Nicky, era a caçula da família Thompson. "Ninguém me esperava, eu aconteci!" Era como a jovem brincava ao bem descrever o fato de ser temporã de Edward e Catherine. Sua mãe já tinha quarenta e dois anos quando foi surpreendida por uma gravidez temerária e quase inexplicável, já que Ed realizara um procedimento cirúrgico de esterilização. "Eu queria tanto vir a este mundo que reverti uma vasectomia!" Concluía uma irônica Nicky, anunciando também seu temperamento forte e imperativo.

Ao contrário dos irmãos Ethan e Justin, muito parecidos com Ed, Nicole era fisicamente o retrato de Catherine quando jovem: pele de um alvor angelical; cabelos naturalmente loiros, lisos como num comercial de xampu; uma silhueta bem definida, distribuída em pouco mais de um metro e setenta de altura; olhos enormes e de um azul tão profundo e estonteante quanto as águas do Pacífico; e lábios rosados e carnudos, cujo desenho, emoldurado por belas e proeminentes maçãs, lhe concedia um rosto em permanente estado de felicidade.

Ilusão. Pura ilusão de óptica. A natureza é sempre caprichosa. Nicky, apesar de ostentar o título de caçula-temporã, o que lhe resguardava alguns mimos compreensíveis, e de receber uma educação primorosa, foi uma criança bastante fechada e tornou-se uma jovem adepta à observação e aos silêncios vertiginosos. Aos dezessete anos de idade, cursava o penúltimo ano na Wachusett Regional High School, em Holden.

Apesar da sôfrega insistência de Ed e Cathy para que a filha tentasse ser admitida na Boston University, ficando assim perto de casa, Nicole não tinha a menor pretensão de permanecer ao alcance dos olhos de seus pais e de seus irmãos, cujo zelo extremado também lhe tolhia as necessárias aventuras próprias à sua idade. "Calada sim, morta nunca!", pensava em seus sonhos aventureiros. Seu desejo era atravessar o país e tentar ingressar em Stanford ou Berkeley, as renomadas bisseculares universidades da Califórnia, onde pretendia cursar Engenharia. Bonecas e vestidos nunca lhe fizeram a cabeça. Cresceu entre legos e castelos de areia. Construir era sua obsessão.

Ainda assim, Nicky nunca foi uma boa construtora de amizades. Tinha visível dificuldade de criar pontes que a ligassem às outras pessoas. Convivia muito bem com os colegas de escola, mas raros foram aqueles que conseguiram laçar seu afeto. Seus grandes companheiros eram Hannah Sullivan, sua melhor amiga e com quem cresceu e passou boa parte da vida, vizinhas desde o nascimento na pequena Tanya Drive, onde moram; e Thomas Marshall, o filho mais velho de grandes amigos de sua família: o oficial Raymond Marshall, chefe do escritório do governo americano em Holden, responsável pelos registros e documentos públicos, e Angela, uma europeia alva, quase albina, a truculenta professora de alemão da Wachusett. Thomas, desde a infância, nunca escondeu o fato de ser apaixonado por Nicole, relação que era francamente incentivada por ambas as famílias, exceto por Angela, que dizia não ter motivos para admirar a caçula dos Thompson.

"Por que será que ela nunca me deu uma chance?", questionava-se muitas vezes Thomas em pensamento, sem encontrar qualquer resposta plausível. Tinham a mesma idade e ele era um jovem inteligente, atlético e muito bonito, sempre cobiçado pela maioria das meninas da escola. Fiel às suas obstinações, raramente permitia-se qualquer relação com outra garota e, quando o fazia, para saciar a efervescência de seus hormônios e calar as más-línguas ferozes, tentava manter os fatos e os atos bem longe do conhecimento de Nicole. Ela era o amor de sua vida e disso não tinha dúvidas.

Já era noite quando Nicky, Hannah e Thomas chegaram ao estacionamento da WRHS, ao final de mais um dia do programa de verão da escola. Suado e exausto das seguidas partidas de basquete e exibindo todo o seu porte atlético por trajar apenas o short preto do time da WRHS, o rapaz tentou uma cartada:

— Vocês topam comer alguma coisa no Sweets N' Java antes de ir pra casa? — indagou Thomas, secando o suor do rosto com a camisa nas mãos enquanto se aproximava da vaga onde estava seu carro.

— Pode ser. Eu estou faminta! — disse Hannah, animada com a ideia.

— Hoje eu não posso. Tenho que ir correndo pra casa. Ethan está chegando da França e minha mãe vai reunir a família para um jantar de boas-vindas. — Nicole não estava tão disposta aos ritos familiares, mas, pelo menos, poderia escapar das investidas de Thomas, cada vez mais frequentes nos últimos meses.

— Mas é uma parada rápida... um suco apenas... — insistiu o rapaz. — Que tal então um sorvete no Friendly's?

— Não dá, Thomas! Eu já estou atrasada.

— Tudo bem. Você é quem sabe — resignou-se, abrindo a porta do carro e se despedindo. — Nos vemos amanhã!

— Tchau! — acenou Hannah, que, mesmo sabendo do interesse único do jovem por sua melhor amiga, fazia questão de exibir seus fartos seios para o deleite dos olhos de Thomas. "Como a Nicky pode rejeitar esse menino? Ele é maravilhoso!", era o que sempre pensava, em seus desejos mais ocultos.

As duas caminhavam em silêncio até o carro de Nicole, um Peugeot 308 CC conversível vermelho, a alguns metros de distância. De sobressalto, Nicky estacou. Não conseguia dar mais um único passo ao avistar, vindo em sua direção, um charmoso quarentão, extremamente sexy, calça jeans, camisa branca e uma barba levemente por fazer. Um tanto constrangido com o olhar flamejante daquela garota, o homem correspondeu com um sorriso de mesmo porte.

— O que foi, Nicky? Vamos — indagou Hannah, virando-se para a amiga e não percebendo aquele que vinha na direção oposta, nem a troca de olhares que acabara de acontecer. — Vai ficar aí, parada? — Não compreendia a ausência de respostas, quando sentiu aquele homem passar bem ao seu lado, deixando no ar um rastro de perfume Polo Black.

Num movimento coordenado, quando ele se virou para conferir se a bela jovem ainda lhe lançava aquele perigoso e penetrante olhar, uma brisa quente agitou os finíssimos cabelos de Nicole, jogando mechas loiras sobre seu rosto delicado. Ele abriu novamente um vasto sorriso. No íntimo, sabia que mesmo aos quarenta e três anos de idade, era dono de uma beleza deslumbrante, e suas formas eram capazes de deixar multidões babando pelo caminho. Mas havia algo diferente, um encantamento perturbador no olhar daquela jovem. Ela, sentindo o rachar da secura em sua garganta, por aquele longo momento foi tomada pela ilusão de estar ouvindo uma música lenta.

— Ei, Nicky! — Hannah tentava lhe chamar a atenção, passando a mão bem em frente ao rosto de Nicole, na esperança de tirá-la daquele transe no qual jamais vira a amiga. — Nicky! Acorda! Em que planeta você está?

— Hein?! O que você disse? — voltando a si, Nicole tentava descobrir o que Hannah lhe perguntara e ainda continuava atordoada com o impacto que aquele homem tinha provocado.

— Nicky, o que aconteceu com você? — Ao mesmo tempo que perguntava, Hannah pegou a amiga pela mão e forçou-a a continuar o caminho até o carro. — Você ficou estranha de repente! Parecia ter saído do próprio corpo!

— E acho que saí mesmo!

— Tudo isso por causa daquele velho? Ah, Nicky!

— Que velho, Hannah? Ele não é velho!

— Como não?! É bonitão, gostoso, cheiroso, mas tem idade pra ser seu pai, querida! Então, nem venha inventar problemas, viu?!

— Você o conhece? Nunca o vi por aqui.

— Ele é o novo professor de história da Wachusett — revelou Hannah, ao chegar ao carro de Nicole enquanto caminhava para o lado do carona. — Eu fui outro dia à secretaria para escolher minhas matérias, quando o encontrei sendo apresentado pelo superintendente do distrito. Parece que ele vai ministrar uma série de palestras sobre história no próximo semestre em todas as escolas da Regional.

— E você sabe o nome dele? — questionou Nicole, ávida por uma resposta positiva, enquanto abria a porta do carro e se acomodava ao volante.

— Bem, eu poderia nem ter prestado atenção... mas eles estavam falando tão alto que acabei escutando algumas coisas. — Hannah, uma curiosa de plantão, falava com ar de falso desdém. — Uma das coisas que ouvi foi o nome dele, quando o superintendente fazia as apresentações aos funcionários da secretaria. Foi tão desconcertante estar ali naquele momento...

— Fala logo, Hannah! Qual é o nome dele? — ordenou Nicole, ligando o motor e acionando a capota retrátil de seu Peugeot.

— Acho que é Christian. Professor Christian Taylor — e noticiou, em flagrante de sua falsa desatenção à referida conversa. — Ele é de Los Angeles. Mas agora está morando em Worcester.

— De Los Angeles? Califórnia?

— Não! De Los Angeles, na China! — brincou Hannah. — É claro que é da Califórnia! Só pelo bronzeado já dá pra perceber... E eu vivo me perguntando: o que pode levar uma pessoa a sair de Los Angeles e vir morar em Worcester? Ele só pode ter problemas... de repente aprontou alguma lá... ou está fugindo.

Enquanto Hannah seguia em seu interminável novelo de preconceituosas hipóteses sobre a vida daquele desconhecido, Nicole esboçou um leve sorriso e saiu com o carro. Para não ter que ficar ouvindo aquele monte de bobagens de sua amiga nos dez minutos que separavam a Wachusett de suas casas, lembrou-se de ligar o rádio. Por uma dessas irrefutáveis coincidências da vida — ou seria o destino, pensou imediatamente — a música que tocava era "Dream", da multi-instrumentista Priscilla Ahn. Quase não acreditou. Aumentou o volume. Ficou ainda mais impressionada com toda aquela aura que a dominou desde que avistou aquele homem fascinante. Fez questão de guiar o carro pelo caminho que a obrigaria a passar bem ao lado dele, que seguia em direção à escola.

No trajeto para deixar o estacionamento e chegar à sede da Wachusett, Christian Taylor conteve, por diversas vezes, a tentação de olhar novamente para trás e admirar aquela linda estudante. Taras e fetiches à parte, algo naqueles olhos azuis tinha revirado suas certezas e seus critérios éticos de evitar qualquer relação extraclasse com suas alunas. Mas havia algo diferente naquela abordagem. Enquanto insistia em ponderar o que, naquele momento, era imponderável, Christian começou a ouvir o barulho de um carro vindo em sua direção, acompanhado de um trecho de música: "I was a little girl alone in my little world who dreamed of a little home for me. I played pretend between the trees, and fed my houseguests bark and leaves, and laughed in my pretty bed of green. I had a dream that I could fly from the highest swing. I had a dream...". Percebeu aquele Peugeot conversível vermelho reduzir a velocidade e passar, levando consigo aqueles cabelos loiros revirados pelo vento. Por alguns segundos, e ainda ouvindo a música, ele encontrou os olhos azuis de Nicole. "Long walks in the dark through woods grow behind the park, I asked God who I'm supposed to be. The stars smiled down on me, God answered in silent reverie. I said a prayer and fell asleep. I had a dream..." Através do retrovisor, ela lançava novamente aquele olhar de desejo perturbador, enquanto apreciava o som da gaita de Priscilla Ahn.

No extremo sudoeste de Holden, nos limites da área urbana com a Reserva Kendall, Tanya Drive é uma pequena rua sem saída com apenas oito residências de bom padrão. Um lugar tão bonito quanto tranquilo, cuja altura permite contemplar o longo vale dos reservatórios e ainda avistar Worcester, a leste, e Paxton, a oeste. Com um pouco de esforço, é possível ver, à grande distância, a pequena Spencer. Nos dias quentes de verão, a região é presenteada pela brisa úmida que sopra vale acima.

Nesse lugar quase paradisíaco, Edward e Catherine construíram seu lar, uma casa de tom ocre, de dois pavimentos em estilo americano, com telhados cinzentos e fartos detalhes em branco nas muitas eiras e beiras. Esses prolongamentos frontais da residência eram revestidos com pedras de tons variados entre o amarelo-ouro e o marrom-escuro, e três portentosas bay windows vitorianas davam um toque especial ao estilo daquela bela fachada de vista ampla, ao centro da rotatória que marca o fim da Tanya Drive.

Aconchegante, ampla, iluminada e arejada. A casa era o retrato fiel do casamento bem-sucedido de Edward e Catherine. Namorados desde os vinte anos, só se casaram aos vinte e três, quando Ed finalmente abriu seu próprio negócio: uma pequena loja de revenda de automóveis. Aguardaram uma mínima estabilidade para ter o primeiro filho. Cathy tinha vinte e cinco anos quando Ethan nasceu. Dois anos depois veio Justin. Por essa época, Ed ampliou seus negócios e mudou a sede de sua empresa para a região central de Worcester, dando-lhe o nome de Edward Thompson & Sons. Em uma década, os carros vendidos pelos ETS, como eram chamados os funcionários e consultores, tornaram-se um sucesso em todo o sul da Nova Inglaterra, garantindo à família Thompson um elevado padrão de vida.

Catherine dedicou-se em tempo integral às funções da casa e à esmerada educação dos filhos. Enquanto Ed chegava a cumprir dezoito horas diárias de trabalho na construção de seu pequeno império automotivo, Cathy participava ativamente da vida social de Holden, colaborando com as atividades do Gale Memorial e da Gale Free Library, fundados em 1888. Também se tornou membro da Holden Historical Society, uma organização sem fins lucrativos, fundada em 1967, cuja missão é preservar e expor a história da cidade. Já Edward, quando tinha tempo, dedicava-se a cuidar de sua preciosa coleção de carros antigos e às partidas de golfe com os amigos no Holden Hills Country Club.

A vida seguia seu curso tranquilo quando, depois dos quarenta anos, viram-se diante de uma surpreendente gravidez tardia de Catherine. Claro que não houve qualquer planejamento para a chegada daquela nova criança, e Ethan e Justin, já adolescentes, tinham dezessete e quinze anos, respectivamente. Nicole, o "restinho de feira" ou a "última centelha da fogueira", como brincavam, veio ao mundo sob todos os cuidados possíveis e imagináveis, tornando-se o centro das atenções dessa família de republicanos do norte: uma espécie liberal-conservadora avançada.

Na contramão, Ed e Cathy eram obrigados a conviver com a irmã mais velha dele, a verborrágica Mildred, uma mulher ardilosa, que conseguia disfarçar sob a máscara de falso humor seu rosário de rancores, dores e frustrações. Um ser que não conseguiu resistir aos efeitos do tempo. Ao contrário de Edward, Mildred casou-se muito cedo, aos quinze anos de idade, com o empresário inglês John Collins, uma década mais velho e que chegara aos Estados Unidos com o objetivo de expandir os negócios de exportação de sua família na Inglaterra. Foi um caso conveniente, em um ambiente pós-guerra, para aquela jovem bastante rechonchuda e inábil para quase tudo.

Mildred e John tiveram um único filho, William, que morreu trágica e prematuramente, aos dezesseis anos de idade, durante o grande incêndio que destruiu a Holden Junior High School, em 1980. Depois disso, nunca mais foram os mesmos. Depressivos e com as constantes crises econômicas que abalaram os Estados Unidos e a Europa no final dos anos 1980 e início dos anos 1990, os Collins perderam quase todo o patrimônio e encerraram seus negócios. Para sustentar algum padrão de vida à sua exigente e temperamental esposa, mesmo depois dos setenta, John ainda trabalhava, com sobra de justas regalias, na empresa do cunhado.

Ainda assim, eram comuns os pedidos de ajuda de Mildred ao irmão Edward. Valia-se de todos os argumentos, em especial aqueles que apelam para os sentimentalismos rasos. Seus pedidos, sempre reservados aos pés do ouvido ou às salas fechadas, variavam desde auxílios básicos para alimentação e remédios, até a contratação de empregadas domésticas e compra de carros novos. Abusada, Mildred fazia questão de mostrar seu desprezo pela cunhada, Catherine, a quem chamava de "golpista" e por quem nutria forte sentimento persecutório. Aos sobrinhos, legava o desdém, mas revelava a John não aceitar o fato de Ed e Cathy conviverem pacificamente com as "escolhas" de Justin, a quem o próprio John também alcunhava em tom pejorativo, por puro preconceito, de "mulherzinha" e "bichinha arrogante".

Quando reunidos em família, tio John fazia valer o polimento da educação inglesa para ocultar suas mazelas e suas críticas àquela família de "falsos republicanos", que considerava moderna demais. Mas Mildred, uma incorrigível falastrona, constantemente tornava-se a protagonista de discussões e crises, fosse à mesa de jantar, fosse à sala de estar. Com o passar dos anos, suas supostas brincadeiras começaram a se tornar mais problemáticas e perigosas, o que motivou seu marido a fazer-lhe um pedido assim que chegaram, no início daquela noite, à casa dos Thompson, na Tanya Drive, para o jantar de boas-vindas a Ethan:

— Mildred, por favor, não crie problemas nesta noite! — disse John, quase implorando. — Não estamos vivendo dias fáceis na empresa, Ed anda muito tenso com a crise financeira mundial, e a perda do bebê do Ethan e da Helen ainda é muito recente. Meça suas palavras. Não provoque mais situações delicadas do que as que já temos...

— Eu não sei por que você está me dizendo isso. Eu sei muito bem tudo o que está acontecendo. Sempre sei de tudo — regozijou-se Mildred.

— Então nos poupe de suas indelicadezas hoje.

— John?! — disse, aumentando a voz em tom de advertência. — Eu não sou indelicada. O que eu não posso é deixar de falar a verdade que nenhum deles quer ouvir!

— Hoje não, Mildred! Hoje não! — suplicou John.

— Você é engraçado! Falando assim, até parece que eu sou uma idiota impertinente que não consegue compreender o que está acontecendo ao redor. Do jeito que você fala, eu fico parecendo uma daquelas vilãs sexagenárias dos filmes do Robert Altman.

— Não deixa de ser uma boa referência! — e John esboçou um discreto sorriso, ao que foi acertado no braço pela bolsa da esposa, indignada com a brincadeira com fundo de verdade.

— Aliás, querido, temos que redobrar os cuidados com o que falamos... — Mildred sacou da bolsa o batom e um pequeno espelho e, enquanto os colocava em uso, seguiu seu raciocínio, com sarcasmos e boa dose de maldade. — Temos que evitar assuntos mais profundos com a Helen, pobrezinha. Já é o segundo filho que essa menina não consegue segurar! Acho que eles não vão conseguir ter filhos... Mas, do jeito que essa gente é, aposto que o Ethan não respeitou a gravidez da mulher e ficaram fornicando num momento em que não se deve fazer isso!

— Mildred...

— Isso é pra Catherine aprender! Eu garanto que ela já estava festejando o fato de que seria avó, coisa que eu nunca poderei ser.

— Mas por que esse assunto agora? Será que você não aprende? — a fala de John soava mais como uma súplica.

— Agora eu quero só ver... — espalmou as mãos aos céus. — Que fim terá essa família, meu Deus? Um casal jovem que não consegue colocar filhos no mundo, um filho marica e uma pequena vadia loira. Onde pensam que vão chegar assim?

Enquanto Mildred falava, já na varanda da entrada da casa dos Thompson, John tocou a campainha, ouvindo ao longe o pedido de Catherine para que Helen atendesse. Ao mesmo tempo que abria a porta em sua delicada beleza, Helen foi dominada por um forte abraço de Mildred, já transfigurada para sua versão zelosa e benevolente:

— Helen, querida! Como você está? — e Mildred levou uma das mãos ao rosto da esposa de seu sobrinho. — Eu estava morrendo de saudades de você, princesinha!

Ao entrar na Edith's Flowers, Ethan percebeu que não havia qualquer funcionário em seu campo de visão. Certamente por estarem ocupados com os preparativos para o encerramento do dia. Por algum tempo perdeu-se na gama de opções de arranjos florais sem saber exatamente qual deles levar para Helen. Apesar da real semelhança física, Ethan e Helen tinham personalidades absolutamente díspares. Durante todo o período de namoro e noivado, muitos chegaram a apostar que eles jamais se casariam. Talvez não por dúvidas quanto à existência de amor, mas sim pela absoluta discrepância entre suas personas.

Ele sempre margeando algo entre a sisudez e a ranzinzice, cuja seriedade exacerbada muitas vezes o fazia parecer um homem bem mais rude do que de fato era. Ela, por sua vez, não apenas nas expressões, gestos e tom de voz, mas em todo o conjunto, transpirava uma sensibilidade quase infantil. Enquanto ele marchava feito um soldado em formação militar, ela desfilava com leveza, como que conduzida por asas de Hermes. Nele, o cabelo extremamente curto contrasta com a barba aparada, já mesclada entre tons de louro e muitos fios brancos. Nela, as sobrancelhas milimetricamente delineadas parecem acompanhar o perfeito desenho oblíquo dos cílios, emoldurados pelo cabelo comprido e repicado. Ele mastiga gengibres salgados, ela prefere os anacrônicos dropes de hortelã.

Enquanto aguardava algum funcionário para atendê-lo, Ethan percorreu a loja em busca de um arranjo para presentear sua esposa. Estava perdido dentre tantas opções e, por absoluta falta de prática, hábito e, principalmente, de sensibilidade, não sabia quais eram as flores preferidas de sua mulher. A última e única vez que lhe dera flores ainda estavam namorando, e a dúzia de rosas vermelhas, que tanto encantaram Helen, tinha sido escolhida e comprada por sua mãe, Catherine.

"O que levar?", questionava-se sem cessar. Apesar da insensibilidade crônica, Ethan tinha convicção de que seria difícil encontrar, dentre aquelas flores, alguma que fosse realmente mais bela e encantadora que Helen. De relance, avistou o nome de um dos arranjos numa pequena chapa de metal aos pés do elegante vaso arredondado de cristal transparente onde estava disposto. Um incrível ramalhete capaz de prender o olhar com sua gama de tons e flores distintas: vinte e seis hastes mescladas entre rosas vermelhas, íris, ásteres roxos e lírios cor-de-rosa. Estava decidido: "Esse é o presente perfeito, até no nome!", concluiu, alcançando o vaso delicado com as mãos e levando-o até o balcão principal, onde percebeu que uma jovem funcionária chegava para atendê-lo. Deixou para trás a pequena chapa de metal onde figurava o nome que lhe fez escolher o presente: Stunning Beauty.

duas mesas

Quase cento e quarenta dólares foi o que Gabriel pagou pelo táxi que o conduziu pelos setenta quilômetros que separam o Logan International Airport, em Boston, e o seu endereço em Worcester: o segundo andar de uma modesta casa bege na Sherbrook Avenue, próxima à esquina da Lakeview Street e distando uma quadra do Lago Quinsigamond, ou, simplesmente, Long Pond. Um lugar bonito e aparentemente tranquilo, além da conveniente proximidade com a University of Massachusetts Medical School. O valor do aluguel era adequado e todo o espaço, mobiliado, limpo e privativo colaboraram para sua decisão final de fechar o contrato de locação. Para tanto, contou com a preciosa ajuda da dra. Nancy Taylor, a extraordinária cardiologista que seria sua tutora durante o período de especialização e residência na UMass, com quem vinha mantendo contato frequente e que, por cordialidade e generosidade, prontificou-se a ajudá-lo no que fosse necessário.

Já era início daquela noite quente de verão quando, ao perceber o carro parando em frente à sua casa, uma senhora, cujo visível avanço da idade deixava-se notar pelo caminhar lento amparado por uma delicada bengala, desceu os cinco degraus da entrada e foi ao encontro de seu inquilino na calçada. Era Gertrude Rose, uma viúva alegre e simpática que após a morte do marido decidiu alugar o segundo andar de sua casa, um lugar que, dados o tamanho e sua dificuldade de locomoção, quase nunca era visitado. Além disso, estava agregando uma nova fonte de renda e, por fim, ganhando uma companhia naqueles dias solitários próximos ao fim da vida.

— Você deve ser o dr. Gabriel Campos? — indagou Gertrude, estendendo a mão tão logo o rapaz acomodou a última das três malas entregues pelo taxista. E prosseguiu: — Eu sou Gertrude Rose. Falamo-nos ao telefone. Sou a proprietária da casa. É um prazer conhecê-lo.

— Como vai a senhora? É um prazer conhecê-la! — Gabriel sorriu enquanto apertava a mão de delicada e finíssima pele daquela septuagenária mulher que exalava um tênue perfume de lavanda.

— Seja bem-vindo a Worcester! Como foi sua viagem?

— Foi bem, obrigado.

— Eu imagino que você deve estar muito cansado.

— Com certeza. Foi uma longa viagem. E eu quero agradecer-lhe por aceitar me receber como seu inquilino, mesmo eu sendo um estrangeiro desconhecido... — Não conseguiu terminar a frase, pois Gertrude prontamente o interrompeu:

— Nao se preocupe com isso. Você tem uma ótima referência! A dra. Nancy veio pessoalmente falar comigo. Ela é uma grande mulher, uma médica maravilhosa! Ela cuidou do meu Irving até o dia de sua morte... — Gabriel percebeu quando os olhos de Gertrude ficaram marejados pela lembrança abrupta do marido. — E ainda cuida de mim. Fui eu quem disse a ela que estava querendo alugar o segundo andar da minha casa. Na semana seguinte ela veio até aqui e me disse que tinha alguém interessado e era a pessoa ideal para ser meu inquilino. E aqui está você!

— A dra. Nancy será minha tutora na universidade. Eu ainda não a conheço pessoalmente, mas parece ser uma mulher incrível.

— Pode apostar que sim! Uma das melhores que eu conheço!

Do outro lado da rua, uma belíssima mulher californiana, que acabara de completar cinquenta anos, atravessava a rua enquanto acionava o alarme do carro atrás de si. Os generosos e brilhantes lábios rosados contrastavam com aquela pele branca e os luminosos cabelos ondulados em tons de louro fechado, quase acastanhados, meticulosamente cortados na altura da nuca. Tão logo alcançou aquela mulher estonteante com os olhos, Gabriel, de imediato, associou sua imagem à de Marcia Gay Harden, uma de suas atrizes americanas favoritas. Era a dra. Nancy Taylor, que, ouvindo parte do diálogo, não tardou em advertir:

— Dr. Gabriel, eu não apostaria nisso!

— Você ainda me mantém viva... só isso já é um feito extraordinário! — disse a espirituosa Gertrude, recebendo um beijo afetuoso da médica.

— Eu ainda não descobri quem deve acreditar em quem nessa história! Como vai, Gertrude? — Imediatamente, estendeu a mão para cumprimentar seu novo aluno: — Seja bem-vindo, dr. Gabriel!

— É uma grande honra conhecê-la, dra. Nancy — afirmou o jovem médico, embevecido por sua futura mestra.

— Espero que goste do local que encontrei pra você morar. Gertrude é uma ótima mulher, a casa fica próxima à UMass e aquele segundo andar tem praticamente tudo que você possa precisar no momento.

— Ele deve mesmo é querer tomar um bom banho, comer alguma coisa e dormir! — disse Gertrude, em sua costumeira suavidade. — Vamos entrar! Eu preparei um jantar especial de boas-vindas e já deixei tudo bem arrumadinho lá em cima pra você. Quer jantar conosco, dra. Nancy?

— Gertrude, se você fez aquele delicioso bolo de carne, eu vou ser obrigada a sair da dieta e aceitar seu convite!

— Ele está exatamente como você gosta... crocante por fora e malpassado por dentro!

— Gabriel, você vai se surpreender com os dotes culinários dessa velha ranzinza! O bolo de carne que essa mulher faz é irresistível! — Nancy sorriu e estendeu uma das mãos: — Deixe-me ajudá-lo a levar as malas para dentro.

— Não se incomode. Eu mesmo as levo — disse Gabriel.

— Vamos logo! Não me custa nada...

Os três subiram a pequena escada de entrada e, tão logo a porta se abriu, um perfume divinal de comida os tomou. Enquanto Gertrude dirigia-se à cozinha para concluir o jantar a ser servido, Gabriel e Nancy subiram as escadas com as pesadas malas, ela incumbida pela proprietária de apresentar ao jovem médico seus novos aposentos, um perfeito apartamento naquele segundo andar. Uma sala ampla, um pequeno quarto de hóspedes, um banheiro em tons amarelados e recentemente reformado e um quarto enorme. Todos os cômodos dispunham de duas grandes janelas, sendo o quarto principal o detentor das janelas frontais do imóvel. Havia poucos móveis, mas Nancy tratou de informar que, no contrato com Gertrude, estava estabelecido que Gabriel poderia comprar e instalar móveis novos e até mesmo redecorar o ambiente como melhor julgasse.

Tão logo instalou seu novo discípulo e apresentou-lhe minimamente aquela espécie de apartamento, deixou-o ir ao banheiro para um banho e desceu para fazer companhia a Gertrude e ajudá-la no que fosse necessário ao jantar. Gabriel não demorou muito e logo estavam todos à mesa saboreando o tradicional bolo de carne. O jantar foi uma excelente oportunidade para que os três apresentassem suas histórias pessoais e os caminhos que os trouxeram até aquele momento. Nancy e Gabriel já tinham dividido um pouco de si nos longos e-mails que trocaram durante os meses que antecederam a mudança dele. Ainda assim, dada a afinidade imediata, pareciam ter um sem-fim de assuntos e diálogos a travar. Mas foi a velha Gertrude Rose quem ocupou a maior parte da oratória daquela ceia. Estava tão excitada com aquele novo momento e com a nova companhia que se perdeu em divagações que foram desde a vida tranquila naquela região de Worcester até a origem do seu nome, uma homenagem de seu pai à atriz Rose Hobart e sua misteriosa personagem num seriado de TV que datava do início da década de 1940: a espiã nazista Gertrude Müller, em "The Adventures of Smilin' Jack", baseada nos quadrinhos de título homônimo. Um pequeno vaso com lírios rosa era o ornamento perfeito, delicadamente disposto sobre a agradável mesa de jantar.

Catherine havia gastado boa parte do dia organizando o jantar de boas-vindas ao filho mais velho, que passara duas semanas na França a trabalho. Por capricho, preparou os pratos favoritos de Ethan: cordeiro assado com legumes e, de sobremesa, um *gâteau* com creme inglês e calda de amoras, servido em belas taças geladas. Como ele sabia que sua mãe faria aquele saboroso cordeiro, trouxe da França algumas garrafas de vinho tinto Coteaux du Languedoc safra 2006, do Château San Martin de la Garrigue.

No entanto, ao contrário do que se imaginava, aquelas oito personagens à mesa mantinham um silêncio eloquente. Poucas palavras foram trocadas e a ausência de interação chegava às raias do desconcertante. O ritmo monótono dos talheres indo e vindo entre os pratos e as bocas só era quebrado quando Helen lançava aquele olhar de lânguida saudade ao marido, feliz pelo lindo ramalhete que acabara de ganhar; ou quando tia Mildred pigarreava, sem conseguir encontrar uma posição confortável para manter-se sentada e, principalmente, calada. No ambiente, uma atmosfera lúgubre, em completa impertinência. E ela não se conteve:

— Será que eu posso saber o que está acontecendo nesta casa? — provocou Mildred, recebendo de imediato uma pisada nos pés vinda do marido, sentado ao seu lado. — Não adianta pisotear meus dedos, John! Tem algo acontecendo aqui e eu não estou gostando nada, nada!

— Mas o que poderia estar acontecendo? Só estamos saboreando essa comida deliciosa que a minha Cathy preparou! — disse Edward, tentando amenizar o súbito questionamento da irmã e acolhendo entre as suas as mãos de Catherine, também visivelmente confusa com aquele silêncio.

— Ed, desde quando você acha que eu sou idiota? — ironizou Mildred, seguindo em ataque. — Desde quando você se comporta como um idiota?

— Mildred! — repeliu John.

— Tia Mildred, nós só estamos com a boca cheia! Só isso... — Ethan tentou brincar com a situação.

— Eu já vi gente nessa mesa cuspir comida para não perder a chance de falar e você vem me dizer que, de uma hora pra outra, um cordeiro interrompeu os discursos?!

— Não é isso, Mildred, querida! Acho que estamos todos muito cansados — revelou Cathy, em tom adocicado.

— Então, se ninguém fala, eu falo. Não estou nada cansada! — os olhares se cortaram à mesa, aguardando a velha tia começar. — Fale sobre sua viagem à França, Ethan! Ficar numa feira de automóveis por duas semanas deve ser enfadonho! Eu aposto que você aproveitou pra tirar umas férias, não foi?! Conte-nos tudo!

— Na verdade, tia, eu quase não tive tempo de sair. Tínhamos vários negócios abertos com as montadoras e fiquei completamente absorvido pelos compromissos... — disse Ethan, não conseguindo completar o raciocínio.

— Por duas semanas? Devem ser grandes negócios mesmo... — insistiu Mildred.

Visivelmente alheia àquela conversa torta, Nicole, que estava com a cabeça focada no turbilhão de emoções que sentira mais cedo ao cruzar com o novo professor, dirigiu-se aos presentes em escusas:

— Eu não estou com fome. Será que vocês se incomodam se eu me retirar e for deitar?

— O que foi, minha querida? Você não está se sentindo bem? — perguntou carinhosamente Edward, seguido por sua esposa:

— Nicky, o que foi?

— Não foi nada. Só estou sem fome e com um pouco de dor de cabeça. Só quero ficar um pouco quietinha! — Nicole esboçou um delicado sorriso, atenuando as preocupações.

O mesmo fez Justin, sob a mesma desculpa e acompanhando a irmã pela escada até o segundo pavimento da casa, onde ficam os quartos. Abraçados, aos poucos foram ouvindo cada vez mais longe o tagarelar de tia Mildred, ainda não satisfeita com as explicações de Ethan.

— Nicky, está tudo bem mesmo? Você está tão estranha. Mal falou conosco... — comentou Justin.

— Só estou um pouco confusa...

— Confusa? O Thomas fez uma nova investida?!

— Claro que sim! Sempre! — sorriu. — Mas não é por causa disso. Eu cruzei com um cara na escola hoje e ele mexeu muito comigo. Não sei explicar!

— Ih! Então estamos na mesma situação! Vamos para o meu quarto conversar... — Justin pegou a irmã pela mão. — Agora!

Incalculável o tempo que Nicole e Justin passaram no quarto dele debatendo sobre aqueles dois homens que cruzaram seus caminhos naquele dia. Uma coincidência inspiradora. Apesar da diferença de idade entre os dois irmãos, tinham se tornado amigos confidentes, capazes de dividir os mais assombrosos segredos de suas vidas íntimas. Deitados na cama e com a brisa noturna entrando pela janela e promovendo um balé de cortinas, os dois perderam-se no tempo e no espaço em suas narrações milimétricas dos fatos acontecidos.

Mildred e John comeram o *gâteau* e partiram, algo bastante incomum. Em geral era quase necessário expulsá-los. Mas, naquela noite, havia algo sombrio pairando sobre a mesa de jantar, e por mais que a tia tenha insistido em extrair qualquer informação que a levasse a explicar ou entender o ambiente um tanto pesado, todas as suas investidas foram frustradas. "Talvez nem eles mesmos saibam por que estão assim!", pensou. "Devem estar se dedicando à misantropia!", concluiu, maldosa.

Enquanto Helen ajudava Catherine a desfazer a mesa e levar as sobras para a cozinha, Edward chamou Ethan, reservadamente, para a sala de estar. Bem em frente à lareira apagada, Ed, misterioso, questionou:

— Conseguiu resolver aquele problema?

— Creio que não! — revelou Ethan, atento aos movimentos para certificar-se de que ninguém os ouvia.

— E como é que foi? Quanto isso vai nos custar?

— Talvez um pouco mais do que esperávamos...

— Maldita seja!

— Eu sinto muito, papai. Tentei negociar o tanto quanto pude, mas ela está irredutível.

— Você o conheceu?

— Não, ela estava sozinha.

— E de quanto estamos falando, Ethan?

Pai e filho permaneceram conversando por um bom tempo, até que suas esposas chegaram à sala. Tia Mildred não estava errada quando desconfiou haver algo errado na casa naquela noite. Aquilo não era um silêncio dos que não têm nada a dizer. Tratava-se do silêncio ensurdecedor daqueles que têm muito a esconder. Superficialmente, as águas até pareciam continuar cristalinas, mas no fundo havia um revolver em curso, turvando totalmente a visão daqueles que se arriscam ao mergulho.

sob as águas

Passava das cinco da tarde quando finalmente Gabriel e Nancy atravessaram a Belmont Street para um lanche rápido no D'Angelo. Apesar de cardiologistas, ambos não tinham uma relação pragmática com horários e alimentação. Ele, com apenas três meses em Worcester, já estava viciado no sanduíche feito de rosbife, queijo cheddar, salada, cebola roxa e um molho especial. Ela ficava sempre entre o sanduíche de presunto, queijo suíço e mel ou uma salada de frango, uvas-passas, nozes e aipo. Havia um acordo velado entre eles: comer vagarosamente e tentar não discutir quaisquer assuntos profissionais à mesa. Com o olhar abatido pelo cansaço, tanto pelo processo de adaptação quanto pela rotina exaustiva, Gabriel desabafou:

— Às vezes eu sinto falta do silêncio do sítio dos meus pais. De poder subir no alto do morro e sentir o vento. De colocar os pés nas águas do riacho... — perdeu-se na vista da movimentada Belmont, através da janela de vidro.

— Por que você não aproveita e tira uns dias de folga? — questionou Nancy, e então prosseguiu: — Desde que chegou aqui, há três meses, não para de estudar e trabalhar. Você precisa sair, conhecer pessoas. Quem sabe até fazer uma viagem, mesmo que pequena, para conhecer um pouco Massachusetts. O mundo não vai acabar se você ficar uns dias fora.

— Mas eu não conheço quase nada por aqui.

— Já que você disse estar com saudades do ambiente bucólico onde vivia, de subir os morros e estar cercado de natureza, eu nem vou indicar ir para Boston. Mas acho que tenho uma ótima sugestão de passeio.

— E qual é?

— Holden — afirmou categoricamente Nancy.

— Holden? — Gabriel franziu o cenho.

— Sim. Holden é uma pequena cidade que fica nas colinas, ao norte. Um lugar lindo, Gabriel. Acho que é exatamente o que você procura. Beleza, conforto, natureza, tranquilidade e silêncio.

— E fica muito longe?

— Não. É muito perto, cerca de vinte quilômetros. Meia hora de carro. E a paisagem é deslumbrante. — Nancy sorriu, mas com um semblante nostálgico. — Vou te ensinar o caminho pelos reservatórios de água. É uma pequena estrada alternativa. Acho que você vai gostar.

— Eu não sei... — tergiversou, ainda resistente.

— Gabriel, às vezes é necessário recarregar as baterias. E só conseguimos fazer isso nos lugares de que gostamos. Como você não conhece quase nada por aqui, chegou a hora de começar a lhe apresentar algumas opções.

— Mas eu ainda tenho muitas coisas para estudar. E alguns pacientes que preciso acompanhar. Às vezes eu penso que o dia é curto demais!

— Pois organize seu tempo — Nancy lançou aquele olhar de falsa sanha. — Como sua tutora, tenho o dever de cobrar isso. E inclua nessa organização alguns dias para ficar longe de tudo isso, para não sentir cheiro de hospital, nem ouvir falar em acidentes, cirurgias e morte — delicadamente, ela tocou sua mão. — Gabriel, até quem salva vidas às vezes precisa ser salvo de tudo isso.

— Você tem razão — assentiu.

— Então, faça essa viagem, por você.

— Mas e a Gertrude? Não me sinto seguro em deixá-la sozinha, mesmo que por poucos dias.

— Gabriel, eu cuido da Gertrude há anos e posso lhe assegurar de que poucas vezes ela esteve tão bem. Ficou muito mal depois da morte do Irving, mas desde que você chegou, ela parece ter encontrado um novo momento, outras responsabilidades... — Nancy prosseguiu em sua análise. — No entanto, algumas coisas precisam ficar bem claras entre vocês. É compreensível que vocês estejam desenvolvendo uma espécie de relação de transferência, dadas as circunstâncias. Mas você não pode permitir que isso se torne algo doentio. Você está sendo ótimo pra Gertrude, assim como ela pra você. Mas isso não pode colocar em xeque suas escolhas e necessidades pessoais, muito menos impedi-lo de viver além das paredes do seu apartamento e das macas do UMass.

— Como sempre, você tem razão — Gabriel sorriu, com aquele sarcasmo carinhoso dos que encontram a intimidade de uma amizade. — O que seria da minha vida sem você?

— Então preste atenção, mocinho, hoje é sexta-feira! Alugue um carro e vá amanhã cedo para Holden. — Enquanto Nancy falava, levantaram daquela mesa quase cativa e seguiram rumo à porta do D'Angelo. — O outono chegou, os dias já estão ficando frios e você pode aproveitar o sol da manhã na estrada. E ainda almoçar no caminho, num restaurante charmoso que serve o melhor salmão que já comi na vida. Aliás, você já tirou sua licença para guiar aqui nos Estados Unidos?

— Já, sim. Ainda é provisória, mas já posso guiar — disse Gabriel, que em habitual movimento cavalheiresco, sempre abria a porta para Nancy. — Onde eu consigo alugar um carro aqui em Worcester?

— Logo ali na frente, na esquina da Belmont com a Natick Street, há uma locadora de veículos — tranquilizou-o Nancy, apontando para sua esquerda enquanto caminhava e tinha os cabelos remexidos pelo vento forte daquele final de tarde. — Mas vá lá agora pegar o carro. Ainda dá tempo. — Nancy sacou da bolsa um receituário do UMass e uma caneta. — Eu vou desenhar um mapa do caminho para Holden.

A médica colocou o receituário sobre o capô de um dos veículos estacionados em frente ao D'Angelo e passou a desenhar o caminho e apontar direções, como que estabelecendo um plano de voo:

— Você vai pegar a Belmont Street e seguir direto até entrar na Highland. Vá em frente, sem desvios. Você vai encontrar uma rotatória e irá pegar a segunda rua à direita: a Pleasant Street. Siga nela até avistar um posto de combustível Getty e uma placa de sinalização. Fique atento, pois você vai entrar logo à direita, na Mower Street e seguir nela até a rua se dividir em três. Entre na rua do meio, a Olean Street e vá direto. Quando começar a subir, ela vai mudar de nome para Reservoir Street, e é nela que você vai seguir até chegar a Holden. Não saia dessa estrada.

— Parece muito simples — disse Gabriel, acompanhando com atenção o desenho e as indicações minuciosas da dra. Nancy.

— Nessa estrada você vai margear os dois reservatórios de Holden. É uma subida muito tranquila, mas longa e constante. De repente, *voilà*... você vai perceber o ar ficando cada vez mais puro e fresco no caminho e que o mundo todo ficou pra trás. É uma delícia! — Foi possível novamente encontrar no rosto de Nancy a nostalgia de outrora.

— O.k.! Vou fazer isso...

— E fique tranquilo, eu vou estar aqui no UMass neste final de semana. Eu cuido dos seus pacientes. Não precisa se preocupar. — Nancy destacou a folha do receituário e a entregou a Gabriel. — Pode deixar que vou me convidar para jantar com a Gertrude amanhã à noite... Estou mesmo com vontade de comer novamente aquele bolo de carne!

— Bom, acho que todos vão estar em boas mãos.

— Você acha?!

— Talvez... — ironizou Gabriel, em tom de desdém.

— E eu ainda tenho que ouvir isso! Por que será que todo médico gosta de estar sempre nos extremos entre o egoísmo e o altruísmo? — questionou Nancy, comprando a provocação do amigo.

— Talvez por vivermos sempre superestimados profissionalmente e, no íntimo de cada um, injustiçados em suas confianças — seguiu Gabriel, filosofando. — Quando alguém sofre ou fica doente, a primeira coisa que pensa é em procurar um médico. Mas quando temem pela vida e percebem que ela está em nossas mãos, as pessoas rezam para um deus, um santo, qualquer outra coisa que motive sua fé. E quando o pior acontece, elas esquecem as orações e tentam encontrar onde nós, médicos, falhamos. Julgam nossas competências e, em geral, nos culpam por suas perdas.

— Você já parou pra pensar que nesses momentos pode não ter sobrado nada e a única coisa que lhes resta é encontrar um culpado? — Nancy gostava quando as conversas seguiam esse rumo. — E, além do mais, a vida alheia nunca está em nossas mãos. A nossa sim! Nessa podemos tentar manter o comando. Na dos outros, nunca. O máximo que podemos fazer é usar a ciência para tomar as decisões certas nos momentos exatos e ter fé de que conseguiremos seguir em frente sempre que errarmos, quando falharmos. É uma guerra constante...

— É discrepante. Um verdadeiro exército guerreando pela vida e o único e verdadeiro instrumento pacificador é a morte.

— Nem sempre é assim, Gabriel. Pense que a vida é como um cookie: a superfície é árida, às vezes é duro demais, quase nunca está do jeito que gostamos, mas há sempre gotas de chocolate para consolar o nosso paladar, para adoçar a alma e compensar todo o resto que pode não estar tão bom quanto esperávamos.

— Você acredita que eu só como os cookies por causa das gotas de chocolate? — disse Gabriel quase infantil.

— Compreende a dinâmica? Se você quisesse apenas chocolate, pegaria um e comeria. Mas o prazer está justamente em encontrar as pequenas gotas de paz ao longo da vida.

— O interessante é que eu sempre percebi que há, na verdade, muito menos gotas de chocolates nos cookies do que mostram as fotos das embalagens.

— Então talvez esteja chegando a hora de você parar de buscar gotas de chocolate em cookies solitários. Que tal waffles? Você encontra a outra parte e juntos vocês podem colocar o recheio que quiserem e na quantidade que desejar.

— Hum! Isso parece bom...

— E é! Mas cuidado! Engorda!

— Isso é um perigo...

— Viva, Gabriel. Viva. Não dá pra ficar sob as águas todo o tempo. Pare de se esconder atrás do passado, dos livros, do trabalho, ou até da Gertrude. Simplesmente permita-se viver. Você é um médico excelente, um dos alunos mais competentes que já tive. E, se eu estou te dizendo isso, é porque gosto de você. Mas quero mais. Quero admirá-lo. E para isso, não basta apenas ser um grande profissional. Você também precisa ser um grande homem.

— Nancy, eu... — não conseguiu concluir, sendo imediatamente interrompido pela amiga e professora.

— Ser humano, Gabriel. É a nossa matéria-prima e aquilo que precisamos ser em primeiro lugar, antes mesmo de sermos bons profissionais. Ser humano — contemporizou Nancy, enquanto uma ambulância cortou a Belmont Street em alta velocidade seguindo em direção ao UMass.

— Acho que o dever te chama... — alertou Gabriel, com um leve sorriso torto. — E eu preciso alugar um carro!

— Ah! — exclamou Nancy já a certa distância do rapaz, que seguia na direção oposta. — Amanhã, no caminho para Holden, quando você começar a perceber que está chegando à área urbana, ainda na Reservoir Street, fique atento à sua esquerda. Pare para almoçar no Val's Restaurant & Lounge. É lá que você vai encontrar o maravilhoso salmão que eu havia dito. É delicioso! E o lugar é um charme, muito aconchegante e com um serviço de primeira.

— Pode apostar que eu vou conferir!

— Alugue o carro e vá! Tente fazer qualquer coisa ao contrário disso e você vai se ver comigo. Eu odeio quando meus alunos me desobedecem ou quando meus amigos não me ouvem.

— O.k.! O.k.! O.k.! Já estou indo...

— Acho bom mesmo! — disse Nancy, já dando as costas e seguindo para atravessar a Belmont.

— Obrigado, Nancy! — sorriu Gabriel, falando em tom quase inaudível.

No estacionamento da Wachusett, Nicole permanecia perdida em pensamentos dentro de seu carro. Já não sabia mais quantos cigarros tinha fumado, naquele que era o refúgio de seu vício secreto. Entre uma tragada e outra, buscava a resposta para uma pergunta que não saía de sua cabeça nos últimos três meses: onde estaria o professor Christian Taylor? Hannah tinha ouvido dizer que ele daria palestras naquele semestre, mas dois meses se passaram desde que as aulas começaram e nem sombra daquele homem que tinha revirado seus sentimentos com um único olhar.

Já tinha passado pela porta da secretaria diversas vezes, mas faltava-lhe coragem para entrar e questionar algum dos funcionários sobre essas supostas palestras de História que Christian ministraria aos alunos da wrhs. Pela primeira vez na vida não queria expor à Hannah o que estava sentindo, ainda que ela fosse sua melhor amiga e facilmente se empenhasse na busca por todas as informações possíveis e imagináveis. Mas era mais fácil falar sobre Física Quântica ou explicar os mecanismos da fotossíntese do que abrir a Caixa de Pandora dos seus sentimentos.

A única pessoa que conseguia acessá-la, de fato, em seu íntimo, era seu irmão Justin, com quem conversas de todos os níveis eram permitidas. Talvez pelo fato de ele ser gay e ter um nível de sensibilidade e compreensão um pouco acima do da família, Nicole não havia criado muros que a protegessem dos questionamentos de Justin. Talvez por ele compartilhar com ela suas dúvidas e paixões, fazendo-a sentir-se importante e irmanada não apenas em sangue, mas também na interpretação e construção dos próprios sentimentos. Amar é um verbo complicado, fosse aos dezessete, fosse aos trinta e dois anos.

Nicky sempre foi cética em relação a tudo isso. Mas sentimentos turbulentos a tinham dominado nos últimos meses. "O que é isso? Paixão? Amor à primeira vista? Idiotice? Tesão?", questionava-se em completa confusão. Tudo o que tinha certeza é de que aquele homem, que vira uma única vez naquele mesmo estacionamento, não saíra mais de sua cabeça e, principalmente, dos seus sonhos. Três meses depois, ainda dormia e acordava pensando no professor Christian. Seus hormônios deveriam estar explodindo tal qual fogos de artifício. Já não sabia mais o que fazer e tinha a convicção de que precisava tomar alguma iniciativa.

Por ora, sacou da bolsa um maço de Marlboro Light e acendeu seu último cigarro do dia.

Foi por pouco que Gabriel conseguiu encontrar a Entreprise Rent-A-Car da Belmont Street aberta. Tradicionalmente, a loja encerra seu expediente às seis horas. A noite já tinha caído e o relógio estava prestes a marcar sete horas quando ele deixou a locadora em um compacto Toyota Yaris branco. Pequeno, barato e econômico, mas extremamente confortável e gostoso de pilotar. Não teve dúvidas assim que se sentiu abraçado por seus bancos anatômicos. O veículo era ideal para aquela sua pequena viagem de final de semana pelas colinas e lagos do Condado de Worcester. Era a primeira vez que estava guiando nos Estados Unidos e, tão logo percorreu seus primeiros metros na Belmont, foi tomado por uma súbita energia diferente, um calor adolescente que, mesmo com o frio considerável daquele início de noite, o fez abrir o vidro e deixar-se atingir pelo vento forte e úmido. Não foi direto para casa naquela noite. Por cerca de duas horas, dirigiu sem rumo por uma cidade nebulosa e movimentada, até que os primeiros pingos de chuva o acordaram daquele transe automobilístico.

No dia seguinte, acordou cedo. Apesar da forte chuva da noite anterior, o sábado amanheceu ensolarado, com poucas nuvens no céu. Estava frio naquela manhã de outubro de 2008. O relógio digital na cabeceira de sua cama registrava cinco graus, mas, ao abrir a janela, percebeu que a brisa fria daquela região do Lago Quinsigamond provocava uma sensação térmica de graus negativos. Agasalhou-se convenientemente, colocou na mochila algumas roupas, sua escova de dente, desodorante, a inseparável cera capilar, e desceu para dar início à sua jornada. Tão logo pisou no primeiro degrau, sentiu o cheiro bom de maçã ao fogo que dominava o ambiente. A insuperável Gertrude não o deixaria sair sem um saboroso café da manhã.

— Você não sai daqui sem antes comer um strudel quentinho. Acabei de fazer pra você! — disse ela, naquela melhor personificação de avó, meio autoritária, meio mãe com açúcar. E arrematou dramática, como não poderia ser diferente. — Já embalei alguns pra você levar, caso tenha fome durante a viagem... e para que, caso você decida me abandonar aqui sozinha, possa sentir o gostinho desse strudel que igual não há e voltar correndo pra casa!

Quando ligou o carro e acenou para Gertrude na varanda, Gabriel sentiu uma leve pontada no peito, aquele sino triste de despedida, ainda que momentâneo. Naqueles três meses, era a primeira vez que deixava aquela sua nova e querida avó adotiva para algo que não fosse trabalho.

Havia em ambos um sorriso ao mesmo tempo triste e consolador, quando a boca se expande, mas os lábios negam a descerrar-se. Ela só entrou em casa depois que perdeu o veículo de vista. Ele ligou o rádio do carro e seguiu. Um comentarista concluía sua narrativa via telefone:

— Talvez estejamos diante da maior crise financeira desde a Grande Depressão. O presidente Bush assinou ontem a lei que autoriza o Tesouro a assumir essa que deve ser a intervenção do governo mais cara da história. Ainda assim, o plano de resgate econômico de setecentos bilhões de dólares é visto pela oposição como um band-aid, que não aborda os problemas centrais do sistema financeiro. Faltando apenas um mês para as eleições presidenciais, a crise parece afetar diretamente os comitês de campanha de Barack Obama e John McCain. Mas o nosso congressista de Massachusetts, o democrata Barney Frank, está otimista. Ele, que é presidente do Comitê de Serviços Financeiros, afirmou que no próximo ano haverá um empenho cirúrgico sério para regular o sistema financeiro dos Estados Unidos. É o que todos nós esperamos! — encerrada a ligação, o locutor reassumiu o comando do programa.

— E este foi o nosso comentarista Rupert Leigh, falando direto de Washington. Nós voltamos em alguns minutos. Agora aumente o som, porque vem aí Coldplay, com o estrondoso sucesso "Viva la Vida". Curta essa manhã de sol e viva a vida!

Gabriel acatou a sugestão do radialista e aumentou o som do carro. Estava descendo a Belmont Street, exatamente quando a rua deixa de ser mão dupla e assume mão única, bem às margens das águas escuras da Lagoa Bell, emolduradas pelas frondosas árvores do Chandler Hill Park já salpicadas de folhas amarelas. Ao seu lado, no banco do carona, o mapa desenhado pela dra. Nancy estava preso pela delicada embalagem de doces. Desejou por um momento que ela estivesse ali com ele. Ou mesmo a velha Gertrude. Mas mudou de ideia, segundos depois, pois sentia, em seu íntimo, que essa viagem sozinho era um marco importante, uma espécie de rito de passagem. Tinha acabado de entrar na Highland Street quando sacou do pacote um strudel de maçã e seguiu seu caminho rumo ao final de semana em Holden, saboreando aquela massa finíssima e ouvindo Coldplay.

Justin não fazia objeções em dormir no escritório central da empresa da família, encravada na Franklin Street, no centro financeiro de Worcester. A ETS — sigla para Edward Thompson & Sons, nome real da firma — não tinha se tornado um grande sucesso no mercado de venda de automóveis apenas pela favorável alusão alienígena de sua abreviatura. Tratava-se de um negócio familiar com quatro décadas de existência, iniciado por um ainda jovem e obstinado Edward no final da década de 1960. Sua forte veia administrativa e um olhar clínico para a dinâmica do mercado fizeram com que a ETS se consolidasse e prosperasse ao longo dos anos. Tão logo Ethan e Justin começaram a se dedicar à empresa, a visão firme do primeiro e o empreendedorismo do segundo fizeram com que os negócios se expandissem em proporção geométrica na última década e, naquele momento, não havia uma única cidade de Massachusetts sem uma filial da ETS e milhares de carros pelas ruas com a marca registrada dos Thompson: as iniciais da firma dispostas dentro dos anéis de Saturno. Tornaram-se uma família muito mais rica do que Edward e Catherine pudessem ter sonhado algum dia.

Com a proximidade do final do ano, uma crise financeira à vista, a um mês das eleições presidenciais, e o crescimento exponencial das importações de carros de origem asiática, bem mais baratos que os produzidos em solo norte-americano, uma grande empresa de revenda de automóveis como a ETS precisava ter todas as cautelas nas negociações com seus fornecedores e, ainda assim, manter a celeridade das transações. Isso exigia um esforço redobrado de Justin, que comumente virava madrugadas no escritório-sede da empresa, no sexto andar do elegante edifício envidraçado em tons de azul, que sua família construiu na esquina entre a Franklin e a Foster Street.

Justin estava exausto. Quando avistou sobre sua mesa o relógio digital marcando dez e meia da manhã, decidiu que era hora de encerrar a jornada e ir para casa. Pela hora, poderia passar antes no Val's, muito próximo de onde moravam, e almoçar. Sempre teve verdadeiro fascínio pela comida daquele lugar e seu organismo estava pedindo alguma comida, já que tinha passado a noite inteira apenas a café espresso. Fez uma rápida faxina na sua mesa, pegou seu notebook e desceu pelo prédio quase vazio, salvo pelos faxineiros e seguranças lhe acenando a cada encontro.

Ao chegar ao estacionamento privativo e entrar no seu "carro de guerra", Justin teve a certeza de que fizera um excelente negócio ao dar setenta mil dólares naquele Hummer H2 Silver Ice, de edição limitada e que só chegaria às lojas no início do ano seguinte. Por suas funções como herdeiro e chefe executivo da maior empresa de revenda de automóveis da Nova Inglaterra, conseguia a exclusividade de vendas antecipadas e teve a oportunidade de realizar seu sonho de ter uma máquina daquelas: bonito, robusto e extremamente confortável. Saiu pela Franklin, contornou o Worcester City Hall pela Front Street, no caminho mais curto para subir a Pleasant Street, a caminho de Holden. Em alguns minutos já estaria passando pelos reservatórios.

Pouco depois da bifurcação que dá acesso à South Road e da forte curva à direita, bem à margem do reservatório, Justin reduziu drasticamente a velocidade do seu Hummer tão logo avistou, bem mais adiante, um compacto branco — provavelmente um Yaris, pensou — deixando a área de escape do lado oposto da estrada, atravessando-a e seguindo à sua frente, no mesmo sentido. Apesar da potencial diferença entre os dois veículos, a Reservoir Street é estreita e muitas vezes sinuosa, não permitindo grandes velocidades, o que acabou conduzindo ambos nessa posição até bem próximo da Christian Academy, quando Justin ultrapassou o pequeno carro à sua frente. Logo adiante sinalizou e entrou à esquerda no estacionamento do Val's Restaurant & Lounge, na entrada de Holden. Estava abrindo a porta do carro para descer quando avistou o Toyota branco cortando a rua e também entrando no local.

Era completamente impossível mensurar pela régua humana dos sentimentos quão bem Gabriel estava se sentindo depois daquele momento sentado à margem do Reservatório de Holden, contemplando aquela magnífica paisagem, ao sabor de um quase incorruptível silêncio e do ar puro, mesclado pelo perfume de terra úmida que exalava de um formigueiro próximo. Também era impossível calcular quanto tempo ficou ali, perdido em pensamentos e encontrado na geografia ideal de seus sonhos. "Nancy não poderia ter dado melhor sugestão", pensou.

Mas se não era possível medir o tempo nos ponteiros do relógio, o mesmo não podia dizer sobre o tempo fisiológico. Dentro dos processos vitais do ser humano, a fome será sempre o grande despertador. Gabriel sentiu sua barriga emitir um sonoro chamado, certamente clamando pelo salmão, tão bem recomendado por sua amiga e tutora. Atravessou a rua e entrou no carro, já certo de que estava se aproximando de Holden. Tão logo pegou a estrada, sentiu a aproximação de um veículo grande e, ao olhar pelo retrovisor, pôde observar aquele utilitário enorme, num tom prata brilhante. Era praticamente um carro de guerra. Por boa parte do percurso à frente, seguiu com ele na sua cola, tendo a sensação de que, a qualquer momento, ele o iria engolir. Reduziu a velocidade e deu caminho para que fosse ultrapassado e pudesse seguir mais tranquilo.

Gabriel começou a perceber um aspecto mais urbano na paisagem, assim como Nancy havia relatado. Estava chegando a Holden. Voltou sua atenção para tentar localizar a entrada do restaurante, o que não tardou a acontecer. O enorme estacionamento estava quase lotado, mas chamou-lhe a atenção o carro prateado que encontrara na estrada, parado ali bem perto, agora com um homem saltando dele. Percebeu também uma vaga disponível do lado direito daquele veículo e para lá se dirigiu. Desceu do carro e subiu, logo atrás daquele homem, a pequena escada que dava para a porta de entrada do Val's Restaurant & Lounge. Virou-se rapidamente para observar os arredores e, quando deu por si, já estava esbarrando, quase em tropeço, no homem à sua frente, estancado diante da porta de madeira e vidro. Reconheceram-se imediatamente.

Como não há qualquer explicação lógica para tudo aquilo que realmente importa na vida acontecer, novamente lá estavam Gabriel e Justin, a menos de um palmo de distância um do outro. Olhos nos olhos. Corações que não apenas batiam em disparada. Eram, na verdade, arremessados em alta velocidade dentro peito, com tal força que pareciam querer arrebentar as costelas. As pernas lhes faltavam o sustento, assim como toda a profundidade da respiração não lhes era suficiente para uma mínima manutenção de consciência. Como dizer qualquer palavra, emitir algum som, quando a boca mais parece o deserto do Saara de tão seca? Mistérios dos caminhos do destino, três meses depois daquele inusitado encontro no Logan Airport, em Boston, Gabriel e Justin estavam, de novo, frente a frente. Sem o tempo e sem o espaço. Sem sons ou quaisquer palavras. Apenas aqueles dois homens. Apenas aqueles dois corpos, tal qual o Céu e a Terra aguardando um dia de tempestade para que um raio faça a união. Naquele momento, cada coração já emitia seu próprio trovão.

o vento do leste

— Boa tarde, Justin! — cumprimentou nominalmente Florence, uma baixinha simpática e espevitada, recepcionista do Val's Restaurant & Lounge, habituada à assídua frequência dos Thompson no estabelecimento, recebendo um sorriso como resposta. Ao perceber que ele estava acompanhado, estendeu a saudação ao outro cliente: — Boa tarde! Sejam bem-vindos! Vocês querem uma mesa?

— Não! — precipitou-se Gabriel, encabulado. De imediato, recebeu um olhar meio sarcástico, meio interrogativo de Justin. Tratou de emendar: — Digo, queremos, sim. Mas não estamos juntos...

— Como sempre, o restaurante está lotado nesse horário — disse Justin, percorrendo com os olhos as mesas ocupadas em seu campo de visão.

— Me perdoem, mas no momento nós só temos uma mesa disponível — revelou Florence, em seu rápido raciocínio.

Gabriel e Justin entreolharam-se. Havia no ar um misto de contentamento, medo e desejo. O destino, por sua irrefutável existência, exibia-se patente ao delinear aquele reencontro e agora parecia dominar todos os movimentos daquele cenário, como que os conduzindo à aproximação.

— Por favor, pode ficar com a mesa — disse Gabriel, em genuína civilidade, mas tomado em seu íntimo pela expectativa de que sua oferta fosse negada.

— Não. De forma alguma — rejeitou Justin, coração à boca e mãos metidas nos bolsos da calça jeans para esconder o visível tiritar e aquecê-

-las, geladas pelo suor que vertiam sem cessar. — Fique você com a mesa — desviou o olhar para baixo e depois para a grande porta de saída.

— Não se preocupe. Eu posso comer em outro lugar — insistiu Gabriel naquela falaciosa fleuma.

Sagaz observadora, Florence compreendeu que era necessário tomar alguma medida para solucionar aquele impasse e abrir um novo flanco capaz de aliviar o visível falso mal-estar.

— Você é novo aqui na cidade, não é mesmo? — questionou Florence, certa da resposta que receberia, não apenas pelo inglês carregado, mas pela aparência daquele estrangeiro.

— Sim. Estou passeando — revelou Gabriel, entre o chiste da recepcionista e o olhar atento de Justin. — Vim conhecer Holden por indicação de uma amiga. Vou passar o final de semana. Acabei de chegar. Ela também me sugeriu parar aqui para comer. Disse que vocês têm um salmão fantástico!

— Espero que goste da nossa pequena cidade... — Justin emanou um sorriso brando, pacífico. "Ele vai passar o final de semana aqui!", era o que realmente dizia seu pensamento, em festejo.

— Tenho certeza de que você vai gostar! — afirmou Florence, categórica.

— Então, já que é sua primeira vez, por favor, fique com a mesa — insistiu Justin, já com um tom de voz abrandado.

— De jeito nenhum! Eu posso esperar vagar outra...

— Por que vocês não dividem a mesa? — interveio a recepcionista, certa de que, se não o fizesse, a querela poderia ser prorrogada, desnecessariamente, por longo tempo. — Não é mais simples assim?! Algum problema pra vocês? — E continuou, assertiva: — Assim, Justin, você pode fazer companhia e apresentar a cidade ao... ao...

— Gabriel. Meu nome é Gabriel.

— Ao Gabriel — concluiu, estendendo a mão em cumprimento. —

Meu nome é Florence. É um prazer conhecê-lo. E seja muito bem-vindo a Holden e ao Val's Restaurant!

— Obrigado. O prazer é todo meu — sorriu, cumprimentando a moça. Virou-se para Justin e propôs um desfecho: — Bom, por mim, podemos dividir a mesa. Isso se você não se incomodar.

— De forma alguma! Vamos lá! — atravessou Justin, mal deixando concluir a frase. "Obrigado, meu Deus!", agradecia em pensamento. Estendeu a mão a Gabriel e apresentou-se: — Meu nome é Justin. Justin Thompson. É um prazer!

— Venham comigo, eu vou levá-los à mesa — disse Florence, deixando a bancada e indicando aos dois o caminho para o salão principal.

Antes que os primeiros passos fossem dados, um forte e raríssimo vento vindo do Leste atingiu a porta robusta do Val's Restaurant que, ao ser arremessada na parede, estilhaçou o vidro central. O barulho foi tão grande que não apenas assustou os três mais próximos à entrada, como todos que estavam no interior do restaurante. Alguns chegaram a levantar de seus lugares para ver o que estava acontecendo. Além de uma finíssima poeira, aquele vento frio fez entrar as primeiras folhas amareladas do outono norte-americano, que foram se misturando aos estilhaços de vidro no chão. O céu já se toldava em nuvens, furtando os raios de sol que insistiam em aquecer aquele início de tarde. No ar era possível sentir o perfume úmido e denso de chuva, prenúncio de tempestades.

Foi impossível não observar quando aquela mulher deixou no estacionamento o pequeno Chevy Aveo azul alugado, abriu a porta e atravessou o exíguo saguão do Eagle Lake Hotel, à margem da Main Street, entre a região central de Holden e o distrito de Jefferson. O atendente Seamus ajeitou seus óculos com lentes espessas, próprios para o elevado grau de sua miopia, na tentativa de não perder um único movimento. Tinha pouco mais de trinta anos, estatura média, corpo aprumado, com delicadas curvas, e a pele cujo branco amarelado aproximava-se da cor de seus cabelos, com suaves ondas, cortados na altura do pescoço. Apesar do semblante circunspecto, seus olhos grandes e salientes, realçados por extensos cílios, produziam uma perigosa atração, uma espécie de fitar de Górgona. Petrificado, Seamus tardou a perceber que a mulher questionava-o quanto à disponibilidade de um quarto para o final de semana. Tampouco se deu conta de que ela estava acompanhada de um garoto de doze anos que, dada a semelhança física, certamente seria filho dela. O atendente só despertou quando o menino cravou a mão na sineta sobre o balcão.

Sybille Genezen e seu filho, Matthew, estavam chegando de uma exaustiva viagem desde Turnhout, no norte da Bélgica, cidade próxima à fronteira neerlandesa. Fazer as malas e partir com sua cria para essa jornada até Holden foi a decisão mais difícil de sua vida. Tinha certeza de que isso implicaria deixar cair por terra todo o seu propósito de independência e de jamais deixar que seu filho colocasse os olhos no pai, aquele homem por quem se apaixonara, fizera planos e que simplesmente desapareceu numa manhã pálida e gelada, no inverno de 1996. Grávida de poucas semanas, ela jamais compreendeu o que acontecera.

Sua vida nunca foi fácil. Ser abandonada por aquele homem não era sua primeira experiência de desamparo. Não chegou a conhecer a mãe, que morreu durante o parto. Por instinto, sentia que seu pai não amanhecia um único dia sem alcançar-lhe com um olhar de incriminação, como se fosse dela a culpa pela frágil saúde de sua esposa. Quando Sybille completou seis anos de idade, seu pai a deixou com uma vizinha e atravessou o Mar do Norte em direção à Noruega, em busca de um emprego na indústria pesqueira. "Ele sempre fedeu a bacalhau!", era uma das poucas recordações daquela mulher sobre seu pai. Se hoje estava morto ou vivo, ela não sabia. Ele jamais voltou ou deu notícias. Simplesmente desapareceu.

Aquele novo abandono lhe trouxe angústia e tristeza. Mas sua alma estava calejada pelos episódios passados. Poderia ter optado por realizar um aborto, já que a legislação belga permite a interrupção de uma gestação com até três meses por razões sociais e econômicas, lei que levou o então rei Balduíno I, católico convicto, a renunciar às suas funções de chefe de Estado por trinta e seis horas, em março de 1990, para não ter que sancionar a decisão do Parlamento da Bélgica. Mas Sybille assumiu com dignidade a gravidez e, no outono de 1996, Matthew veio ao mundo: o rosto quadrado do pai, salpicado de penugens tão claras que desapareciam sobre a pele alva, como a mãe; cenho fechado e olhos cor de violeta.

Herdou da vizinha que a criou uma fabriqueta de chocolates artesanais, considerados os melhores de toda a região de Flandres. Ao contrário da fedentina que lhe recordava o pai ausente, suas mãos exalavam um perfume adocicado. Sua casa cheirava a cacau e baunilha. Nas tardes úmidas de inverno, qualquer um que passasse pelo bairro era dominado pelo aroma do chocolate. Quase sempre untava os próprios mamilos com a manteiga de cacau durante o período de amamentação do filho, o que descobriu ser um eficiente método para evitar fissuras. Olhava para aquele bebê de boca brilhante, besuntada, e sorria. Jurou categoricamente que Matthew jamais colocaria os olhos no pai, que certamente nem sabia de sua existência. Também prometeu que ele jamais saberia.

No entanto, juras e promessas são argumentos de validade limitada. Estarão sempre sujeitas às circunstâncias da vida e reféns, em larga escala, do imponderável. Em uma década, Sybille vivenciou a queda vertiginosa de sua produção, aniquilada pelo constante declínio econômico europeu e massacrada no mercado pela fusão de grandes fábricas de chocolate no país. O produto final de seu trabalho era caro demais para concorrer com as indústrias da região e para um poder aquisitivo europeu cada vez menor. Em seu último ano de funcionamento, acumulou dívidas, quase perdeu sua casa e decidiu que o melhor a fazer era fechar as portas.

O ano seguinte foi ainda pior. Ela não tinha formação acadêmica e acabou tendo que aceitar trabalhar como caixa do pequeno mercado no final da rua. Matthew já era um adolescente e gerava todo tipo de demandas, fossem pessoais, fossem relacionadas à sua educação. A maioria delas, Sybille não conseguia ofertar ao filho. Viu-se num beco sem saída. Toda aquela precariedade a levou a repensar e recuar das antigas juras.

Ela sabia o nome do pai de Matthew. Não o revelava nem para o garoto. Jamais procurou informações sobre ele. Mas não foi difícil encontrá-lo. Uma busca rápida na internet a levou ao site da ETS, com sede em Worcester, nos Estados Unidos. Ficou doze anos sem ver aquele rosto e quando o avistou dentre os proprietários daquela grande empresa de comércio de automóveis, veio um misto de raiva e rancor, uma sensação de que fora lesada, salpicada de desastroso saudosismo. Decisões tomadas sob essas chamas tendem à ebulição de tragédias. Pouco afeita às tecnologias, Sybille anotou o endereço da sede da empresa e na semana seguinte postou uma extensa carta, relatando a sua jornada e a de seu filho naquela última década. Sem pestanejar, pediu ajuda.

Aguardou sôfregos meses por uma resposta, que só chegou à primeira semana de julho. Não veio por carta. Simplesmente bateu à sua porta. Não foi exatamente o que ela esperava e, por sorte, Matthew não estava em casa. Não a interessava ouvir discursos falaciosos ou qualquer tentativa de explicação por aquele abandono do passado. Precisava apenas de ajuda para criar o filho e esse era seu único pensamento. Ele tem dinheiro suficiente para não permitir que Matthew passe por mais dificuldades e privações, tinha isso como definição última.

No entanto, considerou verdadeiramente indecorosa a proposta que ouviu: vinte mil euros para que ela nunca mais procurasse qualquer um dos Thompson e para que nunca exigisse qualquer reconhecimento de paternidade. Ela jamais esperou ou desejou o registro paterno para o filho. A estrada da vida, muitas vezes, torna as pessoas frias o suficiente para distinguir os sentimentos mais elementares das negociações mais impróprias. Sybille julgou que o valor supostamente ofertado pela manutenção daquele segredo não era suficiente, encerrou a conversa e o expulsou de sua casa. Se, por um lado, aquilo era a manifestação de sua contrariedade, por outro, também sabia que estava em um jogo, e aquela ação fazia parte de suas estratégias. Naquele momento, julgamentos de caráter não estavam entre as suas preocupações. O que ela mais temia era ver o filho passar fome, frio ou qualquer outra necessidade.

No dia seguinte, ele voltou a procurá-la. Não tinha uma proposta melhor a fazer. Chegou a insinuar que Matthew não fosse um legítimo Thompson. Imaginou que aquela mulher que estava ali negociando o futuro do filho não tivesse qualquer caráter, fosse uma promíscua. Por pura ignorância, não tinha a compreensão de que até as mães mais impolutas são capazes de barbaridades inimagináveis em nome de seus filhos. Sybille sentiu-se ultrajada. Novamente colocou aquele homem para fora de sua casa e encerrou definitivamente o diálogo. Naquele momento, percebeu que não teria outra saída a não ser tomar a decisão mais difícil de sua vida. Seria um passo delicado, mas o único que conseguia vislumbrar naquele momento.

Passou uma noite inteira revelando a Matthew toda a verdade sobre seu pai e tudo o que estava acontecendo. "Ele já tem doze anos, precisa compreender", concluiu. Sacou o pouco dinheiro que tinha no banco e pegou outra parte emprestada com seu amigo, dono do mercado onde trabalhava como caixa. Naquele início de outubro, partiu com o filho para Bruxelas e de lá tomaram um avião para Boston, nos Estados Unidos. Foi difícil locar um automóvel, mas os homens são tolos e ingênuos o suficiente para abrir qualquer exceção diante do charme de uma bela mulher. Também não foi difícil descobrir, ao chegar à sede da ETS, em

Worcester, que seu destino deveria ser, na verdade, a pequena Holden, a alguns quilômetros dali. Definitivamente, agora era sua vez de, com Matthew, bater à porta da casa dos Thompson.

Preencheu o formulário de entrada no Eagle Lake Hotel sob o olhar atento de Seamus, o recepcionista com óculos que mais pareciam fundos de garrafa. Quando chegou ao quarto, sentiu o cheiro de carpete mofado, ainda que o ambiente aparentasse estar limpo e organizado. Provavelmente, eram os primeiros hóspedes a dormir naquelas duas camas em meses. Matthew estava exausto e, logo após o banho, caiu em sono profundo. Sybille alcançou a lista telefônica e, em seguida, discou o número da casa de Edward Thompson. A janela de seu quarto dava-lhe uma vista da pequena Kendall Road e, ao fundo, a Wachusett Regional High School. Ouvia o telefone chamar em seu destino e admirava a paisagem quando um forte vento soprou, cegando-a momentaneamente com a fina poeira e trazendo muitas folhas amareladas para dentro do quarto. Viu as nuvens se agigantando no céu, anunciando uma tempestade.

— Alô! — Sybille ouviu a voz de uma mulher.

Apesar de confortavelmente instalados na mesa tipo cabine ao final do grande salão do Val's Restaurant, Justin e Gabriel permaneceram em silêncio por algum tempo. O primeiro permaneceu escondido atrás do cardápio; o segundo fingia-se perdido na observação daquele ambiente aconchegante, com arranjos florais e objetos decorativos variados. Suas cabeças estavam coroadas por fotos artísticas de copos-de-leite e lírios cor-de-rosa. No ar taciturno, partículas de interação eram trocadas quando seus olhos se encontravam. "O que dizer nesse momento?", era a pergunta para a qual ambos buscavam resposta. Tantas coisas podem ser ditas, há tanto a perguntar. Mas quais são as melhores palavras para abrir o caminho do conhecimento, da aproximação? A quietude é simbólica. À mesa, dois homens dominados pela força ancestral das emoções, aquelas que nos fazem reconhecer, desde a primeira vista, as pessoas que podem nos acompanhar pelo resto da vida. Só ouviam o uivo do vento que ousava entrar pelas pequenas frestas abertas.

Mas era preciso fazer algo. Não era possível permitir outro desfecho como o que ocorrera no Logan Airport, havia três meses. Justin quebrou o silêncio:

— Bom, Gabriel, quer dizer que você veio fazer turismo em Holden?

— Sim. Minha orientadora na residência médica indicou a cidade — revelou Gabriel, ainda teso. — Disse que eu tinha o perfil desse lugar e que aqui eu iria recarregar as baterias.

— Se gosta de lugares pacatos, tranquilos, você está no lugar certo — sorriu Justin, simpático. E questionou: — Então você é médico? E está fazendo sua especialização aqui nos Estados Unidos? Porque eu me lembro do nosso primeiro encontro e de você ter dito que era brasileiro.

— Você atropelou minha bagagem! — Gabriel abriu um sorriso saudoso, relaxando a tensão.

— Dessa parte é melhor esquecer!

— Eu me formei em medicina no Brasil e estou fazendo residência em cardiologia no UMass, em Worcester, onde estou morando.

— Mas pretende voltar para o seu país quando terminar ou vai continuar morando por aqui?

— Ficar aqui é o que desejo e sempre foi o meu sonho!

Um garçom se aproximou da pequena abertura, única forma de acessar aquela mesa, em estilo cabine:

— Boa tarde, senhores! Querem fazer seus pedidos?

— Eu vou querer o de sempre, Ernest — pediu Justin, enquanto o garçom sacava o palmtop do bolso e registrava as opções. — Black Diamond Sirlion e uma Coca-Cola com muito gelo.

— Pode deixar, sr. Justin! — e Ernest voltou-se para Gabriel. — E o senhor, o que vai pedir? Quer alguma sugestão? — atento para o fato de que o rapaz percorria o cardápio com os olhos.

— Me disseram que vocês preparam o melhor salmão de toda Nova Inglaterra!

— Pode apostar que sim! — confirmou Justin.

— Ginger Salmon — assentiu o garçom. E especificou: — Filé de salmão cozido, com gengibre cristalizado e sementes de gergelim, colocados no topo de um medley de vegetais asiáticos com molho de mostarda Dijon.

— Parece fantástico! — disse Gabriel, sentindo a boca salivar. — É esse que eu quero!

— Uma excelente escolha, senhor. E para beber?

— Também vou querer uma Coca-Cola.

— Perfeito! Se precisarem de mais alguma coisa, estou à disposição. Com licença... — despediu-se Ernest, deixando-os novamente a sós na mesa.

Justin e Gabriel não precisavam mais de silêncio e logo retomaram a conversa.

— Você está morando em Worcester? — perguntou Justin que, ao recostar naquele sofá curvo e tentar cruzar a perna, sem querer tocou a panturrilha de Gabriel com a ponta do pé.

— Sim... — respondeu Gabriel, que ao sentir o toque e, numa fração de segundos, conseguiu perceber cada vértebra de sua coluna, findando por lhe arrepiar a nuca.

— E está gostando? Worcester é uma cidade interessante... e a Universidade de Massachusetts é uma das melhores dos Estados Unidos.

— Eu estou gostando muito! E você, faz o que da vida?

— Sou chefe executivo da empresa da minha família... comércio de automóveis — revelou Justin, sem qualquer vaidade extremada. — A sede é em Worcester.

— Mas você mora aqui em Holden, certo?! Vai e volta todos os dias?

— Nem sempre. Às vezes durmo no escritório, como ontem, por exemplo. Mas, de toda forma, é muito perto... e a viagem é agradável.

— Isso é verdade! Uma bela subida. A estrada é um pouco estreita, mas a paisagem faz valer tudo!

— Com certeza. Daí, todos os sábados eu subo nesse horário e sempre passo aqui para almoçar. — Instintivamente, Justin dava pistas de seus movimentos.

Gabriel interrompeu a conversa, perguntou onde ficava o banheiro, pediu as devidas desculpas e licenças e para lá seguiu, pretendendo ser o mais breve possível. Tão logo deixou a mesa, Justin percebeu que uma pedra lisa e escura tinha caído do bolso de seu companheiro. "Uma pedra do reservatório?!", questionou-se, alcançando-a sobre o assento e colocando-a na mesa. Pouco mais de cinco minutos depois, Gabriel estava de volta.

— Essa pedra é sua? — perguntou Justin.

— É sim. Nem percebi que ela tinha caído!

— É do reservatório, não é?!

— Eu fiquei um longo tempo parado lá hoje. Queria uma recordação. Sei que é uma idiotice, mas eu coleciono essas pedras — reconheceu Gabriel, deixando-a sobre a mesa, disponível à contemplação.

— Elas são lindas! De uma cor tão intensa... — afirmou Justin, refletindo. — Ainda que a água dos reservatórios seja cristalina, elas parecem turvas por causa da cor dessas pedras nas margens e no fundo.

— Eu percebi. É incrível! — concordou Gabriel. — Até agora eu só tinha pedras claras, muito comuns nos rios e lagos brasileiros. A maior parte da minha coleção vem do riacho que corta o sítio que foi dos meus pais.

— Seus pais ficaram no Brasil?

— Meus pais morreram... — Gabriel sentia o coração apertar sempre que pronunciava essa frase.

— Oh! Meu Deus... sinto muito... eu não queria...

— Tudo bem. Não precisa se desculpar.

— Você tem irmãos?

— Não. Sou filho único. Meus pais morreram há quase três anos. Portanto, fiquei só. Por um tempo fiquei sem saber o que fazer, sem chão. Depois decidi buscar a realização dos meus sonhos e anseios pessoais e profissionais. Quando fui admitido no UMass, não pensei duas vezes... vendi o sítio e aqui estou!

— Espero que você seja muito feliz aqui... — Justin mirou profundamente os olhos de Gabriel. — Em todos os sentidos.

— É o que eu desejo também... — correspondeu com um singelo sorriso, ainda que sentindo um leve e delicioso constrangimento.

Edward estava branco feito cera de vela. Quando recostou na cadeira de seu escritório doméstico, parecia não ter uma única gota de sangue circulando no rosto. Pegou o telefone e ligou para a casa de Ethan.

— Sybille está em Holden — disse, em tom grave.

— Ela está aqui? Como isso é possível? — questionou Ethan, cuja voz estremecida era perceptível através do telefone. — Ela foi até aí?

— Não — Edward fez uma pequena pausa. — Ainda não. Mas ela ligou. Está no Eagle Lake.

— E agora, o que vamos fazer?

— Ainda não sei. Mas preciso pensar em algo.

— Pai, eu vou até lá... vou tentar negociar com ela.

— Ela não me pareceu disposta a negociar.

— Ela não tem querer!

— Vamos com calma, Ethan! — Edward passou a mão pelos cabelos semilongos, entremeando os dedos por aquela quase totalidade de fios brancos. — A questão é urgente e perigosa. Mas é justamente nesses momentos que precisamos manter todas as guardas e cautelas — coçou a barba, como de hábito quando estava tenso.

— Pai, nós não podemos esperar ela agir.

— Ela já agiu, meu filho. Ela já agiu... Está aqui!

— Eu vou tomar um banho rápido e vou até aí. Daí pensamos juntos no que podemos fazer.

— Tudo bem. Eu te aguardo.

Edward desligou o telefone e foi até a grande bay window do ambiente. Avistou Catherine no jardim, que lhe acenou, sorridente e com os cabelos mexidos pelo vento forte. Correspondeu ao aceno da esposa enviando um beijo. Olhou para o céu e percebeu a grande tempestade que estava por vir.

Quem observava aqueles dois homens almoçando no Val's Restaurant & Lounge jamais poderia imaginar que eles mal se conheciam. Naquelas duas horas, falaram sobre suas vidas, dividiram conceitos e dúvidas, brincaram com suas realidades, deram risadas de suas ficções. Descobriram dúzias de afinidades. Quando foram pagar a conta para sair, já estavam completamente à vontade. Não eram mais simples desconhecidos, aproximados por circunstâncias. Eram dois homens especialmente unidos pelo destino.

Na saída, um eficiente vidraceiro assentava uma nova lâmina espelhada na porta. Aquele raro vento leste continuava soprando, frio e forte. O céu, completamente tomado por nuvens escuras, deixava cair as primeiras gotas de uma previsível tempestade. Justin e Gabriel sequer sentiam os pingos. Caminharam lentamente até seus carros, estacionados um ao lado do outro.

— Espero que tenha gostado do almoço — disse Justin.

— Adorei! — declarou Gabriel. — É realmente um ótimo restaurante e o salmão estava espetacular! Quero voltar aqui mais vezes.

— Também espero que tenha gostado da companhia...

— Foi ótima! Todas as vezes que eu voltar aqui, espero poder contar com ela — Gabriel sorriu abertamente. — Mas com uma condição... que você me deixe pagar a conta. O que você fez não é justo.

— Isso não tem nada a ver com justiça. É a primeira vez que você vem a Holden... e espero que seja realmente apenas a primeira de muitas... e foi a minha oportunidade de fazer o que eu deveria ter feito há três meses, no Logan.

— Naquele dia, eu voltei para tentar falar com você, mas acabei desistindo. Quando eu retornei ao saguão, você estava abraçando uma pessoa e eu não quis interromper. — Gabriel disfarçou seu constrangimento ao tocar no assunto, abrindo a porta de trás do carro e sacando um casaco de couro marrom, que logo vestiu.

— Era meu irmão! — revelou Justin, num tom de quase desculpas, seguido de uma aberta risada, compreendendo a interpretação equivocada.

— Seu irmão?! — Gabriel sentiu um alívio sobrenatural. Durante todo o almoço, teve vontade de perguntar quem era aquele homem do Logan Airport, mas teve medo da resposta. Agora, com aquela surpreendente revelação, sentia seu coração liberto, em franca expansão. "Eu sou um idiota mesmo!", pensou, esboçando um sorriso.

— Eu e meu pai fomos a Boston naquele dia para buscá-lo. Ele estava chegando de uma viagem de negócios à Europa. — Sem se dar conta do atrevimento e, de alguma forma, já se sentindo muito próximo, Justin tomou a liberdade de arrumar a gola do casaco de Gabriel que, ao vestir, não percebeu que um dos lados tinha ficado dobrado para dentro. E continuou: — Você já sabe aonde vai se hospedar aqui em Holden?

— Antes de vir, eu pesquisei na internet e vi que há um hotel muito simpático na rua principal. Eagle Lake Hotel — disse Gabriel, visivelmente ruborizado.

— É um lugar tranquilo — afirmou Justin, divergindo em pensamento sobre a simpatia do Eagle Lake. — É perto daqui. Você vai pegar a Reservoir Street e mais adiante, no cruzamento com a 122 A, entre à esquerda. Seguindo em frente, logo você avistará o hotel. O nome estará visível à distância.

— Bom, eu vou indo então — Gabriel finalmente percebeu os pingos de chuva, agora mais grossos e constantes. — Obrigado pelo almoço... pela companhia... pelo papo...

— Por nada. Foi um prazer conhecê-lo — Justin estendeu a mão para cumprimentá-lo. Não queria se despedir, mas era necessário. Tão logo Gabriel abriu a porta e entrou naquele Toyota Yaris branco, por impulso sugeriu: — Olha, se você quiser, eu posso te mostrar a cidade mais tarde! Quer sair para beber alguma coisa? Ou você já tem outro compromisso?

— Seria ótimo! Mas eu não quero incomodá-lo...

— De forma alguma. Será um prazer! Podemos dar uma volta, eu posso te mostrar alguns lugares e depois podemos jantar, tomar um vinho. O que acha?

— Se a chuva permitir, será ótimo!

— A que horas eu pego você no Eagle Lake?

— Não sei. Qual o melhor horário pra você?

— Às oito da noite, pode ser?

— Perfeito!

— Espere um minuto — Justin tirou a carteira do bolso e dela sacou um cartão de visitas. — Tome o meu cartão. Este é o meu celular — com a caneta que buscou em um dos bolsos da jaqueta, circulou no cartão da ETS o número de seu telefone móvel. No verso do cartão, escreveu outro telefone. — Este é o número da minha casa. Qualquer coisa é só ligar.

— Ótimo! — Gabriel colocou o cartão no bolso interno do casaco. Ligou o carro e não percebeu sua indelicadeza ao não retribuir Justin com seus contatos. Tão logo a ignição foi acionada, o rádio do automóvel instantaneamente ligou na estação em que estava sintonizado desde a saída de Worcester. Ouviram claramente o trecho de uma música: "I'm a lucky man to count on both hands, The ones I love. Some folks just have one, others, they got none. Stay with me... Let's just breathe...". Era o início de "Just Breathe", música do Pearl Jam.

— Combinado então. Oito da noite. Te vejo mais tarde!

— Vou esperar...

Justin ficou algum tempo olhando Gabriel partir. Por um momento lembrou exatamente o que sentiu naquele fim de tarde na saída do Logan Airport, vendo-o desaparecer na avenida em meio aos outros carros, sem saber se algum dia voltaria a encontrá-lo. Agora sentia o extremo oposto. Estava feliz. Sabia que em algumas horas iria vê-lo novamente. Entrou em seu Hummer e, imediatamente, ligou o rádio, em rápida pesquisa para encontrar a estação que estava tocando Pearl Jam. Era fã da banda e daquela música, perfeita para o momento. Tão logo sintonizou, a canção invadiu o carro: "Did I say that I need you? Did I say that I want you? Oh, if I didn't now I'm a fool, you see... No one knows this more than me".

Ficou por um tempo ouvindo aquele som. Em um reflexo natural, viu quando o Camaro vermelho de Ethan cruzou a Reservoir Street, indo em direção à casa de seus pais, em alta velocidade e jogando água para os lados em sua trajetória. "Quando ele vai aprender a não correr tanto?", pensou Justin. "Ethan dirige como se o mundo fosse acabar amanhã!" Mal concluiu o pensamento e, em meio ao crescente chuvoso, avistou Florence na porta do restaurante, acenando expansivamente e chamando seu nome. A garota abriu o guarda-chuva e correu até o carro, onde Justin a esperava com o vidro entreaberto.

— Ei, Justin! Um de vocês esqueceu isso aqui em cima da mesa. — Florence mostrou a pedra lisa e escura que Gabriel pegara no reservatório. — Essa pedra é sua?

— Ah! É do Gabriel — lamentou Justin, pegando-a para si. — Mas pode deixar comigo que a entrego hoje à noite.

— Vocês têm um encontro? — sua curiosidade patente impedia qualquer discrição.

— Não, Florence! Quer dizer... sei lá! Vou mostrar a cidade a ele... talvez jantar... ainda não sei ao certo.

— Ele é lindo, Justin! — vibrou a atendente do Val's Restaurant, conhecida por sua tagarelice e franca inconfidência. — Quando vocês entraram pela porta, eu vi na hora que tinha tudo para dar certo!

— Tudo o quê?!

— Ora... tudo! Vocês dois...

— Não tem nada entre nós dois.

— Ainda, Justin! Ainda!

— Florence, você é impossível! Eu vou pra casa... Obrigado por me trazer a pedra. Mais tarde eu a entrego ao Gabriel... E, olha... não saia comentando sobre isso, o.k.?! — Justin tinha certeza de que esse era um pedido absolutamente inútil. Conhecia aquela garota de longa data. Gostava dela. Mas sabia que sua língua chegava sempre antes a qualquer lugar.

— Está vendo?! Eu sabia! Eu vi imediatamente que tinha química! E vocês pareciam muito à vontade almoçando... — denunciou-se Florence quanto ao fato de ter passado todo o tempo a vigiá-los no restaurante. Mas tratou de baixar o tom. — Pode deixar... eu não vou comentar nadinha... com ninguém! — e concluiu, resgatando a azáfama: — Mas que vocês combinam, combinam! E muito!

— Boa tarde, Florence! — despediu-se Justin, sorrindo e subindo a janela do carro. Já estava suficientemente respingado, fosse de chuva, fosse dos perdigotos daquela falastrona. "Florence e tia Mildred formariam um belo par para uma festa chata!", brincou em pensamento.

A atendente ficou ali observando Justin partir em seu carro, descendo à direita na Reservoir Street e sumindo na paisagem.

— Hum?! Eu duvido que essa história não vá dar certo. Eles são perfeitos um para o outro! — Florence parecia estar saboreando intimamente aquela história. E, quem muito gosta de falar, sustenta-se bem até em monólogos debaixo de chuva. Concluiu, buliçosa: — Um dia eles vão me agradecer por ter mentido e colocado os dois juntos na mesma mesa, com outras três desocupadas!

— Ei, Florence! — gritou Ernest, da porta do Val's Restaurant. — Vai ficar aí fora, na chuva, falando sozinha? Tem muito trabalho aqui dentro!

— Eu já vou, Ernest! Já estou indo! Ah! Esses homens... não entendem nada de romance!

névoa e trovões

O céu estava tomado por nuvens escuras. A chuva trouxe uma densa camada de névoa, que aos poucos foi engolindo as ruas amplamente arborizadas de Holden. Por entre a paisagem quase bucólica da Highland Street, a torre de Vermont, em granito rosa e telhado acobreado, ganhava ainda mais destaque. O centenário edifício do Damon Memorial, inaugurado em 1888, abriga a Gale Free Library, o grande orgulho dos munícipes. O prédio foi doado à cidade, no final do século XIX, pelo professor Samuel C. Gale e sua esposa, Susan Damon Gale. Desde então, os grandes investimentos realizados pela própria população fizeram da Gale Library, aquele magnífico prédio de arquitetura romântica no Centro Histórico de Holden, uma das mais importantes bibliotecas públicas da Nova Inglaterra, com destaque especial no Registro Nacional de Locais Históricos dos Estados Unidos da América.

Catherine Thompson era sócia e uma das fundadoras da Friends of Gale Free Library, uma associação de voluntários responsável por todo o Memorial e pela captação e gestão dos recursos que são mensalmente doados ou fruto dos eventos, atividades especiais e da venda de livros, além da divisão entre os membros de algumas funções básicas para manutenção do local. Na tarde daquele sábado, a matriarca dos Thompson estava envolvida com os preparativos de seu novo jardim e pediu que sua filha Nicole cumprisse a escala na biblioteca. Isso depois de passar um bom tempo convencendo-a, já que Nicky sempre recusava a tarefa com veemência. Apesar do prazer pela leitura, a jovem não era nem um pouco afeita ao convívio social imposto pelo atendimento da biblioteca. Foi convencida pelo argumento de que nas tardes de sábado o movimento da Gale era muito pequeno, quase nulo, fato comprovado naquele dia. Desde que chegara ao local, não atendera uma única alma viva.

Sozinha e completamente ociosa, Nicole atravessou as extensas galerias formadas pelas prateleiras em busca de algum livro que lhe servisse de companhia. Correu os olhos pelas mais de seiscentas páginas de *Kate: The Woman Who Was Hepburn*, biografia da atriz escrita pelo romancista William J. Mann, especialista na história de Hollywood. Perdeu-se admirando as fotos da diva de um tempo, ora altiva como a protagonista de *Mary of Scotland*, de John Ford, ora intensa como a mãe complexada na versão cinematográfica de Sidney Lumet para o texto teatral de Eugene O'Neill, *Long Day's Journey Into Night*.

Depois de devolver o livro à prateleira, seguiu pelo extenso módulo de estantes. Teve a patente sensação de que estava sendo observada. Parou e olhou para os dois lados daquele corredor de livros e não viu ninguém. Apurou os ouvidos na expectativa de ouvir algum ruído, algum passo ou qualquer movimento. Nada.

"Foi só uma sensação!", desconsiderou. De repente, ouviu um rápido revirar de páginas do outro lado da estante. Apurou novamente os ouvidos. Mas isso nem seria necessário, já que uma forte voz masculina começou a declamar. Nicole sentiu um frio correr-lhe a espinha. Enquanto ouvia, seguiu lentamente em direção ao final do corredor de estantes para tentar avistar o dono da voz. Percebeu que ele também caminhava, paralelamente a ela, na mesma direção, sem perder o texto ou o tom:

> *que o meu coração esteja sempre aberto às pequenas*
> *aves que são os segredos da vida*
> *o que quer que cantem é melhor do que conhecer*
> *e se os homens não as ouvem estão velhos*

que o meu pensamento caminhe pelo faminto
e destemido e sedento e servil
e mesmo que seja domingo que eu me engane
pois sempre que os homens têm razão não são jovens

e que eu não faça nada de útil
e te ame muito mais que verdadeiramente
nunca houve ninguém tão louco que não conseguisse
*chamar a si todo o céu com um sorriso**

Nicole teve medo de virar a esquina entre as estantes. Apesar desse receio, conseguiu ouvir com alguma atenção o poema. Por um breve momento, imaginou que poderia ser o incansável Thomas, falseando a voz para um tom mais grave. Respirou fundo e virou. Inexplicavelmente — ou nem tanto assim — seus olhos ficaram levemente marejados e as maçãs do rosto coraram de imediato. Encostado com o ombro na parte frontal do móvel, com uma das pernas cruzadas formando quase um quatro, e com um enorme sorriso estampado, lá estava Christian, com um livro na mão, à sua espera:

— "Chamar a si todo o céu com um sorriso" — ele disse, título do poema de e. e. cummings que acabara de ler.

Apesar da chuva que já caía forte, Gabriel conseguiu avistar com razoável tranquilidade o letreiro do Eagle Lake Hotel. Entrou no estacionamento e percebeu que havia várias vagas na pequena área coberta,

---

* Tradução de Cecília Rego Pinheiro. livrodepoemas. Lisboa: Assírio & Alvim, 1999. (N. E.)

ao final daquele pátio. Desceu do carro, pegou sua mochila no banco de trás e seguiu em direção ao que parecia ser uma entrada secundária do estabelecimento. No caminho, bem em frente a um Chevy Aveo azul, não pôde deixar de perceber um casal em visível discussão. Apressou o passo para evitar qualquer constrangimento, ainda que eles tivessem baixado o tom da conversa, tão logo perceberam sua aproximação. Mesmo assim, Gabriel conseguiu ouvir um trecho do diálogo:

— ... Para minha mulher? Você não pode fazer isso! — dizia o homem, prosseguindo. — Quanto você quer?

— Eu não quero o seu dinheiro da forma como está pensando! — esbravejou a mulher.

— Não venha com essa! O que você está querendo então? Dinheiro com amor? — Tão logo ele concluiu essa ironia, sentiu o estalar de um tapa na cara.

— Você é um... — um raio cruzou o céu, seguido por um imediato trovão.

Gabriel não ouviu o resto, apesar de imaginar qual seria o final daquela última frase. Entrou no Eagle Lake Hotel e foi direto à recepção, onde Seamus estava sentado, com a cara grudada na tela do computador, completamente absorvido por um sem-número de mulheres orientais nuas. Ao som de um novo trovão, a mulher do estacionamento riscou o saguão, apressada. Viu pelo vidro de uma das janelas quando o homem partiu, cantando pneus. Com todo aquele movimento, o recepcionista finalmente o percebeu.

Antes de começar a preencher o formulário de entrada do hotel, Gabriel atentou para o fato de que ainda não tinha telefonado para Gertrude, avisando de sua chegada tranquila a Holden. Aquele surpreendente reencontro com Justin o tinha desnorteado por completo. "Também preciso ligar para Nancy e contar a novidade!", pensou, na certeza de que sua orientadora e amiga se lembraria de quando ele narrou sua primeira emoção ao desembarcar nos Estados Unidos. Retirou o telefone celular do bolso, afastou-se do balcão e discou o número de sua casa.

Ethan parecia nervoso. Sentou-se no primeiro degrau da pequena escada de pedra que dava acesso aos fundos da casa de seus pais e também à garagem lateral. Acendeu um cigarro e ficou observando a chuva forte que despencava. Seus pensamentos vagavam pelo infinito das questões que envolviam Sybille e todas as mentiras necessárias à manutenção dos segredos. Tinha certeza de que toda a família ruiria caso a história viesse à tona. Olhou pela enésima vez o relógio. Já passava das quatro da tarde e não tinha qualquer notícia. Sua aflição aumentava a cada minuto.

Prejudicado pelo barulho da chuva, não ouviu quando o telefone tocou no interior da casa. Só se deu conta quando avistou sua mãe à janela conversando com alguém. Imediatamente entrou e foi ao seu encontro. Mas Catherine já tinha desligado. Pálida e com o rosto transfigurado, a matriarca vestia um longo casaco cor de creme e ajeitava rapidamente os cabelos, escondendo-os sob a elegante boina vermelha.

— Era o papai? — perguntou Ethan, atabalhoado.

Catherine parecia não o ter escutado. Procurava as chaves do seu carro na bolsa.

— Você viu as chaves do meu carro? Eu não sei onde as enfiei... — disse Catherine, tentando alcançá-las com os olhos, onde quer que estivessem, e sequer considerando a pergunta do filho. Mas ele insistiu:

— Mamãe, era o papai ao telefone?

— Ah! Não... não! Era a Bárbara.

— Bárbara?!

— Sim. Bárbara Mallick.

— E o que ela queria? Você parece nervosa...

— Ela me pediu ajuda. Está com problemas em sua estufa de flores. A chuva e o vento estão muito fortes e estão destruindo tudo. Você viu as chaves do meu carro? Eu preciso ir até Jefferson para ajudá-la.

— Mamãe, você vai a Jefferson agora? Com esse temporal? — Ethan tinha motivos bem mais prementes para impedir que sua mãe fosse para aquela região.

— É claro que vou! Bárbara precisa da minha ajuda. E ela precisa agora!

— Mas, mamãe... — ele não conseguiu terminar a frase, impedido pelo sobressalto de Catherine, que localizara a chave do carro na gaveta do console da copa.

— Aqui está você! — pegou a chave e seguiu para a garagem, com Ethan em seu encalço. — Quando seu pai chegar, avise que fui a Jefferson e volto assim que possível!

— Mamãe, você não pode sair agora! Veja só o temporal que está caindo...

— Não seja tolo, Ethan! — Catherine ligou o carro, que deu um solavanco e morreu. Nervosa, ela não o percebeu engrenado. Voltou a ligá-lo: — Não se preocupe, meu querido. Eu sou uma ótima motorista e essa chuvinha já vai passar!

Um raio cortou os céus, clareando todo o interior da garagem e o trovão fez estremecer até as paredes.

— Mamãe... por favor, tenha cuidado.

— Já disse... não se preocupe! Eu volto rápido. Não vou demorar... — Cathy não chegou a terminar a frase. Partiu, cantando os pneus, desaparecendo sob a névoa que já cobria a Tanya Drive.

Ethan acendeu outro cigarro e ficou abrigado sob o portão elevado da garagem. Seu pai não dava notícias e agora teria de contar com a sorte para que sua mãe não o encontrasse pelo caminho, muito menos próximo ou parado no Eagle Lake Hotel. Sabia que a sorte era uma abstração preconceituosa e seletiva: em geral não agracia ou favorece os mentirosos em momentos de tensão.

Gabriel até tentou falar com a dra. Nancy, mas seu celular estava desligado. Só conseguiu tranquilizar Gertrude e ouvir todas as recomendações carinhosas daquela avó adotiva. Falou com ela por algum tempo e, tão logo desligou, dirigiu-se ao balcão do Eagle Lake para efetuar seu registro de entrada:

— Boa tarde! Eu não fiz nenhuma reserva. Será que você tem algum quarto disponível para este final de semana? — questionou Gabriel, em tom simpático.

— Temos sim, senhor — respondeu Seamus, prontamente. — Em geral o hotel está lotado e é necessário fazer a reserva antecipada, mas neste final de semana, para sua sorte, nós temos alguns quartos disponíveis — disse em mentira deslavada, já que a maior parte do ano o Eagle Lake Hotel ficava entregue às moscas e baratas.

— Que ótimo!

— Por gentileza, senhor, preencha este formulário. — Seamus escorregou até Gabriel um cadastro retangular, em papel amarelado de alta gramatura. Apontou para a caneta, que jazia quase impoluta em uma base prateada, presa por uma delicada corrente.

Mal colocou a mão na caneta, sentiu aquela mulher loira passar por eles feito um tufão, arrastando um garoto pelas mãos. Ficou observando-a, até que entrou no Chevy Aveo azul:

— Aquela mulher vai sair com esse temporal? Ela não parece estar muito bem... — Gabriel comentou com Seamus, enquanto ambos se dirigiam à janela lateral para vê-la em melhor ângulo. — Ela parece muito nervosa — concluiu.

— Não sei o que está acontecendo, mas há algo de muito errado nessa história. Eu nunca vi essa mulher por aqui. Veio da Bélgica... — Seamus desatou a tagarelar. — Você sabe, né?! Esta é uma cidade pequena. Conhecemos todo mundo. Então, quando aparece alguém de fora, sabemos imediatamente. Ainda mais uma mulher assim. Ela é maravilhosa, o senhor não acha?!

— É... pode ser... — disse Gabriel, sem prestar muita atenção às palavras intermináveis de Seamus. Estava mais preocupado com o visível nervosismo daquela mulher, principalmente depois da discussão que presenciara minutos antes. Mas o atendente insistia:

— ... uma mulher e tanto. Não que eu fique especulando sobre a vida das nossas hóspedes, muito menos desejando-as... até porque isso seria extremamente antiético de minha parte... mas uma mulher desse calibre é capaz de deixar qualquer homem louco, não é mesmo?! — Seamus parecia estar ligado em uma tomada de duzentos e vinte volts. — Eu não entendi muito bem o que aconteceu. Ela chegou aqui, pediu um quarto, fez uma ligação, depois saiu para conversar com um Thompson... acho que eles estavam brigando... mas se ela não é daqui, como ele a conhece?

— Thompson? — Gabriel atentou-se para o sobrenome conhecido. — Você disse Thompson?

— Sim. O velho Ed. Eles ficaram conversando ali fora... — Seamus seguiu sua narrativa. — Conversando não, porque aquilo ali era uma briga feia! Ela até deu um tapa na cara dele! Você deve ter visto isso, porque estava passando bem em frente... Eu já estava me preparando aqui, porque se eles se engalfinhassem, eu teria que ir até lá separar a briga... — Enquanto Gabriel tentava entender o que estava acontecendo, tinha o raciocínio interrompido pela fala acelerada de Seamus: — ... você sabe como é, né?! O trabalho de gerente e recepcionista não é fácil. Se eu te contasse as coisas que já vi acontecer aqui, você ficaria com os cabelos em pé! Porque eu já vi de tudo: mulher descendo só de toalhas à portaria; marido flagrando a esposa em adultério; gente fugindo da polícia... Outro dia o FBI esteve aqui. Disseram que tinha um suspeito de terrorismo hospedado. Como se isso fosse possível: um xiita hospedado num dos quartos do Eagle Lake. Isso aqui é um hotel de classe, não aceitamos qualquer um... A propósito: o senhor é de onde mesmo?

— Do Brasil... — respondeu Gabriel, mais atento aos movimentos daquela mulher, deixando o hotel em alta velocidade.

— Ah! Do Brasil... que maravilha! Dizem que as brasileiras são espetaculares... mulheres incríveis... samba! Outro dia vi na internet umas fotos do Carnaval de vocês. Elas ficam mesmo nuas durante a festa? Porque se ficam, eu...

Seamus não conseguiu concluir sua frase. Foi interrompido pelo som ensurdecedor dos freios de uma Scania, que descia a Main Street em direção ao centro da cidade. Seguiu-se um forte estrondo. Posicionada bem no meio da curva, a saída do Eagle Lake não favorecia os hóspedes, e, dada a pouca visibilidade, nem os veículos que desciam a avenida. A situação ficava ainda pior em dias de chuva. Apesar da tentativa de frenagem, aquela carreta havia acertado em cheio a lateral do Chevy Aveo azul, arremessando-o ao longe, até o cruzamento da Main Street com a Kendall Road.

— Oh! Meu Deus! — gritou Seamus, desnorteado. — O que foi aquilo? — Procurou por Gabriel, que já tinha saído pela porta lateral e estava correndo em direção ao local do acidente.

— Ligue para a Emergência! — gritava Gabriel ao atendente, enquanto corria sob a chuva: — Agora!

Seamus tremia feito uma vara de bambu verde sacudida pelos ventos. Teve dificuldades para acertar os dedos nos números e discar 911. Foi atendido imediatamente:

— Socorro! Por favor, mandem os bombeiros! Mandem ambulâncias. Tivemos um acidente grave aqui em frente ao Eagle Lake Hotel. Um caminhão colidiu com um carro... por favor, venham rápido! — Seamus não conseguia ouvir o que era dito do outro lado da linha, pelo Serviço de Emergência. — Venham rápido! Uma tragédia... — dizia sem parar.

Catherine estava correndo mais que o habitual. Nunca foi uma boa motorista, apesar de o ambiente automobilístico ser uma constante em sua casa. Tinha acabado de deixar a Reservoir Street e entrar na Main Street, seguindo na direção de Jefferson. Acelerou o carro. Estava com pressa naquela tarde de chuva forte. A pessoa ao telefone havia atiçado seus nervos e seus desesperos. Precisava ir ao seu encontro o mais breve possível.

Ao passar pela entrada da WRHS, conseguiu avistar uma pequena aglomeração no meio da avenida. "Meu Deus! Será que aconteceu um acidente?", pensou assertivamente. Diminuiu a velocidade do carro, até ser obrigada a estacionar bem próximo ao cruzamento com a Kendall Street. Apavorou-se ao perceber um veículo azul capotado, com uma das laterais completamente estraçalhada. À sua frente, uma Scania preta gigantesca estava contorcida na Main Street, bem em frente ao Eagle Lake Hotel, interditando completamente o trânsito. Mesmo com toda aquela chuva, conseguiu ver o braço estendido para fora do carro azul, com as rodas viradas para cima. O líquido rosado, misto de sangue e água, escorria como numa cachoeira.

— Não quero ver isso! — pensou alto, cerrando os olhos e encostando a cabeça no volante de seu carro. Tinha verdadeiro pavor dessas coisas. Também não sabia se esperava a liberação da rua ou voltava para casa. Já estava atrasada para seu encontro misterioso no Ethan's Family Restaurant & Bar, menos de um quilômetro adiante, no início da Princeton Street. Era seu restaurante favorito e dali vinha a inspiração para o nome de seu primogênito.

— É muita falta de sorte esse acidente ter acontecido justo aqui! — resmungou Cathy, levantando o olhar e avistando um jovem que se aproximava do veículo capotado.

Gabriel já estava encharcado quando chegou ao Chevy azul praticamente destruído. A pancada foi muito forte. Apesar de ser médico, chocou-se ao ver a gravidade dos ferimentos daquela mulher ao volante, principalmente no rosto. Como ela não estava com o cinto de segurança, seu corpo se encontrava retorcido no teto destruído do carro. Checou-lhe o pulso apenas por mera conferência, mas era visível que o impacto da batida tinha quebrado seu pescoço, levando-a a óbito imediato. Mas ficou realmente apavorado quando seus olhos encontraram os olhos arregalados do garoto que a acompanhava. Estava em estado de choque. O fato de estar preso ao cinto de segurança parecia ter-lhe salvado a vida.

O jovem médico contornou o carro e foi ao encontro da janela do carona. Precisava prestar os primeiros socorros ao garoto. No trajeto, encontrou o caminhoneiro, ainda tonto e desesperado:

— Eu não tive culpa! — gritava aquele senhor, levando as mãos à cabeça. — Eu não tive culpa! Esse carro atravessou na frente do caminhão! Eu não consegui frear!

— Tente se acalmar, senhor — pediu Gabriel, ajoelhando-se diante da janela do carro.

— A Emergência já está vindo pra cá... — gritou Seamus, alcançando-os. — Como eles estão? Estão muito feridos?

— A mulher está morta — afirmou Gabriel, seco.

— Meu Deus! — gemeu o caminhoneiro, despencando em choro forte. — Eu não tive culpa! E agora?

Seamus parecia não acreditar no que estava acontecendo. Enquanto Gabriel tentava se comunicar com o pequeno garoto ferido dentro do carro, pediu que o atendente tirasse o caminhoneiro dali e o levasse para dentro do hotel. Conforme os carros paravam na Main Street, os curiosos se aglomeravam ao redor daquela tragédia, ainda que sob chuva forte. Gabriel se identificou como médico e pediu para ninguém se aproximar, enquanto aguardava a chegada do resgate.

Segurou a mão trêmula do garoto que, mesmo virado de ponta-cabeça, olhava-o fixamente. Não havia expressão de dor. Não chorava. Apenas batia o queixo e tremia as mãos. Tinha dificuldade de respirar. Gabriel começou a falar com ele:

— Você está me ouvindo? Tente não se mexer. Se estiver me ouvindo, tente não se mexer. — Gabriel não conseguia saber se o garoto o ouvia, mas continuou falando. — Não se mexa, apenas fale comigo. Qual é o seu nome?

— Matthew... — sussurrou o pequeno, em tom quase inaudível.

— O.k., Matthew. Meu nome é Gabriel. Eu estou aqui com você. Segure minha mão. Vai ficar tudo bem. O resgate já está vindo e eles vão tirar você daí. — Gabriel percebeu que o garoto começou a apertar sua mão. — Fique tranquilo, Matthew. Eu estou aqui com você. Apenas respire. Não feche os olhos. Apenas respire — sentiu um nó travar-lhe a garganta, como se ele também não conseguisse respirar. A chuva não cessava. Ouviu, ao longe, a sirene da ambulância.

just breathe

Nicole parecia não acreditar no que estava acontecendo. Numa tarde chuvosa, no meio da Gale Library, o professor Christian Taylor estava sentado à sua frente, declamando poemas de e. e. cummings. Até poderia imaginar que aquilo era um sonho, não fosse pelo frenesi que sentia toda vez que seus olhos se encontravam. Nunca uma pessoa tinha lhe causado tamanho descontrole físico e emocional. Por vezes, sequer conseguia ouvi-lo. Ficava perdida, admirando aquele homem de testa larga, nariz comprido e afilado, queixo proeminente e rosto milimetricamente liso. E sempre que baixava um pouco o olhar, sentia que era fuzilada por Christian, num misto de medo e desejo. Por sorte estavam sozinhos, pois qualquer um que ali entrasse sentiria o império dos feromônios.

— Você gosta de cummings? — Christian surpreendeu Nicole com a pergunta, fechou o livro e dirigiu-se até ela.

— O quê? — questionou-o, ainda perdida em seus desejos mais íntimos.

— Eu perguntei se você gosta de cummings.

— Gosto muito! "Chamar a si todo o céu com um sorriso"... — disse Nicky, citando o verso lido havia pouco e sentindo que todo o céu estava diante dela, vendo Christian com o sorriso aberto, em majestática beleza.

— Que bom que você gosta. Qual é o seu nome?

— Nicole. Nicole Thompson. Mas pode me chamar de Nicky. É assim que todos me chamam.

— O.k., Nicky. Meu nome é Christian... — ele não conseguiu concluir, interrompido pela jovem.

— Taylor. Eu sei. Fiquei sabendo que você irá ministrar palestras de História na Wachusett.

— Vejo que você está bem informada...

— Eu sempre procuro saber mais sobre aquilo que me interessa — afirmou Nicole, resoluta.

— O que eu devo entender por isso?

— O que achar melhor.

— Se eu lhe dissesse o que realmente é o melhor, acredito que ficaria decepcionada.

— E por que eu ficaria decepcionada? — perguntou Nicky, que já não tirava mais os olhos de Christian.

— Porque, na maioria das vezes, o que é conveniente não reflete aquilo que realmente estamos sentindo. — Christian se acomodou na cadeira, levou a mão ao queixo e assumiu um ar professoral. — É a lei da vida em sociedade... antes uma mentira conveniente que uma inconveniente sinceridade.

— Então seja inconveniente, professor Taylor.

— Por favor, não me chame assim... — ele sorriu, levemente ruborizado. Odiava quando o chamavam dessa forma. Sentia-se mais velho. — Me chame apenas de Christian.

— Tudo bem, Christian. Seja inconveniente... — Nicole parecia provocar-lhe com ardis semânticos da melhor qualidade.

— O.k.! É você quem está pedindo... — Christian não fugia às boas provocações. — Seria uma inconveniência perguntar a uma jovem aluna a sua idade?

— Em primeiro lugar, Christian, devo dizer que aqui, assim como você não é o professor Taylor, eu também não sou uma aluna. — Nicky passou a mão pelos cabelos loiros, finos e lisos, deixando revelar sua delicada orelha, adornada por um filete de pequenas pedras brilhosas. — Em segundo lugar, seria uma inconveniência não fazer tal questionamento, já que, com meus dezessete anos, provavelmente eu tenho idade para ser sua filha.

Christian cerrou o cenho após a flechada. Sua idade era realmente seu ponto fraco e aquela jovem à sua frente, que havia revirado seus desejos desde o dia em que se encontraram no estacionamento da WRHS, parecia saber exatamente onde atacá-lo. Por um momento, faltou-lhe ar. Não conseguia respirar.

— É a lei da sociedade... a verdade, em geral, é inconveniente — filosofou Nicole, assumindo franco sarcasmo. Apesar do ataque frontal, Christian comprou o jogo.

— Quantos anos você acha que eu tenho, mocinha?

— Trinta e muitos... ou quarenta e poucos...

— É um arco muito grande. Tente ser mais objetiva.

— Impossível!

— Posso saber por quê? — questionou Christian, intrigado.

— Porque um homem consegue esconder melhor sua idade. — Nicole sorriu. — Seu rosto, por exemplo, não aparenta mais que trinta e cinco anos. Mas suas mãos têm marcas suficientes para quem já passou dos cinquenta!

— Já que você me observou tanto assim... — Christian falava variando entre a raiva pelas afirmações e a satisfação por perceber que Nicole o observara amiúde — ... tente um meio-termo, entre os trinta e cinco e os cinquenta.

— Eu diria que você tem quarenta e três anos de idade — afirmou Nicky, categoricamente, não revelando que já detinha essa informação, graças à "pesquisa secreta" de sua amiga Hannah nos fichários da WRHS.

— Bravo! — aplaudiu Christian. — Você é boa nisso, Nicky — ele decidiu ir além. — Mas será que essa inconveniência revelada pode atrapalhar, de alguma forma, essa nossa primeira conversa?

— Creio que não. Ela atrapalharia se tivesse deixado para ser dita numa segunda ou terceira conversa — agora era Nicole quem assumira o ar professoral. — Revelada desde o início, toda inconveniência sincera é passível de adaptação.

Os dois ficaram um longo tempo em uma deliciosa troca de olhares. O desejo mútuo era o sentimento triunfante. O silêncio só era quebrado pela chuva e ventos fortes.

Catherine voltou para casa desolada com o acidente que interditara a estrada principal. Ela ainda reuniu forças e chegou ao Ethan's Family Restaurant & Bar a tempo de seu encontro, seguindo pelo caminho alternativo da High Street. Mas apenas entrou no restaurante, conversou rapidamente com o simpático proprietário, que como de costume recebe seus visitantes com extrema elegância e carinho, sentou à mesa por alguns minutos e foi embora. Até os funcionários do restaurante estranharam a rapidez e a tensão de Cathy.

Ao estacionar o carro na garagem, percebeu que Edward também já tinha voltado. Ele e seu filho conversavam de forma tensa na sala de estar. Ethan andava de um lado para o outro. Nem deram tempo de Cathy tirar o casaco:

— Minha querida, aonde você foi com essa chuva? — questionou Edward, aproximando-se da esposa e lhe dando um forte abraço, para o qual não teve retribuição.

— Mamãe, você está bem? — perguntou Ethan, logo em seguida, sem dar-lhe tempo de resposta.

— Cathy, você sabe quanto ficamos preocupados com você dirigindo por aí em meio a esse temporal? — Ed fez um leve carinho no rosto da mulher e continuou. — Dirigir com esse tempo ruim já é um perigo pra nós, homens. Imagine pra você...

— O que é isso agora, Ed?! Eu sempre fui uma boa motorista... — Cathy tentou esboçar uma resposta, mas logo foi interrompida por Ethan.

— Papai, eu tentei impedi-la de todas as formas, mas você sabe como é a mamãe quando coloca uma coisa na cabeça.

— Meus queridos, eu precisava ir a Jefferson... — enquanto começava as explicações sobre sua rota, Cathy tirou casaco e boina úmidos e pretendia levá-los para a área de serviço, quando se deparou com Justin descendo as escadas.

— O que está acontecendo aqui? — questionou o segundo filho, chegando ao primeiro pavimento. — Eu estava dormindo e acordei com esse falatório aqui embaixo.

— Oh! Justin! — Cathy abraçou seu filho com tanta força que parecia tentar fazê-lo voltar a seu útero. — Nos perdoe, querido! Não queríamos atrapalhar seu descanso... Mas seu pai e seu irmão estão fazendo um espetáculo só porque eu tentei ir a Jefferson nessa chuva...

— Chuva, não! Está caindo um temporal! — interveio Ethan, em seu costumeiro tom de reprovação.

— Mas qual é o problema? — Justin ainda não compreendia o motivo de toda aquela tensão no ar.

— Não teríamos problema nenhum, se sua mãe fosse uma ótima motorista — redarguiu Ed. Cathy reagiu imediatamente:

— Parem com isso! — a matriarca elevou o tom. — Eu estou cansada dessa história! Não sei de onde vocês tiraram que eu não sei dirigir direito. Sempre fui uma motorista cuidadosa. Nunca arranhei um carro sequer!

— Minha querida, fique calma... — Ed tentou amenizar o clima, assumindo seu perfil apaziguador. — Nós só estávamos preocupados com você. O tempo está horrível. Eu mesmo, voltando de Paxton, fui obrigado a parar o carro na 31 e esperar a chuva ficar um pouco mais amena.

— Você foi a Paxton hoje? — inquiriu Cathy, com certa descrença.

— Eu precisava resolver algumas coisas da nossa filial lá... — revelou Ed, buscando desconversar, seguido por Ethan, ainda em visível tensão.

— As vendas da ETS de Paxton caíram muito nos últimos meses. Desse jeito vamos acabar sendo obrigados a fechar aquela filial.

— Você está louco, Ethan?! — Justin reagiu à informação desencontrada. — Está fora de questão fechar quaisquer das filiais da ETS nesse momento. As vendas em Paxton caíram na mesma proporção de todas as outras. É só um reflexo imediato da crise econômica.

— Como sempre, Justin, você se julga o senhor absoluto da verdade... — o tom sarcástico de Ethan era irascível.

— Se você fosse o presidente da empresa, talvez fizesse melhor! — Justin respondeu à altura e os dois se encararam, como sempre. Uma relação de amor e ódio que os acompanhava desde a infância.

— Ei, meninos... parem com isso! — da mesma forma, Ed fez sua intervenção. — Parem agora! — o patriarca fez um sinal com a mão e convidou Ethan a acompanhá-lo ao escritório.

— Papai, está tudo bem em Paxton? — questionou um desconfiado Justin, vendo-os caminhar em direção à porta do escritório.

— Está sim, Justin! Eu só fui lá checar... — Ed respondeu enquanto caminhava, sem dar muita atenção. — Venha, Ethan, quero conversar uma coisa com você.

Catherine voltou à sala, depois de guardar suas roupas úmidas. Abraçou o filho e caminharam juntos até a cozinha.

— Como você está, meu querido? Eu quase não o vejo mais... Você está trabalhando muito!

— Eu estou ótimo, mamãe.

— Você precisa dormir mais em casa e parar de ficar cochilando naquele escritório frio de Worcester...

— Não se preocupe. Às vezes é necessário...

— Às vezes? Tenho visto você fazer isso toda semana.

— Essa crise econômica está exigindo algumas mudanças bruscas no comércio. Mas nós vamos passar por ela sem sobressaltos.

— Eu sei disso. Nós confiamos em você... no seu trabalho. — Cathy era uma mãe extremamente carinhosa e tinha Justin sob os melhores conceitos. Com ele, as confidências eram fáceis: — Eu já sei o que está acontecendo! Você conheceu algum rapaz, é isso?!

— Conheci sim, dona Catherine! — Justin abriu um franco sorriso.

— Seu faro continua apurado, hein?!

— Eu sabia! Tinha certeza de que você estava dormindo tantas noites fora por algum outro motivo que não a ETS.

— Ei! Vamos devagar... — Justin interrompeu a conclusão precipitada de sua mãe. — Eu conheci uma pessoa sim... mas isso foi hoje! — ele coçou a cabeça, e tentou consertar a afirmativa. — Quer dizer, não foi hoje! Conheci ele há três meses, em Boston. Mas só nos reencontramos hoje.

— Em Boston? Há três meses? E só se reencontraram hoje? Não estou entendendo...

— É... — Justin buscava uma forma de explicar seus inusitados encontros com Gabriel. — É uma longa história, mamãe...

— Você está com pressa? Eu não... — Cathy sorriu delicadamente, puxou uma banqueta para o filho e foi para o outro lado do balcão da cozinha. — Temos tempo de sobra pra você me contar tudo! — Cathy abriu a geladeira. — O que você quer comer?

— Eu não quero nada, obrigado! Acabei de almoçar com o Gabriel lá no Val's.

— Hum! Gabriel? Esse é o nome dele então? Ele está em Holden? Por que não o convidou pra vir aqui em casa, Justin?

Ficaram na cozinha por longo tempo. Apesar do frio naquele início de noite, mãe e filho conversaram ao sabor de um pote de sorvete Macadamia Nut Brittle, da Häagen-Dazs. Justin relatou a Cathy todos os detalhes daquela história que nascera sob a égide do destino. Várias vezes foram às gargalhadas com os encontros e desencontros dos dois rapazes. Até que Justin finalmente disse que Gabriel, de fato, estava em Holden, hospedado no Eagle Lake Hotel.

— Ele está no Eagle Lake? — Cathy transfigurou-se.

— Sim. Foi pra lá no início da tarde, logo depois de almoçarmos no Val's.

— Meu Deus! Com toda essa confusão, eu acabei esquecendo de contar... — Cathy respirou fundo. A lembrança a desnorteava. — Eu acabei não conseguindo chegar a Jefferson. Aconteceu um grave acidente na Main Street, bem em frente ao hotel... Não sei se foi com algum hóspede...

— Um acidente? Como assim? — Justin deu pulo da banqueta. — Mãe, me conte isso...

— Eu não sei direito. Estava indo para Jefferson quando vi a rua interditada. Aquela saída do Eagle Lake é muito perigosa... Parece que um caminhão bateu num carro enquanto descia a Main Street. — Cathy voltou a respirar fundo. — O carro estava capotado... chovia muito... tinha muito sangue... um horror! Eu preferi nem ver aquilo... Dei meia-volta e voltei pra casa. — Cathy preferiu ocultar sua ida ao restaurante, em Jefferson.

— Eu vou lá! — um frio percorreu a espinha de Justin. Seria Gabriel a vítima? Sua cabeça dava voltas e ele nem conseguiu ouvir as recomendações de cautela de sua mãe. Abriu a porta dos fundos, correu à garagem, entrou no carro e partiu em alta velocidade. "Será que, depois de toda aquela cumplicidade, o destino seria tão cruel?" Era a única coisa em que conseguia pensar.

O chefe de polícia Donald Sullivan fazia as anotações enquanto ouvia o relato desesperado do caminhoneiro e os legistas retiravam o corpo da mulher do Chevy Aveo atingido. Paramédicos prestavam os primeiros socorros ao garoto, ali mesmo no asfalto da Main Street. Gabriel segurava com força a mão de Matthew, enquanto a maca era preparada para subir à ambulância.

— O passaporte diz que a mulher se chamava Sybille Genezen. E o nome do garoto é Matthew. Eles são da Bélgica — revelou o chefe Sullivan aos paramédicos. — Chegaram hoje pela manhã aos Estados Unidos — o policial voltou-se para Gabriel e questionou. — Você os conhece? Quem é você?

— Não os conheço — disse Gabriel, sem tirar os olhos de Matthew. — Eu sou médico. Eles também eram hóspedes do hotel. Vi o acidente e vim correndo tentar ajudar.

— Ele está com a respiração comprometida! — anunciou um dos paramédicos. — Tragam o oxigênio! Vamos preparar para transportá-lo direto para Worcester. Aqui não há recursos!

— Eu sou médico do UMass! — avisou Gabriel, sacando seu crachá do bolso do casaco. Não percebeu quando o cartão de Justin caiu no chão, dentro de uma poça d'água. — Vamos levá-lo pra lá!

— O.k., doutor. Norton, comunique o UMass pelo rádio — o motorista da ambulância de emergência já estava com o aparelho nas mãos. — Avise-os que tentaremos chegar lá em dez minutos.

— Eu vou com vocês! — disse Gabriel, sem soltar a mão de Matthew, enquanto a maca era colocada na ambulância. — Ei! — gritou para Seamus, tirando a chave do Toyota Yaris do bolso da calça e jogando-a para o atendente do Eagle Lake. — Fique com as chaves do meu carro. Vou pedir a alguém da locadora para buscá-lo, o.k.?! — Gabriel, já dentro do veículo de emergência, olhou para Matthew, tentando ajudá-lo. — Apenas respire! Apenas respire! Eu estou aqui com você!

— Anote isso... — apontava um dos paramédicos, com a ambulância já partindo em alta velocidade, enquanto outro escrevia rapidamente no prontuário. — A respiração está muito fraca... abaixo de cinquenta. Pressão sanguínea caindo a sessenta. E os batimentos cardíacos estão altos... chegando a cento e quarenta nesse momento!

— Ele está em choque! — alertou Gabriel.

— Nós sabemos, doutor! — respondeu prontamente o paramédico. — Fluidos e oxigênio não estão ajudando muito!

— Não podemos perdê-lo... — Gabriel não largava a mão de Matthew e com a outra pegou seu telefone celular e ligou para Nancy, no UMass. — Nancy, temos uma emergência... estamos indo para o hospital!

— Pneumotórax — concluiu o paramédico. — Ao que tudo indica, costelas estão fraturadas e perfuraram o pulmão. O ar está saindo e ocupando a cavidade pleural, comprimindo o pulmão e o coração. Ele está pálido e hipersudoreico.

— Pneumotórax hipertensivo? — indagou Gabriel, em visível consternação.

— Sim, doutor. Ele não tem muito tempo...

Gabriel sentiu a mão de Matthew afrouxar. Lentamente, percebeu que seus olhos fechavam.

— Não! Não! Não! — dizia o médico, sôfrego, tentando buscar alguma resposta física do garoto. — Nós vamos salvar você! Confie em mim.

Provavelmente foi a última coisa que acreditou ter dito enquanto Matthew estava consciente. A ambulância seguia veloz, sirene ligada. Era um caminho longo até o UMass, em Worcester.

Nicole e Christian estavam fazendo amor feito feras selvagens e sequer ouviram as sirenes da ambulância passando em disparada pela

Main Street. Estavam entocados no banheiro dos funcionários da Gale Library. Naquele início de noite, ela era a única voluntária na biblioteca e sabia que os seguranças noturnos ficavam restritos à cabine de entrada, no primeiro pavimento.

Sem camisa e com a calça aberta, Christian sentou no vaso sanitário, em êxtase e admirando sua bela conquista. Ela colocava de volta a delicada calcinha, passando as mãos sobre a barra do vestido roxo, tentando se recompor depois de todo aquele frenesi.

— Está na hora de você ir embora — disse Nicky, em pé, pegando a cabeça de Christian e puxando-a para junto de seu tórax. Ensaiou um cafuné. — Eu preciso fechar a biblioteca e ir pra casa. E eu não posso sair daqui junto com você.

— Eu não quero ir embora agora! — Christian levantou-se e abraçou Nicky, fazendo-a flutuar. — Eu preciso de você!

— Já está tarde! Não podemos mais ficar aqui... — Nicole beijava-o enquanto falava. Percorreu seu rosto e foi ao ouvido. — Nós podemos nos encontrar logo mais... — Christian sentiu o arrepio alcançar-lhe os dedos do pé.

— Podemos ir para a minha casa... — o professor sentia o frescor do suor e dos cabelos da menina, deslizando em seu rosto.

— Não sei... Eu não posso dormir fora de casa...

— E quem disse que nós vamos dormir?!

— Nós podemos jantar em algum lugar. O que você acha?

— Jantar? — Christian afastou Nicole por imediato. — Você está louca? Se alguém perceber que estamos juntos, eu posso ser demitido da WRHS!

— Ah! Entendi... — Nicky abriu a porta do banheiro. O ar começou a lhe faltar. — Quer dizer que isso vai ser um *lance* escondido... É isso?!

— Mas o que você estava esperando?

— Vou fingir que eu não ouvi isso...

— Nicole, o que você acha que as pessoas vão pensar ao ver um professor de quarenta e três anos saindo com uma aluna de dezessete?

— Essa é outra de suas "leis da sociedade"?

— Nós não estamos na Califórnia!

— Então você está dizendo que, por aqui, uma garota não pode se apaixonar pelo professor mais velho?

— Bem mais velho...

— O.k. *Bem mais velho...* Qual o problema disso?

— Em tese não há problema nenhum entre mim e você. Mas não podemos arriscar. Se o diretor da WRHS, ou até mesmo seus pais, ficarem sabendo da nossa relação, eu serei demitido da escola e você poderá ser expulsa. As regras são claras!

— Você não conhece meus pais... E não há regras para o amor...

— Há sim! — Christian parecia definitivo em sua fala.

— Você é um idiota! — dito isso, Nicole começou a atravessar os corredores de prateleiras, em direção ao balcão central da Gale Library. Christian a seguia de perto, vestindo sua camisa amarrotada.

— Não fale assim comigo, por favor... Eu gosto de você... quero ficar com você... — ele tentava alcançá-la com as mãos enquanto falava, sem sucesso. — Quero ficar com você, de verdade... Apaixonei-me no dia em que te encontrei naquele estacionamento. Não consigo parar de pensar em você... Agora então... — ao conseguir tocá-la no ombro, foi instantaneamente repelido. A garota parecia tomada pela fúria.

— Não encoste em mim! — Nicole olhou bem nos olhos de Christian e disparou. — Amar é um verbo que pode ser conjugado com a mesma intensidade aos dezessete, aos trinta e dois, aos quarenta e três, ou aos sessenta anos de idade. A diferença se estabelece na capacidade de cada um em reconhecer que tipos de pronomes devem ser usados: se pessoais, possessivos ou indefinidos.

Ficaram algum tempo naquele entreolhar. Nenhum dos dois disse uma única palavra. Seus corpos ainda estavam sob o efeito daquela feroz relação sexual. A chuva começava a ficar rala e o frio, mais intenso. Não havia mesmo muito o que dizer. O amor nem sempre navega em águas cristalinas. Na maioria das vezes, ele exige um mergulho em águas turvas.

A polícia acabara de liberar o trânsito em um dos lados da Main Street quando Justin estacionou o Hummer e correu para o local exato do acidente. A chuva já havia cedido, mas ainda era capaz de encharcar as roupas. Encontrou o ensopado chefe Sullivan tomando os depoimentos de algumas testemunhas daquela tragédia. Avistou o estacionamento do Eagle Lake Hotel e reconheceu o Toyota Yaris branco que Gabriel dirigia.

— Donald... — Justin jamais o chamava de chefe, ou policial, ou qualquer coisa do gênero. Ele era seu vizinho e o vira nascer. Sua irmã Nicole era a melhor amiga da filha do chefe Sullivan, Hannah. — O que aconteceu por aqui?

— Como vai, Justin? — o policial estendeu a mão em cumprimento. — Uma tragédia, rapaz! Uma tragédia. Ao que tudo indica, uma turista belga estava saindo com seu filho do Eagle Lake e entrou bem na frente do caminhão que descia a Main Street. Ele não conseguiu frear e a acertou em cheio.

— Como estão as vítimas? Pelo estado daquele Chevy, posso imaginar... — Justin não conseguiu concluir a frase. O chefe Sullivan foi logo apresentando o relatório.

— A mulher morreu na hora, coitada. O filho dela foi levado em estado grave para Worcester, mas duvido muito que escape. Já saiu daqui mais morto do que vivo. Uma pena... eles tinham acabado de chegar aos Estados Unidos...

Enquanto ouvia o relato provinciano do policial, Justin acabou descobrindo seu cartão boiando em uma poça d'água suja bem perto de seus pés. Alcançou-o e constatou ser o contato que deixara com Gabriel naquela tarde no Val's Restaurant. No verso, o telefone de sua casa, anotado à caneta, estava completamente borrado e ilegível. Olhou novamente para o carro do médico, no estacionamento do hotel. Teve o ímpeto de ir até lá, procurar por ele e perguntar por que havia jogado fora seu cartão. Por um momento, chegou a imaginar que Seamus poderia ter alguma informação.

"Não", concluiu Justin em pensamento. "Apesar do almoço e da conversa agradável, ele pode não ter se interessado por mim como eu me interessei por ele", vagou, em suposições. "Eu sou um idiota mesmo! Ele foi apenas educado com um desconhecido abusado! Eu sou realmente um idiota!" Justin amassou entre os dedos o cartão de visitas da ETS. Não teve tempo de tomar qualquer outra decisão, já que começou a ouvir a voz estridente de tia Mildred se aproximando e em tom de desespero.

— Justin! Justin! — gritava Mildred, correndo em direção ao sobrinho. — Meu Deus! Não me diga que foi você quem provocou esse terrível acidente? Você está bem?

— Fique tranquila, tia Mildred — Justin, por pleno conhecimento, já adotara um tom enfadado. — Não estou envolvido no acidente. Eu apenas estava passando, vi o movimento e decidi parar e ver o que estava acontecendo.

— Eu fiquei tão desesperada! — Mildred falava como se fosse a própria vítima da tragédia. — Joanne ligou para Lilibeth contando sobre o acidente... e Lilibeth ligou pra mim. Imediatamente eu pensei, Oh! Meu Deus! E se foi com um dos meus sobrinhos... o Ethan corre tanto naquele carro! Vim pra cá. Quando eu te vi aqui, fiquei louca! Meus nervos sacudiram... Pronto! Mais um Thompson que vai para o Cemitério Grove!

— Que horror, tia! — Justin não sabia se Mildred lhe causava asco ou era digna de gargalhadas. "Como uma pessoa pode ser assim?", questionava-se em pensamento.

— Mas é verdade! Meu querido John continua com aquela dor no peito, seu pai andou vacilando com crises hipertensas, sua mãe não se preocupa com nada e a Helen, coitadinha, não consegue segurar um filho naquela barriga. Eu não tenho mais estrutura para viver essas emoções não...

— Então o que a senhora veio fazer aqui, tia?!

— Ah! Eu não podia deixar de saber o que tinha acontecido. Você conhece Holden... amanhã todos vão estar comentando sobre o acidente. E eu odeio essas invencionices do povo. Preferi verificar *in loco* os fatos e saber a verdade. Só assim é possível escapar das fofocas desse lugar! E eu estava preocupadíssima que pudesse ser um acidente com um de vocês, meus queridos sobrinhos...

Justin deixou que sua tia seguisse tagarelando. Não valia mais a pena prestar atenção naquele discurso burlesco. Estava mais preocupado com o desdém de Gabriel, que jogara fora seus contatos. Mildred correu para o lado do chefe Donald Sullivan e começou a extrair todas as informações da tragédia na Main Street. Por algum tempo, Justin ficou ali, deixando-se lavar pela chuva já rala. Os feixes d'água desciam pelo rosto tal qual lágrimas.

A dra. Nancy Taylor deixou a sala de cirurgias emergenciais do UMass e foi ao encontro de Gabriel na área reservada aos médicos daquele andar. O jovem tinha acabado de tomar um banho quente e vestir roupas secas emprestadas por um enfermeiro amigo. Ele estava aflito por notícias de Matthew.

— Nancy, como ele está? — perguntou Gabriel de imediato.

— Ele agora está estabilizado, mas o quadro não é bom.

— O que você acha? Por favor, não me esconda nada...

— Além das lesões, o garoto fraturou quatro costelas... uma delas perfurou o pulmão em dois lugares. Ele está sendo operado neste momento para conter a hemorragia.

— E qual é o resultado da tomografia?

— Essa é a pior parte, Gabriel. Provavelmente ele sofreu uma pancada muito forte na cabeça e os exames revelaram um traumatismo craniano severo. É difícil dizer se ele vai sobreviver.

— Mas ele estava acordado até entrar na ambulância. Chegou a me dizer seu nome.

— Eu não sou neurocirurgiã, mas essa primeira reação não é incomum em casos assim.

— A mãe dele está morta, Nancy. Eles nem são daqui... — Gabriel, apesar de habituado a esse tipo de ambiente, permitiu-se uma emoção aparentemente descompassada para a situação e para seus laços supostamente inexistentes com Matthew. — E se esse menino estiver sozinho agora? Nós não podemos perdê-lo!

— Fique tranquilo, Gabe — Nancy abraçou seu aluno e amigo com o carinho de uma mãe. — Ele está nas mãos dos melhores médicos da Nova Inglaterra. Eles farão o que for possível para salvá-lo. Estou me sentindo meio culpada. Lamento que minha sugestão de passeio tenha lhe causado isso, tenha metido você nessa situação.

— Você não sabe o que está dizendo... — um filme passou pela cabeça de Gabriel, relembrando em fração de segundos todos os acontecimentos daquele sábado. — De alguma forma, eu fui levado pra lá... eu tinha que estar lá — o médico chorou, como não fazia havia tempos.

— Gabe, não fique assim. Vá para casa. Eu cuido de tudo aqui. Assim que tiver notícias do garoto, eu te ligo.

— Nem pensar! — apesar da emoção e do cansaço, Gabriel estava resoluto. — Eu não vou abandoná-lo nesse momento. Não me pergunte como, nem o porquê, mas eu sinto que ele precisa de mim nesse momento de escuridão.

INTERMEZZO

bridge over troubled water

Imaginem um garoto trancado dentro de um quarto escuro, deitado numa cama que ele não consegue sentir, percebendo a presença de estranhos que ele não consegue ver e ouvindo sons que não consegue distinguir. Não há medidas de tempo ou de espaço. Não há memória recente ou distante. Inexistem movimentos. Tudo é medo e as certezas parecem impossíveis. Tudo é uma assustadora escuridão.

Meu pai disse que fiquei nesse breu por exatos quatro meses e dezesseis dias. Alguns garantiam que eu jamais sairia do coma e os médicos discutiam se mantinham apenas o suporte mínimo e paravam de investir no caso. Mas ele nunca considerou tal hipótese. Esteve ao meu lado durante todo esse período. É muito triste pensar que não o senti em nenhum momento. E a vida, do lado de fora do quarto escuro, seguia seu fluxo.

A propósito, é importante dizer que o meu pai se chama Gabriel, o homem que salvou a minha vida em todos os sentidos que alguém pode fazê-lo. Não há qualquer outro nesse mundo, ainda que biologicamente, capaz de assumir esse título com tanto carinho e dignidade. Minha vida estaria extinta sem ele.

Quantas coisas aconteceram nessa minha ausência, entre outubro de 2008 e março de 2009: para desgosto dos meus avós republicanos, os Estados Unidos elegeram Barack Obama, o primeiro negro a presidir o país; um piloto da US Airways tornou-se herói após conseguir realizar um pouso de emergência no leito do rio Hudson, em Nova York, salvando a vida de cento e cinquenta e cinco passageiros; o lunático presidente do Irã lançou um satélite exatamente oito dias antes da colisão de satélites russos e norte-americanos; um psicopata invadiu uma creche em Derdemonde, na minha terra natal, com uma faca na mão e matou três pessoas, deixando outras doze crianças mutiladas. Tantas coisas boas e tantas ruins. Tantas coisas indefinidas.

Indefinido também ficou meu pai. Depois daquela noite, nunca mais voltou a Holden. Sua dedicação exclusiva a mim, à Gertrude — a avó que acabei ganhando! — e aos seus pacientes do UMass ocultava seu desejo profundo de rever Justin e resgatar aquela história imersa, que parecia não estar pronta para acontecer, apesar de todos os lances do destino. Só parecia! Porque no íntimo de cada um, nem meu pai, nem Justin conseguiram viver um único dia sem que o pensamento alcançasse seus corações, vibrando-os. À distância e em silêncio... como eu.

Jamais vou saber o que Edward e Ethan realmente pensaram nos dias que sucederam o acidente. Obviamente souberam que a vítima era minha mãe, mas essa era uma mulher que eles realmente relegaram ao esquecimento. Catherine também nunca revelou a ninguém a conversa que teve com ela por telefone, na tarde daquele sábado. Não sei o que foi dito, mas naquele dia chuvoso, estávamos indo encontrá-la em um restaurante em Jefferson, próximo ao Eagle Lake Hotel. Muitas verdades morrem com suas testemunhas. Mas eu estava vivo...

Nicole e Christian não se encontraram mais após aquele dia trágico. Arrasada, ela se recusou a participar do curso de História que ele ministrou na Wachusett Regional High School. Várias vezes ele ainda tentou procurá-la, totalmente em vão. Disposta a fugir da tristeza e daquele lugar, Nicky embarcou em janeiro para um curso de inverno na Inglaterra. Londres é sempre um excelente lugar para que uma pessoa deprimida fique ainda mais triste! Ela estava no lugar certo!

Quanto à minha mãe, creio que essa será uma ferida eternamente aberta. Talvez jamais consiga avaliar com precisão a dimensão dessa perda. Talvez nem exista uma dimensão calculável para algo dessa natureza. Somos demasiadamente frágeis e temerariamente impulsivos, passionais. Compreendo cada uma das decisões de minha mãe que em geral visava me proteger. Mas não será o custo alto demais? Ela pagou com a própria vida para que eu tivesse uma. Por pouco, não cheguei a tê-la. Será que valeu a pena? Essa é outra resposta que nunca terei.

Estar diante da linha tênue entre a vida e a morte nos acrescenta grandes lições. Mas também nos esfria. O limiar parece congelar a alma. Qualquer coisa que você sinta depois de uma experiência desse nível torna-se absolutamente menor. Alguns se enganam buscando viver aquilo que sempre negligenciaram; outros se deixam tomar por equivocada emotividade; a maioria acredita que estar "do outro lado" e poder voltar é um sinal, uma obra divina. A grande verdade é que não existe "o outro lado". Somos o que somos e só. Não há nada além disso. Não vemos as coisas como elas são. Vemos as coisas como somos. Todo o resto é vazio e silencioso. Todo o resto é escuridão.

Durante o tempo que eu estive em coma no UMass, meu pai passava longas horas ao lado da minha cama, todos os dias. Dizem que ele pegava minha mão e ficava cantarolando a música "Bridge Over Troubled Water", de Paul Simon e Art Garfunkel. Eu não ouvia. Mas é provável que sua energia tenha me carregado e recarregado: "... I'm on your side, When times get rough, And friends just can't be found, Like a bridge over troubled water, I will lay me down...".

Não me perguntem como, mas, apesar de tudo, sabia que, de alguma forma, eu ficaria bem. Se era possível ter alguma certeza em meio à escuridão, era que tudo terminaria bem. Talvez fosse o único facho de luz diante dos meus olhos fechados. Definitivamente, essa não é uma história de super-heróis, ou superpoderes. Só havia uma única ponte capaz de me salvar do mergulho eterno e me trazer de volta à vida. Eu sabia que era possível. Eu tinha certeza de que tudo ficaria bem.

correspondências

Aquele 6 de março de 2009 amanheceu ensolarado em Worcester. O fim do inverno visivelmente se aproximava. Os termômetros conseguiam ir além de zero grau e a neve derretida já aumentava o volume do Lago Quinsigamond. O noticiário da manhã foi dominado pelos preparativos para o lançamento da sonda *Kepler*, um observatório espacial desenvolvido pela Nasa com o objetivo de encontrar exoplanetas e auxiliar nossa busca frenética por vida extraterrestre.

Gabriel chegou ao UMass bem cedo, como vinha fazendo nos últimos meses. Passava de duas a três horas no quarto com Matthew e depois das nove da manhã partia para suas funções e estudos no hospital. Abriu as cortinas para que os raios de sol entrassem no ambiente. Conferiu soro e oxigênio. Puxou uma cadeira e ficou por um longo período olhando o semblante imóvel daquele adolescente. Não percebeu quando a dra. Nancy entrou no quarto e ficou admirando aquela espera sem prazo de validade. Quando notou a presença dela, falou:

— Não fale — pediu Gabriel, quase sorrindo.

— Não fale o quê? — questionou Nancy, ciente da resposta.

— Não fale: "Eu sabia que você estava aqui"! — concluiu Gabriel, sorrindo. — É previsível demais!

Nancy caminhou até o outro lado da cama e olhou para seu aluno. Ela o admirava não apenas pela dedicação e competência, mas também por sua capacidade de ser sensível em uma profissão tão dura quanto a medicina.

— Nem sempre as coisas são tão previsíveis quanto parecem! — disse Nancy, retribuindo o sorriso. — Ele está com uma aparência melhor hoje, você não acha? — perguntou, observando as feições mais coradas de Matthew.

— Eu sei que ele vai conseguir reagir e sair desse estado. Ele não vai desistir.

— Ou será que é você quem não quer desistir, Gabe?

— Eu estou fazendo o que sempre faço... não desistindo, sustentando. E ele significa muito pra mim, para eu simplesmente desistir.

— Mas você também não pode desistir da sua vida.

— Isso aqui é minha vida, Nancy.

— Não, não é — a médica sacou do bolso de seu jaleco um envelope amarelo, retangular e pesado, e o entregou a Gabriel. — Não. A sua vida não se resume apenas a esse hospital. Isso é pra você...

— O que é isso?

— Eu não sei. Alguém deixou na portaria do UMass. O envelope tem a logomarca da ETS. Talvez seja do rapaz de Holden.

Nancy entregou o envelope e saiu. Gabriel olhou aquela correspondência por longo tempo. Seu desejo era abrir imediatamente, mas sua razão dizia o contrário. Equilibrar senso e emoção não é uma tarefa fácil.

— E agora, Vullen, será que eu devo abrir? — perguntou ao inerte Matthew, a quem carinhosamente chamava de Vullen, que no idioma pátrio do garoto significava "preencher", e era exatamente o que ele fazia em sua vida e em seu coração naquele momento: preencher os espaços vazios. — Como você nunca me responde e sempre espera que eu decida sozinho... O.k.! Vou abrir! — brincou.

Ficou surpreso e emocionado com a primeira coisa que encontrou dentro do envelope da ETS. Segurou com força a pedra lisa e escura que tinha colhido às margens do reservatório de Holden, na manhã daquele trágico sábado. Nem se lembrava mais de sua existência e seu significado, mas bastou tê-la novamente em mãos para que cada cenário, cada palavra, cada sensação daquele dia ganhassem novamente todas as cores.

Dentro do envelope havia também outra pedra lisa e escura, bastante semelhante, e uma pequena carta, redigida à mão, letra cursiva bem delineada e margens impecavelmente respeitadas. Um sinal evidente de cuidado e carinho. Passou a ler a carta em voz alta, como se compartilhasse com Matthew aquele momento.

Caro Dr. Gabriel,

Lamento que tenha deixado Holden de forma tão inesperada e antes que eu pudesse apresentá-la a você. Acredito ter sido impertinente ou ter-lhe constrangido de alguma forma, motivo pelo qual, desde já, ofereço minhas sinceras desculpas. Da mesma forma, talvez jamais consiga compreender por que não me ligou para avisar de sua emergência em Worcester. Na verdade, só na manhã da segunda-feira fui informado do que realmente tinha ocorrido naquela noite e de que um jovem médico acompanhou uma das vítimas ao hospital. Como pode perceber, Holden é, de fato, uma cidade pequena!

Diante de tantas dúvidas, como as águas turvas que mencionara em nossa primeira conversa, não sabia se deveria procurá-lo ou quando deveria fazê-lo. Acabei concluindo que esta carta seria a forma mais pertinente de lhe entregar a delicada pedra que esquecera na mesa do restaurante naquela tarde de sábado. Como sei que as coleciona e, portanto, as tem com grande carinho, acredito que fiz bem ao guardá-la e agora fazer com que chegue novamente às suas mãos. É a recordação de sua primeira viagem a Holden, ainda que algumas lembranças possam ser dolorosas.

Mas, tomando como certo o que me contara naquela conversa, acredito que sua coleção de seixos esteja repleta de exemplares brancos e perolados e esta deve ser a única em tom escuro. Eis que tomei a liberdade de, hoje, no caminho para Worcester, descer às margens do reservatório e colher outro seixo para fazer companhia ao seu e ambos seguem junto a esta correspondência. Sei, por experiência própria, que é muito difícil e cruel ser a única e solitária "pedra diferente" dentre tantas outras irmanadas pelas semelhanças. Ela, certamente, não desejava continuar tão sozinha! Espero que meu presente lhe seja uma agradável companhia.

Por fim, devo dizer que, assim como nossos olhos são enganados pela luz e pela cor escura das pedras, fazendo águas cristalinas parecerem tão turvas, nossos corações também podem ficar irremediavelmente descompassados e aflitos por algo ainda incompreensível. Talvez só um mergulho profundo seja capaz de revelar a verdade de tudo isso. Querendo mergulhar novamente em Holden, me avise! Quero acreditar que você ainda me tenha em pensamento, pois eu jamais o esqueci. Reitero meu desejo de acompanhá-lo nesse explorar de águas desconhecidas. Nem que seja apenas para colher novas pedras.

Um abraço e cuide-se!
Justin.

Gabriel não conseguiu conter a lágrima que saltou. Levantou da cadeira à margem do leito hospitalar e foi até a janela, em busca de ar. "Quantas emoções cabem num único envelope?", questionava-se em pensamento. Ficou admirando a sutileza daquela correspondência e a beleza dos dois seixos rolados que Justin lhe enviara. Sua cabeça girava em busca de uma resposta para a única pergunta franca que poderia ser feita diante daquela situação: tomar as rédeas e procurá-lo, ou aguardar um novo movimento do destino?

— Por que você não responde a carta?

Gabriel sentiu um arrepio. Por um breve momento, pensou ter ouvido alguém falar naquele quarto. Numa fração de segundos chegou a cogitar estar ficando louco. Mas foi sacudido pela questão repetida:

— Por que você não responde a carta? Ele parece gostar muito de você...

O médico olhou para a cama e não conseguia acreditar no que estava acontecendo. Matthew estava com os olhos abertos, com a expressão inchada de quem acabara de acordar de uma noite de sono profundo. Ainda incrédulo, Gabriel arriscou:

— Você acha mesmo que eu devo responder?

— É claro que sim! — a resposta de Matthew veio lenta, mas viva.

Ele se aproximou do leito, pegou a mão do garoto e olhou no fundo dos olhos dele, ainda distantes. "Nem sempre as coisas são tão previsíveis quanto parecem!", lembrou o que Nancy havia dito fazia pouco. Sentiu quando Matthew apertou levemente sua mão. Foram quatro meses e dezesseis dias esperando por aquele momento e ele finalmente havia chegado:

— Eu estou com você, Matthew — disse Gabriel.

— Eu confio em você — respondeu o garoto, acordando de sua longa escuridão.

Christian Taylor saiu do Citizens Bank, na esquina da State com a Congress Street, observando o movimento de carros e pedestres pelas ruas de Boston. Gostava do ar histórico e intelectual da capital de Massachusetts. Havia meses devia um almoço a sua irmã e pensou ser aquele o dia ideal. Quatro meses passaram desde a última vez que viu Nicole Thompson e finalmente começava a apagar do coração as marcas daquela paixão imediata e explosiva. Esses arroubos passionais são mais intensos entre os jovens, porém mais danosos aos que ultrapassaram a casa dos quarenta anos. À véspera de completar quarenta e quatro, Christian sentia o peso insuportável da idade, ainda que todos os investimentos físicos e financeiros lhe fossem bem-sucedidos, lhe garantindo uma aparência intermediária na casa dos trinta.

Enquanto descia a Congress Street, bem à sua frente estava o Union Park. Lembrou-se do fantástico Union Oyster House, o restaurante mais antigo dos Estados Unidos, fundado em 1826. Sacou o recém-comprado iPhone do bolso e ligou para a irmã:

— Quer almoçar comigo? — perguntou o professor à irmã, dispensando cerimônias.

— Você simplesmente some por meses, não faz contato, não atende os telefonemas, desaparece! E agora me liga assim, convidando para almoçar? — respondeu a irmã ao telefone. — Está em Boston?

— Desde ontem. Precisava resolver algumas coisas por aqui. E você, está onde? Em Worcester?

— Não. Estou na Noventa, acabei de passar por Framingham. Mais uns trinta minutos e estou em Boston.

— Me encontre na Oyster House, na Union Street.

— O.k. Vou direto. Te encontro lá.

— Estou te esperando.

Christian atravessou a Congress Street e entrou no Union Park. Avistou um banco vazio, bem no centro da praça. Sentou para aproveitar o calor do sol e ler seus e-mails no iPhone. Nada além do spam inútil de uma loja de móveis. Fechou os olhos e deixou o sol lhe aquecer o rosto.

Catherine subiu com cautela a Causeway Street. Apesar do dia claro, a estrada era estreita e sinuosa desde Jefferson até o Pine Hill Reservoir, quase na divisa entre Holden e Rutland. Quando os filhos ainda eram crianças, ela e Edward decidiram comprar em leilão aquela porção de terra na margem norte do Pine Hill, onde construíram uma bela casa de pedras cinzentas e vidro, com pouco mais de trezentos metros quadrados, incrustada entre a mata fechada de pinheiros e o lago. Um jardim gramado separava a casa da barreira de rochas, onde lances de escada davam acesso às águas cristalinas do reservatório. Ed construiu um largo deque de madeira, com cerca de vinte metros de comprimento, onde os garotos gostavam de ficar sentados, com os pés mergulhados.

O lugar era definitivamente paradisíaco. Por duas vezes, o estado de Massachusetts e até o governo norte-americano tentaram intervir e impedir a construção, algo proibido às margens de um reservatório. Mas Edward conseguiu na justiça a autorização final.

Ainda assim, com o passar do tempo, e apesar da beleza e tranquilidade do local, a família Thompson visitava cada vez menos o Pine Hill. Justin era o único que ainda passava lá finais de semana frios e solitários. No verão, gostava de mergulhar nas águas geladas do lago, à luz da lua e ouvindo apenas o som das pequeníssimas ondas batendo nos rochedos e o vento assobiando por entre os pinheiros da mata.

Após sua última visita ao Pine Hill, Justin alertou sua mãe quanto à necessidade de contratar alguém para realizar uma boa faxina na casa e algum marceneiro para pregar novas peças de madeira na escadaria e no deque, comprometidos pela exposição e pela ação do tempo. Naquela tarde, Cathy levou consigo Joaquin, para cuidar do madeiramento, e Leena, sua fiel escudeira para os serviços domésticos.

Muito além de um belíssimo refúgio para o lazer dos Thompson, a casa do Pine Hill também guardava muitos segredos. Catherine sabia disso. Ela própria tinha seus mistérios mazelares escondidos ali. O principal deles datava de um período anterior ao seu casamento com Ed. Seu marido não foi o primeiro amor de sua vida. Antes dele, tinha se apaixonado por um rancheiro de Middletown Springs, que conheceu em suas andanças com os pais pelo interior de Vermont. Catherine e Jeffrey trocaram correspondências por anos, mas só se encontraram pessoalmente em três ocasiões. Na última delas, foi surpreendida com a chegada do rancheiro em sua cerimônia de casamento com Edward.

Cathy teve uma vida feliz ao lado do marido. Construiu uma família e dedicou-se a ela com toda verdade e carinho. Teve amor e conforto muito além do que poderia esperar ou desejar. Mas os seres humanos são assim: quanto mais se aproximam do fim, maiores são os questionamentos sobre as decisões do início, justamente aquelas que determinam os meios.

Subiu ao sótão e pisou com força numa das extremidades da terceira peça de madeira que compunha o piso, entre a parede lateral direita e a torre da lareira. Era ali embaixo que guardava as cartas escritas por Jeffrey quatro décadas atrás. Havia anos não revirava suas memórias, mas, nos últimos dias, viu crescer um desejo profundo em direção às recordações.

Entrar no Union Oyster House é respirar o passado. Logo ao subir os primeiros degraus em direção ao segundo pavimento do antigo restaurante, Christian deteve-se diante do grande quadro, estampando a imagem de uma senhora, emoldurada em madeira vermelha. Logo abaixo, uma legenda entalhada revelava a identidade da mulher: Rose Carey, a primeira garçonete em Boston. Uma justa homenagem histórica, principalmente quando se considera a escultura em forma de coração, também em madeira, instalada embaixo do quadro: "A 1ª na América".

Acomodou-se numa das primeiras mesas do segundo andar. Pelo tempo, sua irmã já deveria estar chegando. Pediu apenas uma água mineral. Tinha certeza de que ela cobraria sua ausência absoluta nos últimos meses, mas tinha decidido desabafar toda a história vivenciada em Holden. Apesar do constrangimento, sabia que conversar sobre o assunto poderia ajudá-lo a superar. Na maioria das vezes, conseguir falar francamente sobre um problema é tê-lo em boa parte resolvido.

Não tardou mais que dez minutos para que ela chegasse ao local. A dra. Nancy Taylor tinha o semblante cansado após um plantão exaustivo de dezoito horas no UMass, em Worcester, e ainda assim conseguia manter todo o esplendor de sua beleza. Abraçou com carinho o irmão e foi direto ao alerta:

— Chris, você não pode desaparecer assim! — Nancy puxou sua orelha, como se estivesse diante de uma criança arteira. — Por que não atendeu aos meus telefonemas nos últimos meses?

— Olá, Nancy! Boa tarde! — disse Christian, em tom debochado e considerando suas repriemendas antes de qualquer cumprimento civilizado. — Sente-se — puxou uma das cadeiras para que sua irmã se acomodasse.

— Obrigada — Nancy parecia faminta. — Antes de o senhor começar a inventar as explicações que eu mereço sobre seu sumiço, vamos fazer nosso pedido? Eu passei a noite no UMass e estou morrendo de fome!

— Lazy Man's Lobster? — questionou Christian, citando seu prato favorito do menu.

— Perfeito! Uau! Já estou sentindo o cheirinho.

— Um rosé para acompanhar?

— Vinho rosé com lagosta? Combina?

— Não sei! — Christian sorriu. — Não importa se combina ou não. O importante é gostarmos!

— Então é isso! — assentiu Nancy.

Enquanto aguardavam o prato principal do almoço, Christian confidenciou à Nancy toda a sua história com a jovem Nicole, em Holden. Não escondeu detalhes sórdidos, ainda que sua irmã estivesse disposta a repeli-los. Ela deixou que ele falasse tudo, percebendo, inclusive, o esboço de olhos marejados em alguns momentos. De fato, seu irmão estava apaixonado por uma aluna de apenas dezessete anos.

— O que dizer sobre isso, Chris?! — perguntou Nancy, ao final da narrativa do irmão.

— Eu não sei mais o que fazer. Já tentei sair, conhecer outras mulheres... Mas ela não sai da minha cabeça. E pior... parece que nem quer mais olhar pra minha cara.

— Você foi um idiota! — Nancy foi assertiva.

— O quê? — ele não queria crer no que estava ouvindo.

— É isso mesmo, Chris... você foi um tremendo idiota!

— Por quê? Por ter me apaixonado por uma garota de dezessete anos?

— Não. Foi um idiota por tê-la tratado como uma garota de dezessete anos! Meninas dessa idade odeiam isso! Elas já se acham mulheres.

— Mas eu a tratei como uma mulher... — Christian baixou o tom, falando quase em sussurro. — Eu fiz sexo com ela, Nancy!

— Não, você não a tratou como mulher. Você teve vergonha dela. Não adianta discutir agora o caráter legal dessa história, até porque você pode ser preso por isso.

— Fale baixo! Pelo amor de Deus!

— Está vendo, Chris?! Muito além do seu desejo, prevaleceu a identidade masculina dos homens quarentões... desejam as garotinhas feito lobos e ficam tão alienados que desconsideram os instintos da "caça".

— Mas ela nunca foi uma "caça" pra mim!

— Então por que você transpareceu que só a queria para a satisfação dos desejos? Por que não aceitou jantar com ela naquela noite? Isso não seria um problema. Ou seria?

— Claro que não! — Christian voltou a sussurrar. — Mas eu não poderia ser visto com ela! Imagine só! Holden é uma cidade pequena e eu poderia ser demitido da WRHS. Isso sem falar que poderia ser preso também... Ela só tem dezessete anos!

— Em tese, há vários motivos que podem levar um professor a jantar com uma aluna. Em outras palavras, ninguém pode afirmar que ela é o jantar!

— Não fale assim, Nancy!

— Christian, a grande pergunta é: Você estaria disposto a correr todos os riscos para viver esse amor?

— Falando assim, parece até simples...

— Mas é simples!

— Não, não é — Christian serviu as taças de vinho.

— Então você não ama essa garota!

— Você não sabe o que está dizendo — ele alcançou a taça, bebendo uma golada substancial. — Eu nunca senti isso por uma mulher, Nancy!

— Se você a ama realmente, encare os riscos.

— Às vezes penso que você vive em outro planeta... — Christian decidiu provocar a irmã, para colocar em xeque suas teses. — Você, por exemplo... namoraria um garoto de dezessete anos que fosse seu aluno no UMass?

— Depende do desespero! — Nancy também se deliciou com o rosé e com a resposta pronta.

— Ah é?! Depende do desespero? — ele não acreditou no que acabara de ouvir.

— Sim, claro. Seu questionamento foi como perguntar qual é o estado físico da manteiga! Ou seja... depende.

Já era noite quando o táxi deixou Nicole na esquina da Blair Street, a poucos metros do Hotel Ibis da Hunter Square. Passar alguns dias em Edimburgo, na Escócia, era uma opção viável e fascinante. Seria impossível visitar todas as maravilhas da capital escocesa, mas ela tinha selecionado algumas opções culturais. A tarde daquela sexta-feira foi dedicada à Scottish National Portrait Gallery, um monumental edifício em arenito vermelho, de arquitetura neogótica, logo no início da Queen Street.

Perdeu o fôlego diante de tantas obras históricas. Tentou acompanhar o fluxo de turistas e mesmo o folder que recebera à entrada com as informações detalhadas de cada pavimento e de seu acervo. Concluiu pela impossibilidade, já que sua visita antecedia o início de uma grande reforma do edifício e muitas coisas pareciam fora do lugar. Ainda assim, passeou por quadros de David Allan, Richard Waitt, pelo sombrio Peter Howson e admirou a doçura dos traços de Mary Ann Knight.

No entanto, não poderia definir quanto tempo ficou contemplando o retrato de Mary Stuart, pelo pintor francês François Clouet, datado da segunda metade do século XVI. A expressão altiva da famosa rainha escocesa ganhou evidência com os traços precisos de Clouet, especialmente no corte dos olhos acastanhados e na boca cerrada em leve vermelho, única variação ao preto e ao dourado pálido que dominam aquele óleo sobre tela. Vasculhou o livreto informativo da National Portrait Gallery em busca de detalhes para aquele quadro impressionante. Leu:

> Mary, Rainha da Escócia (1542-1587) — Reinado 1542-1567 — *Em Luto Branco* — por François Clouet, 1561 — Adquirido em 1887 — Este retrato mostra Mary Stuart com cerca de 18 anos de idade, vestindo a tradicional roupa branca de luto da corte francesa. Ela olha para fora da pintura com uma maturidade que desmente sua idade. Ela não apenas tinha acabado de perder o marido, como seu padrasto e sua mãe, Mary de Guise, tinham morrido. Mary Stuart herdou o trono da Escócia ainda bebê, após a morte de seu pai, o rei James V.

Era exatamente assim que Nicole estava se sentindo: em luto branco. Tinha se apaixonado perdidamente pelo professor Christian Taylor, que não teve a sensibilidade de perceber quão significativo era aquela entrega de corpos na Gale Library. Apesar do desejo, ele tinha vergonha. Não pretendia tratá-la como uma mulher e sim como uma ninfeta, provavelmente escondendo-a entre as paredes de um quarto ou sob os lençóis. E não era aquilo que ela esperava de um homem. Muito menos daquele a quem seu coração decidiu não dar trégua ou esquecimento.

"Sou uma mulher" era o que dizia o pensamento de Nicky diante do quadro de Clouet. "Aos dezoito anos, Mary Stuart já era rainha da Escócia, já tinha ficado viúva e suas feições sequer lembravam uma menina em transição para a vida adulta", concluiu. Por indelével correspondência, lembrou-se daquele dia em Holden, quando passeava pelos corredores de estantes e folheava o livro de William J. Mann, com a biografia de Katharine Hepburn, e sua impetuosa foto no papel da rainha Mary Stuart. Simples coincidência ou obra do destino? Decidiu não tentar uma resposta temerária. Sua visita à National Portrait Gallery tinha chegado ao fim.

Pediu para que o taxista a deixasse na esquina da Blair Street por pura conveniência. Fez um lanche rápido no Subway, atravessou a rua e foi às compras no The Scotland Shop. Desde que chegara a Edimburgo, descobriu o presente ideal que levaria para Justin, numa espécie de afago cômico: um kilt vermelho, tão bem exposto na vitrine da loja. Comprou o saiote pregueado masculino, virou a esquina e já estava no Hotel Ibis.

No banheiro, enquanto deixava a água quente relaxar suas costas, cogitou a possibilidade de mandar um e-mail para o professor Christian Taylor. Pensou novamente na magnânima Mary Stuart em luto branco, uma descendente dos fortes bretões. Fosse ela, a questão já estaria resolvida.

Não havia a menor dúvida de que Gabriel dormiria todas as noites seguintes ao lado do leito hospitalar de Matthew, no UMass. A recuperação do garoto era positiva, mas seus momentos de lucidez ainda não eram constantes. Algumas vezes abria os olhos e não conseguia dizer uma única palavra. Em outras ocasiões, tinha coordenação e linearidade de pensamentos, conseguindo compreender bem tudo o que lhe era dito e responder à altura. Numa madrugada, ficou quase duas horas conversando com Gabriel.

Junto com os médicos e psicólogos, decidiram não revelar por um tempo todos os detalhes sobre o fim de sua mãe, ainda que Matthew tivesse plena consciência de sua morte. O que se mantinha oculto era o fato de a Embaixada da Bélgica ter realizado o translado do corpo de Sybille Genezen de volta ao país, duas semanas após a tragédia de Holden, e que ela fora sepultada em sua cidade natal, Turnhout, na presença de alguns poucos amigos e conhecidos. Pelas informações obtidas por Gabriel no consulado, Matthew não foi reclamado por nenhum parente ou amigo próximo e, tão logo seu restabelecimento ficasse confirmado, deveria ser extraditado e ficaria sob tutela do sistema judicial belga.

Muito além da relação estabelecida pelo destino, havia uma força inexplicável que unia Gabriel e Matthew. Na maioria das vezes, os laços que unem verdadeiramente duas pessoas não precisam estar expostos a causas ou esclarecimentos. Eles simplesmente existem. Ou passam a existir. Também não são necessários grandes movimentos ou feitos para que essas relações se descortinem entre as pessoas. Às vezes, basta um olhar, um aperto de mão, uma expectativa. Trata-se de uma energia silenciosa e harmônica, em que qualquer explicação estaria aquém de sua real dimensão.

Foi sob essa energia que Gabriel, com o auxílio de Nancy, procurou advogados em Worcester que pudessem lançar luz sobre a possibilidade de ele assumir a guarda de Matthew Genezen. Todos foram unânimes quanto às possibilidades reais de tal conquista, mas nada poderia ser feito até que o garoto estivesse novamente em pleno domínio de seus meios.

Duas semanas após Matthew pronunciar as primeiras palavras, Nancy entrou no quarto e encontrou Gabriel cochilando ao lado do garoto, resultado das últimas trinta e seis horas de extraordinário movimento no UMass. Ela passou levemente a mão por seu ombro, no que ele acordou em sobressalto:

— Me perdoe, Gabe. Eu não queria assustá-lo — disse a doutora.

— Não, não. Tudo bem! — o rapaz espreguiçou. — Que horas são?

— Já passam das quatro da tarde. Vá pra casa. Você não dorme há quase dois dias. Precisa descansar. A velha Gertrude ligou e mandou avisar que, se você não for por vontade própria, ela virá aqui buscá-lo!

— Ela deve estar sentindo minha falta — Gabriel sorriu. — Eu também sinto falta daquela velha!

— Então... — Nancy foi até a janela e fechou as cortinas. — Vá pra casa e descanse neste final de semana. Fique tranquilo que eu cuido do Matthew. Ele está estável, não corre mais qualquer risco... Agora é só uma questão de tempo. Eu te ligo imediatamente caso aconteça alguma coisa.

— Obrigado, Nancy! Eu realmente preciso descansar um pouco. Relaxar. Preciso recarregar as baterias.

— Ei, Gabe... — ela se lembrou da conversa que tiveram no D'Angelo e da carta de Justin. — Você já respondeu aquela carta apaixonada?

— Ainda não...

— Pois é. Não seria a hora de respondê-la? Você falou em recarregar as baterias... Por que você não manda um e-mail pra ele e vai pra Holden neste final de semana?

— Nem pensar! Eu não estou preparado pra voltar lá.

— Gabe, há algumas semanas eu perguntei uma coisa para o meu irmão que serve bem neste momento: você estaria disposto a correr todos os riscos para viver esse amor? — Nancy esboçou um sorriso de canto de boca. — Espero que você tenha uma resposta melhor que a dele!

— Acredito que hoje sim! — ele também sorriu. — Eu sei que muitas coisas aconteceram. Nós nos encontramos e nos desencontramos das formas mais absurdas possíveis. Mas depois do que ele escreveu, eu acredito que vale a pena correr esses riscos.

— Então o senhor vai sair daqui e ir direto à sala dos médicos... — Nancy pegou-o pelos ombros, o virou em direção à porta e começou a empurrá-lo à saída. — Vai mandar pra ele um SMS, um e-mail, ou qualquer sinal de fumaça. Saia daqui, alugue um carro, durma bem esta noite e amanhã você almoçará novamente no Val's Restaurant, em Holden!

— Eu nem vou discutir desta vez. Você está sempre certa! — Gabriel desviou e voltou rapidamente ao leito de Matthew. Pegou sua mão, deu-lhe um beijo na testa e disse. — Você, rapaz, não apronte nada na minha ausência, o.k.?! Fique bem, porque eu volto logo! — olhou para Nancy. — Se acontecer alguma coisa, não pense duas vezes... avise-me.

— Fique tranquilo! Não vai acontecer nada! — Nancy abriu um farto sorriso. — Não por aqui, espero!

Gabriel tentou ligar duas vezes para o número de celular informado por Justin em sua correspondência e que agora estava devidamente registrado em seu celular. Desligado! Decidiu, então, enviar um e-mail para o endereço eletrônico, aparentemente pessoal, impresso no rodapé da carta:

De: Gabriel Campos <dr.camposgabriel@gmail.com>
Para: Justin Thompson <justin@ets.com>
20 de abril de 2009, 05:03 pm
Assunto: Sobre Seixos e Cartas

Justin,

Em plena era digital, receber sua carta foi um misto de surpresa e alegria. Confesso que também senti certo alívio ao perceber que você, mesmo chateado com meu abrupto sumiço, não tenha guardado impressões ruins a meu respeito. Ainda assim, peço desculpas pela demora na resposta. Não me faltou coragem. Faltou-me oportunidade e pertinência temática.

A visita a Holden deixou em minha memória dois momentos distintos em que as mãos do destino atuaram sem piedade: o primeiro foi ter a felicidade de reencontrá-lo após a desastrada "trombada" no aeroporto; o segundo foi estar próximo ao grave acidente, bem em frente ao hotel. Naquela noite, consegui salvar a vida de um garoto, que agora está internado sob meus cuidados no UMass. Infelizmente a mãe dele não resistiu e morreu ainda no local da tragédia. Mas isso é um assunto longo... inclusive para lhe explicar por que não liguei naquela noite e nem fiz qualquer contato depois... quem sabe um almoço?!

Quanto aos seixos, só posso agradecer imensamente. São lindos! Muito além da minha coleção, eles agora ficam juntos, ao lado da minha cama. São a última coisa que vejo antes de dormir e a primeira que avisto ao acordar. São pequenos pedaços de Holden que anoitecem e amanhecem comigo. Muito obrigado!

Em sua carta (já li e reli incontáveis vezes!), você me convida a um novo "mergulho" em Holden. São águas tentadoras! Aceita almoçar comigo no Val's Restaurant amanhã? Hoje já é sexta-feira e não tenho certeza se você irá ler esse e-mail a tempo de aceitar ou não o convite. Nem mesmo se estará disponível. Mas, já que o destino tem ajudado algumas vezes, vou arriscar: te encontro no Val's entre 1h00 e 1h30 da tarde de amanhã, o.k.?!

Abs.
Gabriel

Ao clicar "Enviar", o jovem sentiu-se dominado pela certeza de que tudo terminaria bem.

*

— ... meu filho, eu não quero que você fique virando noites na ETS. Venha pra casa! — dizia Catherine ao celular, enquanto Justin entrava na sala da presidência da empresa, em Worcester.

— Eu sei, mamãe! Mas nós estamos com problemas graves em New Hampshire e Rhode Island... e eu ainda tenho duas reuniões hoje para tratar disso.

— Também não gosto que você suba à noite para Holden. Eu compreendo esse momento difícil. Mas você precisa descansar um pouco, Justin!

— Mãe, eu prometo que, assim que as coisas estiverem mais tranquilas, eu tiro umas férias, o.k.?!

— Eu vou te cobrar isso, Justin!

— Cobre mesmo! — ele sorriu com a reprimenda carinhosa de Catherine. Ao sentar-se, olhou para a tela do computador e viu que dois novos e-mails tinham acabado de chegar: um da irmã, Nicole; outro de Gabriel. — Mãe, preciso desligar, tenho que responder alguns e-mails.

Despediu-se da mãe e sequer olhou a mensagem de Nicole. Seus olhos e seu coração só tinham um foco, e o título era: "Sobre Seixos e Cartas".

caminho de pedras

O Hummer H2 Silver Ice atravessou a Pleasant Street, em Worcester, estacionando bem em frente ao número 1094. Justin entrou na Bloomer's. De lá, saiu com um ramalhete de tulipas vermelhas, cuidadosamente dispostas em um delicado vaso de cristal transparente. Tinha ligado para o florista naquela manhã e encomendado o arranjo. "Quero as tulipas vermelhas mais bonitas e seu melhor vaso" foi a recomendação expressa. Elas já estavam prontas quando ele chegou e valeram cada cent dos sessenta e cinco dólares pagos pelo mimo.

Justin acomodou o presente no banco do carona e alcançou a bolsa onde estavam os CDs comprados no dia anterior. Era o momento ideal para ouvir *Swallow the Sea*, de Matthew Perryman Jones. Partiu ao mesmo tempo que começava a tocar "Out of the Shadows". Aumentou o volume.

Havia muitos anos não se apaixonava tão perdidamente por alguém. Nem se lembrava mais quando foi capaz de amar outra pessoa naquela intensidade. "Provavelmente nunca", concluiu em pensamento enquanto ouvia a música e seguia em direção a Holden pela estrada dos reservatórios. Quantas toneladas de terra Gabriel escavou para desenterrar aquele coração refém do medo primaz de sofrer. Sentia-se saindo das sombras e podia sentir cada raio de sol que furava o bloqueio das árvores ao longo da subida.

Já na Reservoir Street, assim que passou pelo cruzamento com a South Road e fez a curva à direita, seguindo na direção do reservatório de Holden, percebeu dezenas de seixos rolados escuros enfileirados ao longo da estrada, como um mapa indicando o caminho. Avistou ao final daquela reta um veículo estacionado, com a sinalização ligada. Reconheceu imediatamente Gabriel, de camisa vermelha e calça jeans, em pé sob a mureta da pequena ponte. Estacionou seu carro cerca de cem metros antes. Por mais que respirasse fundo, o ar parecia não ser suficiente.

Justin tirou com cuidado o ramalhete de tulipas do vaso, desceu do Hummer e seguiu pelo caminho de pedras lisas, recolhendo uma a uma. A trilha, propositalmente, o levava a Gabriel. Subiu na mureta, abriu os braços e inclinou levemente cabeça. Não era necessário dizer nada. Tinha em mãos um punhado de tulipas vermelhas e um vaso de cristal repleto de seixos rolados.

Gabriel veio em sua direção, com um longo e acolhedor sorriso aberto. Assim como aconteceu no Logan Airport e na entrada do Val's Restaurant, estavam de novo frente a frente, olhos nos olhos. Respiravam fundo e em sintonia. Mas, ao contrário das outras ocasiões, esse não foi um momento desenhado pelo destino. Foi milimetricamente elaborado, pensado, calculado a cada pedra que era colocada em linha na Reservoir Street. Tinham um imenso lago a lhes servir de moldura e uma brisa fria descendo a colina para equilibrar a temperatura quente de seus corpos naquele instante.

Realmente não era necessário dizer nada. Em momentos, quando as palavras faltam ou são dispensáveis, o império do silêncio é um impulso às ações que clamam. Como que imanados, Justin e Gabriel foram se aproximando cada vez mais, até que os lábios se tocaram e os olhos se fecharam. Lábios úmidos, feito seixos molhados; saliva doce, feito seiva de tulipas. O sentimento era de que nada mais os separaria pelo resto da vida.

— Não consigo acreditar que você não esteja preocupada, Cathy — disse Mildred, sentada em um dos cantos do grande sofá em couro branco da sala de estar dos Thompson. — Nicole não deveria ter voltado ontem da Inglaterra? Eu vim até aqui para lhe dar boas-vindas e quando chego, onde ela está? Nem vocês sabem... — refestelou-se por entre as diversas almofadas.

— Fique tranquila, Mildred — Catherine estava visivelmente enfadada e pouco disposta à curiosidade e ao mau agouro, típicos de sua cunhada.

— Como ficar tranquila? Só você mesmo para conseguir ficar tranquila com uma situação como essa!

— Ela nos mandou um e-mail anteontem. Disse que trocou sua passagem para segunda-feira, para aproveitar o final de semana em Londres. Ainda queria fazer uma visita a Tate e assistir a um espetáculo hoje no Royal Albert Hall.

— E você acreditou nisso, Cathy?! — Mildred tinha um tom de deboche.

— Não tenho por que duvidar.

— Eu já avisei ao Ed para vocês terem cuidado com a Nicole. Essas meninas de hoje mentem com a cara mais deslavada...

— Não diga isso. Nicky nunca foi dada a mentiras — Cathy tentava encerrar o assunto e não deixar transparecer suas próprias preocupações com aquela mudança repentina no itinerário de Nicole.

— Outro dia mesmo, eu estava indo pra casa à noite e a filha do chefe Sullivan estava se agarrando com outro rapaz. Uma indecência! — as perguntas sobre Nicky eram apenas o preâmbulo para Mildred começar a desfiar seu novelo de fofocas. — Você sabe, Cathy, eu até tento ser uma mulher menos conservadora e entendo que as meninas da idade delas queiram namorar. Mas o que eu vi não era namoro. Hannah Sullivan estava praticamente fazendo sexo e ali, bem em frente à Orbit Pizza. Confesso que fiquei chocada. Foi o John que não me deixou ligar para o pai dela quando chegamos em casa. Porque eu tinha certeza... se eu falasse com o Donald, ele iria lá buscar a filha e acabar com aquela farra. Coitado. Ele é o chefe de polícia de Holden e a filha protagonizando aquela vergonha pública. Uma humilhação.

Catherine ainda olhava para Mildred, mas certamente não a via. Embarcou para outro planeta. Sabia que quando sua cunhada começava a falar e a julgar a vida alheia, não tão cedo alguém conseguiria demovê-la. Ficou pensando nas cartas de Jeffrey e no quanto sua vida teria sido diferente se o tivesse acompanhado e ido morar em seu rancho, em Middletown Springs.

Lembrou-se daquele final de tarde de primavera, havia quase quarenta anos, quando ela tinha acabado de entrar no vestido de noiva e uma turba de mulheres tentava acertar os grampos de aplique nas flores do cabelo. Não estava nervosa, apesar de tudo. Em algumas horas, iria se casar com Edward, seu dedicado e carinhoso namorado havia três anos. Ela o amava e os planos de vida só teriam alguma chance se fossem ao seu lado. Ainda assim, era impossível esquecer a paixão calorosa por Jeffrey e aquela noite tórrida de amor no interior de Vermont. Tentava sofregamente esquecer aquele arroubo passional e todas as cartas trocadas, algumas delas quando já tinha assumido oficialmente o namoro com Ed.

Quando terminaram os preparativos e todos foram para a histórica First Congregational Church, onde o matrimônio seria celebrado, ficou sozinha em casa com seu pai, única testemunha do encontro que quase mudou o caminho de sua vida. Estava chegando ao carro em que seria transportada até a igreja e percebeu a velha caminhonete Ford parando e Jeffrey vindo em sua direção. Se não tinha ficado nervosa até então, a partir daquele momento suas pernas pareciam não mais suportar o peso do corpo.

Seu pai os deixou a sós, e eles conversaram por breves minutos. Por mais que Jeffrey estivesse disposto a fazer todas as juras e promessas, não havia mais como voltar naquele caminho. Muitas vezes, Catherine desejou ter jogado tudo para o alto para entrar naquela velha Ford. Esse desejo a rondou por alguns anos futuros, até o nascimento de seus filhos. Mas, ainda que os desejos sejam imperativos, há momentos na vida que somos obrigados a recolhê-los em lugares inabitados de nós mesmos, para que corações alheios não sejam despedaçados e para que possamos seguir em frente em nossas escolhas. Cathy sabia que não se tratava de uma decisão entre a felicidade e a infelicidade. Na verdade ela estava entre o amor linear e a paixão avassaladora. Aos vinte e três anos de idade, optou pela linha reta.

Até aquele momento não conseguia compreender exatamente por que mandou o convite de casamento para Jeffrey. Não era sádica, muito menos adepta a vilanias. Talvez quisesse testar a capacidade daquele rancheiro em referendar tudo aquilo que escrevia em suas cartas. Talvez desejasse apenas vê-lo uma última vez, em uma espécie de termômetro sentimental. Muito provavelmente, queria apenas atestar que a escolha pelo casamento com Edward era, de fato, o melhor caminho a seguir.

No entanto, respostas dessa magnitude nunca são plenamente satisfatórias. O tempo é um cruel aliado dos sentimentos mal resolvidos. Quando menos se espera, eles afloram sem piedade. Se há circunstâncias ou situações que os favoreçam, pior fica. É como papel de parede: depois de anos exposto à umidade e à ação do tempo, finda por descolar. E esse desprendimento, por simples que possa parecer, coloca em risco toda a construção.

— Catherine, você está me ouvindo? — Mildred a despertou daquela vertiginosa viagem ao passado, cada vez mais presente.

— Me desculpe, Mildred — Cathy girava a aliança de casamento em seu dedo. — Eu estava pensando no Justin... Será que ele já saiu da ETS?

— Esse é outro com quem vocês devem se preocupar. Você é mãe e sabe o que eu estou querendo dizer...

— Não... não sei o que você está querendo dizer — Cathy lançou para a cunhada um olhar de extensa reprovação.

— Ah! Por favor... Não se faça de desentendida! Essa história de ele ser gay e vocês aceitarem isso tranquilamente, sem qualquer questionamento.

— Mildred, isso não é passível de questionamentos!

— Como não? Isso não é certo, Cathy!

— Então, na sua opinião, o que é certo?

— Não seja tola! Todos ficam se perguntando. Justin é um rapaz bonito, inteligente, bem-sucedido, com trinta e três anos ele já é chefe executivo da ETS! E fica nessa vagabundagem!

— Mildred, eu não admito que você fale assim! — Catherine levantou-se do sofá. — Justin é um homem perfeito. Tem todas as melhores qualidades que um homem pode ter. E é bem provável que o fato de ser gay o tenha feito ainda maior e melhor.

— Faz-me rir — desdenhou Mildred.

— Eu não tenho a menor dúvida de que o homem que Justin escolher para casar será uma pessoa de muita sorte — Cathy partiu em direção à cozinha. — Vou preparar um café e levar ao escritório. Você vai querer?

— Preto, por favor. E sem açúcar, porque eu não posso abusar, meu colesterol está na estratosfera! — Mildred levantou-se e seguiu a cunhada. — Mas, Cathy, eu devo lhe dizer: se algum dia o Justin resolver se casar com outro homem, eu não quero nem ser convidada. Não quero passar por isso...

Edward Thompson, seu filho Ethan e o cunhado John Collins estavam reunidos, à porta fechada, no confortável escritório privativo de sua casa. Enquanto os dois primeiros avaliavam os últimos relatórios financeiros da ETS, o velho John lia o artigo "U.S. May Convert Banks' Bailouts to Equity Share", assinado pelo jornalista econômico Edmund L. Andrews, na página A1 do *The New York Times* do dia anterior, 20 de abril de 2009. Pouco antes, lera as matérias do *The Boston Globe* sobre a viagem do novo presidente Barack Obama a Porto de Espanha, capital de Trinidad e Tobago, país caribenho limítrofe à Venezuela.

— Esse Obama é uma catástrofe! — John Collins, como sempre, não conseguia conter suas críticas. — Enquanto nós estamos aqui com uma economia em frangalhos, ele vai para as ilhas caribenhas fazer graça com aqueles lunáticos da América do Sul.

— O pior ainda está por vir, John! — Ed desviou os olhos dos relatórios e avistou o cunhado por cima dos óculos de leitura. — Essa equipe econômica do presidente é um fracasso!

— O que ele quer agora? Aprender a estatizar bancos privados com o Hugo Chávez? — John sorriu em deboche, fechando o jornal.

— Não há um plano gerencial de longo prazo. — Ed tirou os óculos e recostou-se na cadeira principal de sua mesa. — Por exemplo, eu não vejo uma única linha sobre apoio às fábricas de automóveis ou esse setor empresarial. E o governo já esticou em quase um trilhão essa operação para salvar os bancos.

— Você terminou a leitura do relatório? — questionou Ethan, tentando resgatar o foco, ainda que fosse tema correlato ao diálogo de Edward e John.

— Já, sim — assentiu Ed. — O que você acha, John?

— A nossa situação é bastante crítica, Ed. — John saiu do sofá e juntou-se aos demais à mesa do escritório. — Por enquanto ainda temos algumas reservas para sustentar as perdas. Mas nesse caminho, em um ou dois anos nós corremos o risco de afundar.

— Não acho que seja assim...

— Como não, papai? — a divergência de Ed transtornou Ethan.

— Justin está igual ao Obama... patinando diante da crise! Trinta e sete por cento das nossas filiais fecharam o primeiro trimestre com saldo negativo.

— Mas nós precisamos considerar os fatores, meu filho. — Edward tentou apaziguar e relativizar. — Além da crise econômica gigante, os três primeiros meses do ano nunca são bons para a venda de automóveis.

— Ed, eu até concordo, mas nunca tínhamos fechado um trimestre com baixas tão expressivas. — John seguia a linha de raciocínio de Ethan.

— Você precisa conversar com o Justin — pediu Ethan. — Ele não me ouve. Não ouve o tio John. Acha que vai conseguir resolver tudo sozinho. Fica perdido em teorias...

— Ethan, seu irmão é um administrador responsável — Ed saiu em defesa do chefe executivo da ETS. — Não podemos culpá-lo pela situação caótica da economia.

— Ed, meu caro, se continuarmos assim, no próximo semestre vamos precisar de crédito externo. Senão vamos ter problemas para honrar os compromissos da empresa — vaticinou John.

— Isso nunca foi necessário, John. Já passamos por crises antes e nunca precisamos de dinheiro emprestado. Não será agora.

— Mas nós não estamos falando de dinheiro emprestado. Talvez seja a hora de abrir o capital da ETS — parecia ser esse o foco de Ethan e John.

— Jamais! — a negativa de Ed foi forte. — Eu construí a ETS. Ela é uma empresa desta família. São quarenta anos de história. Não vou sequer cogitar essa sugestão.

— Mas deveria, Ed — John insistiu. — Nós não perderíamos o controle acionário. Apenas permitiríamos a entrada de capital externo. Isso seria um fôlego e tanto...

— Esqueçam isso! — Ed manteve sua decisão soberana. — Isso é absolutamente inegociável. Não vou aceitar que um único pedacinho da ETS seja vendido.

— Então vamos precisar buscar alguma saída imediata — revelou Ethan, chamando à decisão. — E vamos precisar do seu apoio para não encontrar tantas pedras no caminho.

— E que pedras são essas?

— Justin — afirmou John, categórico.

— Vocês combinaram esse discurso? — Edward parecia desconfiado daquela intentona contra seu filho mais novo.

— É óbvio que não, Ed — tergiversou John. — Mas só você não vê quão intransigente o Justin se tornou desde que assumiu a presidência da ETS.

— Eu não chamaria de intransigência... — o pai tentou argumentar.

— Pois eu chamaria de "Síndrome de Rei" — debochou Ethan. — Depois que assumiu, Justin tem agido como um rei na ETS. Não aceita nenhuma das nossas sugestões...

— Bom, ele deve subir hoje para Holden — Ed buscava um tom consensual. — Assim que chegar aqui, vou chamá-lo para uma conversa. Enquanto isso, vocês dois me apresentem as sugestões. Vou negociá-las com o Justin.

— Novamente você vai passar a mão na cabeça do Justin... — Ethan não estava satisfeito.

— Está decidido, Ethan! — finalizou Edward.

John e Ethan entreolharam-se, conscientes de que o patriarca não gostava de ser questionado em suas decisões finais. Mas perceberam que janelas importantes foram abertas para que dessem prosseguimento aos seus planos. Catherine bateu à porta. Trazia Mildred consigo e uma bandeja com café e biscoitos amanteigados para os reunidos.

Também trouxe o chá inglês para John.

*

Helen estacionou seu carro em frente a Talbots, na Main Street. Pretendia comprar alguns pares de sapato, seu vício consumista mais explícito. Antes disso, aproveitou a proximidade e caminhou até o Serviço Postal, um pouco mais abaixo, para questionar a demora no recebimento de uma encomenda, fruto de suas compras on-line, provavelmente extraviada. Depois de ouvir sinceras escusas, tomou conhecimento de que finalmente foi possível rastrear o objeto e que ele já estava a caminho de Holden. Só precisaria aguardar alguns dias, por se tratar de uma remessa internacional.

Passava das três horas da tarde quando entrou na Talbots e passou a experimentar dezenas de modelos. Era uma cliente assídua e bem tratada. Suas compras, em geral, rendiam gordas comissões às vendedoras.

Não se espantou ao perceber que, mesmo passados mais de quatro meses do acidente em frente ao Eagle Lake Hotel, aquele ainda era um assunto vigente entre os moradores de Holden. Ainda havia uma sensação de choque por aquela tragédia e ninguém conhecia aquela pobre turista belga. Uma mulher jovem e belíssima, segundo afirmações do atendente Seamus e do chefe Sullivan, que se encarregaram de espalhar a notícia.

Helen tentou não dar corda à conversa. Odiava aquele assunto. Não queria ouvir falar sobre aquela mulher. Deus lhe deu o destino adequado, martelava em pensamento. Sybille Genezen já pertencia ao passado. E agora estava mais interessada nos novos modelos da Talbots.

Justin não permitiria, sob nenhuma hipótese, que Gabriel fosse se hospedar novamente no Eagle Lake. O almoço no Val's Restaurant fora incrível e não havia mais qualquer dúvida quanto à reciprocidade dos sentimentos entre os dois rapazes. Já tinham esperado tempo demais para aprofundar aquela história. Foram feitos, à perfeição, um para o outro. E apenas pela prévia do almoço, percebia-se que tinham muito a conversar, muito a conhecer e, óbvio, muitos desejos a atender.

A sugestão de Justin foi inquestionável: passariam o final de semana na bela casa do Pine Hill. Romântica, às margens do lago, afastada, aconchegante e sem qualquer risco de serem incomodados por outras pessoas, longe principalmente de curiosos na pequena Holden. Estarem sozinhos naquele momento era fundamental. Mais que isso: era suficiente.

Gabriel, em seu carro alugado, seguiu de perto o Hummer de Justin, por toda a Causeway Street, até chegarem à extremidade norte do Pine Hill, onde estava a casa dos Thompson. Ficou deslumbrado ao desembarcar. O lugar era realmente um paraíso entre a mata e o lago. Justin o pegou pela mão e o levou até a ponta dos rochedos, onde a brisa úmida do Pine Hill os enlaçou, perfumada pelos primeiros brotos dos pinheiros após o inverno intenso.

Em momento assim, é possível viajar em um minuto pelos planos de uma vida. Sonhar com os momentos felizes que hão de vir, ansiar pelo carinho predestinado e saborear cada beijo de amor que ainda não foi dado. Em momento assim, é possível abraçar a pessoa amada e desejar a eternidade. Foi nessa imersão que Justin e Gabriel passaram seus primeiros momentos juntos em Pine Hill.

O dono da casa conduziu Gabriel, então, para a entrada. Queria apresentar-lhe cada cômodo, comentar detalhes, falar sobre recordações. Queria também um lugar mais quente e reservado, onde pudessem namorar até a noite cair. Justin enfiou a chave na fechadura e estranhou o fato de a casa já estar aberta, algo absolutamente incomum. "Será que mamãe ou a Leena esqueceram de trancar a porta?", questionou-se em pensamento, descrente. Entraram pela grande porta de madeira e vidro. Justin diminuiu os passos quando percebeu que duas pessoas dormiam no tapete da sala de estar, bem próximos à lareira, iluminados apenas pela luz do sol que invadia o ambiente pelas janelas frontais de vidro.

Ficou estático e incrédulo quando percebeu que ali, bem diante dos seus olhos, estava sua irmã Nicole, completamente nua, abraçada a um homem em igual condição. Ambos dormiam o sono profundo que sucede o prazer. Gabriel, por sua vez, ficou ruborizado. De fato, a situação era, no mínimo, constrangedora.

— Ei! Quem é você? — o professor Christian Taylor deu um pulo, puxando almofadas para esconder suas partes íntimas.

— O que está acontecendo? — Nicole, num primeiro momento, assustou-se apenas com aquele repente de Christian. Mas, logo em seguida, foi fuzilada pelo olhar de seu irmão. — Justin! — gritou, também recorrendo às almofadas para tentar, sem sucesso, ocultar sua nudez. — O que você está fazendo aqui?

— O que eu estou fazendo aqui? — disse Justin, ainda tentando absorver tudo aquilo. — O que você está fazendo aqui? Você não devia estar em Londres? Mamãe disse que você voltaria na segunda-feira — olhou para aquele homem bem mais velho que a irmã e fuzilou. — E quem é ele, Nicole?

— Não é nada disso que vocês estão pensando! — Christian saiu-se com a clássica resposta daqueles que são flagrados. Até Gabriel, que menos compreendia tudo aquilo, esboçou uma risada.

— Eu não estou pensando nada! — Justin tratou de colocar a conversa em seu devido trilho. — Eu estou vendo. E isso que está diante dos meus olhos é bastante óbvio. Agora só preciso de boas explicações para entender o pano de fundo dessa história.

Nesse primeiro e constrangedor momento, Nicole não sabia o que dizer. Nem tinha o que dizer. Seu irmão tinha acabado de flagrá-la nua, dormindo na sala com Christian, também nu, após uma sucessão de mentiras contadas para que ali pudessem estar durante todo aquele final de semana. O professor seguiu, protegido pelas almofadas, para o segundo pavimento, onde procurou uma roupa e ganhou algum tempo para raciocinar. Nicole acabou acompanhando-o, já que nem a toalha com a qual envolvera o corpo foi suficiente para aliviar sua vergonha.

Sentados na bancada que divide a copa da cozinha, Justin tentava resumir quem era Nicole, enquanto degustavam taças do vinho tinto recém-aberto. Apesar de tudo, Gabriel parecia estar achando aquilo tudo muito engraçado. No mínimo, inusitado. Alguns minutos depois, Nicole e Christian os encontraram. Ela ainda pouco preparada para as devidas explicações. Ele mantinha a cabeça baixa, como um aluno pronto à reprimenda.

— Justin, eu não queria que você descobrisse assim — com essa frase, a garota tentava iniciar seu discurso.

— Eu espero que vocês tenham realmente uma ótima explicação! — o irmão estava determinado.

Todos foram apresentados e Gabriel findou por servi-los com o vinho que ele e Justin já estavam tomando. Voltaram para a sala de estar e, sentados nos confortáveis sofás, Nicole revelou cada detalhe de sua história com Christian, incluindo o fato de que mentira para os pais sobre a extensão, por um final de semana, de sua viagem à Inglaterra. Depois de meses lutando contra o desejo de rever o professor, acabou cedendo e ele foi cúmplice na trama que os deixaria livres e isolados em Pine Hill.

Ao fim de toda a narrativa e já com a proximidade da noite, Justin percebeu que não havia outra coisa a fazer: todos dormiriam na casa do lago. Ainda que sua cabeça estivesse às voltas com o fato de sua irmã estar se relacionando, inclusive intimamente, com o professor dela, um homem bem mais velho, também não era o tipo de pessoa que parte para uma condenação sumária, recheada de pré-julgamentos. Ele próprio tinha decidido ir para Pine Hill em busca do isolamento e da preservação de sua relação naqueles primeiros momentos. Teriam que dividir espaço com Nicole e Christian, mas Gabriel parecia estar bastante à vontade com a presença do outro casal. No final daquela mesma noite, os quatro já estavam no fatídico tapete da sala saboreando uma fondue de chocolate, aquecidos pela lareira e dividindo boas gargalhadas.

O dito popular garante que a primeira vez jamais é esquecida. É fato. No entanto, essa afirmação tende à restrição de um único momento da vida. Na verdade, trata-se de uma certeza de maior amplitude: ainda que não seja a primeira vez, há sempre aquela que merece a eternidade.

Foi com essa convicção que Justin e Gabriel acordaram naquela manhã de domingo, ouvindo a chuva cair sobre Pine Hill e o vento cantar por entre as pedras e rochedos. Nenhum deles sequer cogitou a possibilidade de levantar do conforto daquela cama. Não tinham a menor noção das horas. Nem queriam ter. O amor os tinha dominado.

— Bom dia, meu amor! — disse Justin, abraçando carinhosamente Gabriel, que lhe respondeu nas mesmas palavras:

— Bom dia, meu amor!

leões e cordeiros

Os seis meses seguintes foram transformadores em todos os sentidos. Justin e Gabriel se tornaram oficialmente namorados e passaram a ser raros os dias em que não se viam. Incontáveis também foram os finais de semana na casa do Pine Hill, ainda que tenham decidido preservar a relação dos olhos da família Thompson. Ficaram sabendo de sua existência e se mostravam ansiosos por conhecer o brasileiro. A Justiça de Massachusetts, após pareceres positivos da assistência social e da Embaixada da Bélgica nos Estados Unidos, concedeu ao médico a guarda provisória de Matthew. Continuaram morando no segundo pavimento da casa da velha Gertrude, na Sherbrook Avenue, em Worcester. Apesar dos traumas físicos e, principalmente, emocionais, Matt estava se adaptando à convivência com Gabriel e o namorado. Passou com eles diversos finais de semana na casa do lago. Instintivamente, já havia ali uma relação de pais e filho.

Nicole, apesar dos dezoito anos já completos e de várias objeções, acabou cedendo aos pedidos de Christian para que a relação fosse mantida em sigilo. Avaliando todas as possíveis variáveis, concluiu que o professor tinha razões suficientes. Além de Justin e Gabriel, apenas sua amiga Hannah sabia do namoro. Mas todos os demais perceberam que algo estava acontecendo, ainda que as suspeitas recaíssem sobre Thomas Marshall.

Catherine não conseguia mais ser a mesma. Havia um vácuo entre aquilo que sabia, aquilo que desconfiava e tudo que poderia estar soterrado nos esconderijos de seu casamento. Edward, por sua vez, parecia bastante satisfeito com os progressos administrativos na ETS. Apesar de a crise financeira mundial ter se agigantado em 2009, tinham conseguido melhorar os índices da empresa e provavelmente conseguiriam sair ilesos do derrame planetário. Também tinha conseguido acalmar os ânimos das relações entre seus filhos. Na presidência e agora feliz, Justin parecia mais aberto à atuação de Ethan, sem que isso se tornasse uma batalha.

Ethan e Helen, aparentemente, tinham desistido dos tratamentos de fertilidade e já começavam a cogitar a adoção como uma alternativa viável. Muito além de um filho, também estariam livres da pressão familiar, especialmente da tia Mildred, que não perdia uma oportunidade de destilar seu veneno. Ela deu uma pequena trégua em meados de julho, já que tio John foi internado após fortes dores abdominais. No fim, tudo ficou bem e à Mildred restava apenas reclamar da comida do hospital e dos dias em que se viu obrigada a ficar longe de casa.

Quando as águas estão calmas, ainda que turvas, é mais fácil admirá-las e até mesmo criar uma estratégia de mergulho. Uma família é assim: está sempre transitando entre o pior dos tempos e o melhor dos tempos.

— Ei, Gabe! Acabei de chegar à ETS. Você já está no UMass? — perguntou Justin, ao telefone.

— Justin, você já está na ETS? Você está correndo muito na estrada. — Gabriel estava na sala reservada aos médicos. — Eu estava saindo de casa quando você ligou de Holden... e mal cheguei aqui e você já está na empresa?!

— Eu não consigo ficar longe de você! — Justin tentava colar uma desculpa. — Só de pensar que eu estou lá em Holden sozinho e você aqui em Worcester, já fico desesperado. Quero chegar logo! Pelo menos aqui eu estou mais perto!

— Não quero você correndo desse jeito!

— Fique tranquilo. Eu sou ótimo motorista. — Justin queria mudar de assunto e falar sobre o que mais lhe afligia naquele momento. — Gabe, você está preparado pra essa noite?

— Justin, se eu disser que estou tranquilo, certamente estarei mentindo! Até agora eu não entendi por que esse jantar tão repentino.

— Ah! Eles já querem conhecer você há um bom tempo... Você sabe disso. E eu concordei com a mamãe quando ela disse que estava mais que na hora de levá-lo à nossa casa oficialmente. Preparado para os Thompson?

— Eu não sei. Estou com um pouco de medo.

— Não fique. Estão todos ansiosos pra saber quem é o homem de quem eu tanto falo! — Justin apontou outra questão. — Matthew vai conosco?

— Não. Acho melhor uma coisa de cada vez — Gabriel argumentou. — E, além do mais, ele próprio já disse que não quer ir. Adivinhe por quê?

— Posso imaginar...

— Hoje é quinta-feira, dia da aula de violão!

— Eu sabia! — Justin deu uma gargalhada ao telefone. — Será que vamos ter um filho músico em casa?

— Como essas aulas estão fazendo um bem enorme, acho que ele pode ficar aqui. Não vão faltar oportunidades para que sua família o conheça. Acho que será até melhor... Assim ninguém se assusta num primeiro momento!

— Bom, como vocês acharem melhor...

— Ele vai ficar com a Nancy essa noite. Já combinamos.

— Perfeito! — Justin, mesmo ao telefone, ouviu o som do hospital chamando pelo namorado: "Dr. Gabriel Campos... Dr. Gabriel Campos, por favor, compareça à sala de cirurgia cardíaca".

— Meu amor, estão me chamando na cirurgia.

— Tudo bem, eu ouvi. Te pego às seis, então?
— O.k. Vou ficar esperando.
— Mamãe está preparando o famoso cordeiro assado.
— Antes de subirmos, vou querer passar na Bloomer's.
— Tudo bem. Te pego às seis em casa.
— O.k. — Gabriel respirou fundo. — Justin, eu te amo!
— Eu também te amo... muito!

Catherine estava ansiosa pela chegada do filho com o namorado. Sabia que tudo naquela noite deveria ser perfeito. Era a primeira vez que Justin levava alguém para conhecê-los pessoalmente. Tinha certeza de que se tratava de um homem especial, que estava mudando a vida de seu filho, mais alegre e vivo nos últimos meses. Sabia também que Justin era um homem pragmático e só havia aceitado a proposta do jantar por ter certeza de que aquela era uma relação pela qual estaria disposto a apostar o futuro. Mais que qualquer outra pessoa, Cathy torcia pela felicidade do filho.

À exceção de Nicole, que ainda não tinha chegado da WRHS, e de Mildred e John, que não foram convidados por razões óbvias, os demais já estavam na sala, aguardando o novo casal. Cathy e Helen conversavam sobre a notícia de que uma grande loja de departamentos pretendia abrir uma filial em Holden. Ed e Ethan estavam entretidos discutindo sobre corridas de automóvel. Ouviram quando o Hummer de Justin roncou na subida até a garagem.

— Chegaram! — Cathy anunciou, feliz.

Justin e Gabriel entraram pela cozinha, onde o perfume do cordeiro assado era inspirador à fome. O médico ficou ainda mais tenso ao passar pela sala de jantar e observar a extraordinária mesa preparada. Suou frio naqueles segundos que antecederam a apresentação à família Thompson. Sentia-se jogado aos leões.

— Você deve ser o Gabriel... — Edward veio ao encontro dos rapazes, estendendo a mão em cumprimento ao médico. — Seja muito bem-vindo à nossa casa.

— Boa noite, Sr. Thompson! — Gabriel sentiu a força daquele homem em seu aperto de mão. — É uma honra conhecê-lo. Gabriel Campos — apresentou-se.

— Por favor, me chame de Ed.

— O.k., Edward — o médico sorriu e olhou para Justin, que se mantinha calado, falseando a tensão que o acometia.

— Essa é minha esposa, Catherine — Edward estendeu a mão à mulher, trazendo-a ao núcleo das apresentações.

— Ah! Cathy, por favor — ela tratou de abraçar aquele que, a partir daquele momento, passaria a ser oficialmente seu genro. — Seja bem-vindo! Estou muito feliz com a sua presença aqui e espero que fique à vontade.

— Muito obrigado, Catherine! — Gabriel retribuiu com um sorriso franco. Ofereceu à sogra um buquê de íris azuis entremeados por rosas amarelas, com um levíssimo toque de lavanda, numa mistura brilhante que fazia lembrar um céu ensolarado. — São pra você — entregou as flores à Cathy.

— Oh! Meu Deus! — Cathy ficou visivelmente emocionada. Tratava-se de uma delicadeza perfeita. "Há quanto tempo não recebo flores", pensou. — Muito obrigada. Que delicadeza! Muito gentil de sua parte. Obrigada.

— Esses são... Ethan, meu filho mais velho, e Helen, sua esposa. — Ed seguiu o ritual das apresentações, agora incluindo o filho e a nora, que se aproximaram.

— É um prazer conhecê-lo, cunhado! — Ethan parecia simpático, mas acabou soando uma afinidade burlesca.

— Igualmente — Gabriel ruborizou.

— Vejam só o que eu trouxe para o jantar — Justin assumiu a palavra, antecipando-se a qualquer constrangimento que aquele cumprimento de Ethan pudesse provocar. Mostrou as duas garrafas de vinho que tinha nas mãos. — Cabernet Sauvignon, 1993.

— Vamos, sentem-se! — Ed apontou os sofás.

— Gabriel, quero que você se sinta completamente à vontade — Cathy tinha sinceridade viva e receptiva. — Você quer beber alguma coisa?

— Obrigado, Catherine. Não se preocupe.

— Eu tenho uma sugestão! — disse Edward, antes de se sentar. — Bourbon! — percebeu que todos assentiram. — A presença do dr. Gabriel em nossa casa merece ser festejada.

Ethan e Helen não esperaram a indicação, correram à cozinha e trouxeram a bebida e as taças. Depois de todos serem servidos, Edward os convocou a ficar de pé para um brinde. Estava prestes a erguer a taça, quando escutaram o carro de Nicole chegar.

— Perfeito! — alertou Catherine. — Nicky acabou de chegar! Vamos aguardá-la para o brinde.

Nicole chegou apressada pelos fundos.

— Perdoem meu atraso! — anunciou Nicky, passando por Justin, a quem destinou um beijo no rosto, e se dirigindo a Gabriel. — Olá, Gabe! — todos estranharam aquela intimidade. Mas Nicole adiantou-se às explicações, colocando-se entre o casal e os abraçando. — Vocês acham mesmo que meu irmãozinho encontraria o amor de sua vida e eu não iria conhecê-lo primeiro?! — brincou, automaticamente respondendo ao questionamento de todos. Justin apenas inclinou a cabeça, em confirmação.

— Como vai, Nicky? — Gabriel vacilou. — E como está o Christian?

— Quem é Christian? — disseram Ed e Cathy, simultaneamente. Só então o médico percebeu a gafe perigosa.

— É um amigo... de Worcester... que temos em comum... — Justin tentou remendar.

É claro que não convenceu ninguém. A desconfiança ficou patente nas expressões. Mas aquela não era uma noite para discussões. Helen foi à cozinha e trouxe mais uma taça para Nicole, servindo-a com o Bourbon. Edward tinha um tom discursivo:

— Dr. Gabriel — Ed percebeu quando o médico fez um leve sinal de reprovação por aquele tratamento mais formal. — O.k. Gabriel. Sua presença esta noite em nossa casa, além de muito bem-vinda, reforça a certeza de que somos uma família cada vez mais feliz — fez uma pequena pausa, quase dramática. Entrelaçou seus dedos aos da esposa e prosseguiu. — As famílias, assim como as árvores, quando bem cuidadas, regadas e adubadas, tendem a crescer. Desenvolvem raízes profundas... — sorriu para Cathy, apertando sua mão — criam galhos frondosos e nos dão belos frutos... — percorreu com os olhos, carinhosamente, cada um dos filhos e, em seguida, fixou-se em Gabriel. — Com o tempo, o pássaro se aproxima em busca de alimento e abrigo. Presenteia-nos com seu pouso, sua lealdade e seu canto. E quando se sente seguro, constrói seu ninho e traz ao mundo seus filhotes — contemplou todos, percebendo a emoção coletiva. Voltou a Gabriel, incluindo Justin. — Ele sabe que a árvore sempre estará ali... Sabe que pode confiar nela. Que você seja o pássaro que pousou em nossa árvore e que construa aqui seu ninho. Seja muito bem-vindo à família Thompson! — Ed ergueu sua taça, conclamando o brinde: — Ao Gabriel!

— Ao Gabriel! — repetiram todos, em uníssono, brindando.

— Muito obrigado! — o médico também tinha se emocionado com aquela recepção. — Eu não sei como agradecer a...

Gabriel foi interrompido pelo casal que chegou à sala.

— Eu sabia que vocês estavam aprontando alguma coisa! — disse Mildred, sorrindo quase em deboche e escondendo sua revolta por ela e o marido terem sido excluídos daquele momento familiar.

— Ed, Cathy — John Collins estava constrangido. — Perdoem nossa invasão. Eu não sabia que vocês estavam recebendo visitas e a porta dos fundos estava aberta...

— Não se preocupe, John! — Edward estendeu-lhes a mão. — Juntem-se a nós! Estamos recebendo o dr. Gabriel Campos, namorado do Jus... — não conseguiu terminar. Mildred avançou ao cumprimento.

— Oh! Meu Deus! Que bela notícia! — abraçou com força Gabriel, que lançou um olhar de estranheza para Justin. Mildred prosseguiu. — Que felicidade! Finalmente teremos um novo sobrinho, John! Meu nome é Mildred Thompson Collins. Eu sou irmã do Ed, tia do Justin e sua tia a partir de agora! Esse é meu marido, John Collins...

Nicole segurava o riso enquanto dividia o olhar entre Cathy, Justin e Ethan. Estavam todos perplexos com aquela invasão da tia. No entanto, conheciam-na. Era completamente impossível excluí-la das reuniões familiares. Como sempre, ao menor sinal ou movimento, lá estava ela para provar sua sagacidade, ainda que inapropriada.

— Vocês não vão acreditar como eu descobri que estavam planejando um jantar especial! — provocou Mildred. — Bárbara me disse que encontrou Leena no supermercado e que ela tinha ido buscar um cordeiro inteirinho para os Thompson. Daí eu pensei... eles estão planejando um jantar pra hoje e Cathy fará seu assado! — a tia parecia extasiada com seu espírito invasivo, considerando-se uma detetive de primeiro gabarito, tal qual a personagem Miss Marple de Agatha Christie. Mas não poderia perder a oportunidade de alfinetar, especialmente a cunhada. — Mas fiquem tranquilos! Na hora eu concluí... minha querida Cathy deve ter ligado várias vezes para nos convidar, mas ficamos fora de casa boa parte do dia. São tantos compromissos, não é mesmo?!

Um jantar em família é sempre um perigo. Com nove pessoas sentadas à mesa dos Thompson, a ameaça era real e imediata. A qualquer momento aviões de dúvidas poderiam ser arremessados às torres de sentimento, ou centenas de camicases venenosos poderiam despencar sobre os navios ancorados em território supostamente neutro. Horas em uma mesa familiar, com convidados frente a frente, intimidam. É uma espécie de preâmbulo para uma nova Guerra do Vietnã, sem perímetros assegurados, sem as clássicas linhas de frente ou operações em zonas previamente delimitadas. A qualquer momento, um vietcongue pode sair do buraco de suas frustrações e abrir fogo contra os civis apaixonados.

No entanto, e pela primeira vez em muitos anos, o jantar daquela noite foi de extrema pacificação. Talvez a presença de Gabriel tenha colaborado para equilibrar as forças ou atrair as atenções, atenuando passados hostis. Todos pareciam felizes, sorridentes, comemorativos. Uma noite agradabilíssima.

Edward acabou descobrindo que, assim como Ethan, seu "recém-empossado" genro também dividia uma paixão por corridas de automóvel. E não apenas isso: tinham opiniões bastante simétricas sobre carros, motores, pilotos e afins. Chegaram ao ponto de fazer apostas sobre quem faria a pole position e quem seria o vencedor do Grande Prêmio de Cingapura, a próxima corrida. Da mesma forma, Ethan parecia estar gostando sinceramente do novo cunhado.

Gabriel também conseguiu mimar uma atenciosa Catherine e agradar Mildred e John com sua elegância e distinção. A tia parecia disposta a dar uma trégua, num acordo velado, em que ao médico brasileiro caberia a missão de revelar-lhe verdades e conselhos a respeito de remédios e de doenças. Já Helen parecia bastante perdida e, como sempre, silenciosa. Ousou dois ou três diálogos e passou boa parte da noite indiferente.

Como todos pareciam estar com suas bandeiras brancas hasteadas, Nicole também o fez. Ninguém se lembrava de quando tinham conseguido tê-la à mesa por tanto tempo e com tão bom humor. E Justin transpirava felicidade, plena e absoluta. "Quantos homens desejam que seus namorados sejam recebidos dessa forma pela própria família?", perguntava-se em pensamento, ao contemplar a mesa de jantar dos Thompson naquela noite e passar seus pés pela panturrilha do amado, sentado à sua frente.

Ainda assim, ninguém mergulharia em ilusões. Não há espaço para estúpidos ou masoquistas. O único cordeiro presente estava assado sobre a mesa e servia de alimento aos nove leões famintos, porém em momento pacífico.

Ao final da ceia, quando todos já estavam acomodados na sala de estar e assuntos frugais começavam a adentrar a roda da conversa, Justin raptou Gabriel para um passeio, no qual pretendia apresentar-lhe a casa e os famosos jardins de sua mãe. Enquanto passeavam de mãos dadas pelo gramado adornado por azaleias, conversavam sem reservas.

— O que você está achando dos Thompson? — questionou Justin.

— Sua família é adorável, Justin!

— Minha família? Nossa família, Gabe. Você já faz parte dela.

— Eu realmente me senti acolhido.

— Ótimo! Nem eu esperava que pudesse ser tão perfeito! — Justin parecia ainda não acreditar. — Até o Ethan foi simpático com você.

— O que tem ele?! Parece ser um homem inteligente, bem articulado, muito educado.

— Gabe, você não viu nada! — Justin sorriu. — Meu irmão sempre foi muito ranzinza, um chato. Mas você parece ter conquistado todos, até tia Mildred! — gargalhou.

— Sua tia tem problemas, Justin!

— Muitos!

Os rapazes sentaram numa das laterais do imenso jardim, em um dos bancos de madeira iluminados por pequenos postes de luz. Gabriel lembrou-se de desculpar-se pela gafe relacionada a Nicole e Christian:

— Me perdoe por ter exposto sua irmã. Eu me esqueci completamente de que o namoro dela ainda é mantido em sigilo absoluto.

— Não se preocupe. Ninguém parece ter desconfiado.

— Eu não sei. Acho que seus pais perceberam.

— Ainda que o tenham percebido, o máximo que farão é chamar Nicole para uma conversa, o que não vai ser ruim. Já está na hora de ela acabar com isso e revelar a verdade à nossa família. — Justin, ao mesmo tempo que tentava tranquilizar o namorado, também sabia que aquela relação não poderia ficar mais tempo encoberta.

— Depois eu me desculpo com a Nicky — insistiu Gabriel.

— Não se preocupe, Gabe. Fique tranquilo.

— Tudo bem, então.

— E quer saber a verdade? Não acredito que Nicole esteja realmente apaixonada pelo Christian — previu Justin, conhecedor do temperamento da irmã. — Ela não gosta de Holden. Nicky é o contrário de todos nós: é cosmopolita, gosta das metrópoles. Não tem paciência para os assuntos e para todo esse ar provinciano. E mais: é uma sonhadora incorrigível!

— Vocês não se dão o direito de sonhar? — questionou o médico, tentando compreender seu namorado. — É isso?!

— Claro que sonhamos! Mas sonhamos com aquilo que podemos conquistar.

— Então não são sonhos. São só desejos — afirmou Gabriel, categórico. — O desejo me parece algo mais próximo à realidade ou à conquista, como você se referiu. Já os sonhos estão um andar acima, na quase intocabilidade. São eles que nos fazem subir o tempo todo. E os desejos são os degraus dessa subida! — filosofou, prosseguindo. —

Quando conquistamos um desejo, subimos um degrau a mais em busca dos nossos sonhos.

— É possível — concordou Justin, lançando uma questão. — Então quando não conseguimos realizar um desejo, também significa que estamos descendo um degrau?

— Nem sempre — respondeu Gabriel, prontamente. — Algumas vezes descemos muitos degraus. Algumas vezes ficamos apenas onde já estávamos, com algum vazio à frente. Mas daí surgem novos desejos, novas conquistas e seguimos o percurso — o médico procurou um sentido mais positivo. — Percebe que, mesmo quando nos frustramos com algum desejo não realizado ou perdido, os sonhos sempre resistem, sempre permanecem? — tentou concluir. — Se Nicky é uma sonhadora, que seja ela mais uma caçadora!

— Mas ninguém pode viver de sonhos, Gabe!

— Eu não disse isso! Não disse que se deve viver de sonhos! Falei que é saudável e legítimo tê-los.

— Eu não sei... — Justin tergiversou.

— Qual é o seu medo, Justin? Que Nicole conquiste seus desejos e acabe realizando seus sonhos? Medo de ela sair do campo de visão da família e ganhar o mundo? Ela já nos provou que isso é possível.

— Tenho medo de que Nicole sofra, só isso.

— Justin, nem você, nem eu, nem seus pais podemos controlar isso. Seja aqui ou em Boston, seja na Inglaterra ou em Tombuctu, o que tiver que acontecer com sua irmã, acontecerá. Não cabe a nenhum de nós decidir isso ou tentar protegê-la de tudo.

— Gabe, eu concordo em partes — Justin era, de fato, um homem protetor. — Eu acredito que nós somos aquilo que defendemos.

— Então a defenda, Justin. Mas sem aprisioná-la.

O casal trocou um profundo olhar. Após um breve silêncio reflexivo, Justin provocou.

— Gabe, quais são seus desejos e seus sonhos?

— Bom, eu tinha três grandes desejos... ser médico, morar nos Estados Unidos; e construir uma família. — Gabriel fez uma pequena pausa e prosseguiu. — Sou médico, já estou morando aqui e uma família se materializou hoje à minha frente.

— Esses são os seus desejos — Justin se aproximou de Gabriel. — Como você disse, os degraus para um sonho maior. Já que você subiu essa escadaria, será que eu mereço saber qual é esse sonho?

— Viver o grande amor da minha vida — respondeu Gabriel. O beijo, longo e apaixonado, foi inevitável.

obsolescência planejada

O final de 2009 determinou alguns caminhos importantes na vida da família Thompson. Enquanto as folhas amareladas davam lugar à fina camada de neve, a chegada de Gabriel parecia aquecer as almas e acalmar os ânimos. Uma pessoa pode transformar a vida de todo um grupo. Na maioria das vezes, basta uma ponte para que muitos atravessem com tranquilidade as águas turvas. Consagrava-se a real sensação de que um novo tempo se descortinava aos Thompson. Tudo parecia diferente.

No entanto, muitas vezes corremos o risco de estar diante de uma espécie de obsolescência planejada. No universo capitalista, esse é o comportamento adotado por algumas empresas ao projetar, deliberadamente, produtos que em tese deveriam ser duráveis, mas que são criados para deixar de funcionar em um período de tempo calculado. Suas origens remontam à época da Grande Depressão, quando alguns perceberam nesse truque uma forma eficaz de movimentar a economia, pressionando consumidores a compras sucessivas de produtos com validade limitada.

A chegada de 2010 acabou colocando em xeque muitas certezas e revolvendo as águas aparentemente calmas desse lago familiar. O primeiro problema era evidente: apresentar Matthew aos Thompson.

— Gabe, eu ainda não me conformo! — dizia Catherine ao telefone. — Você não ter passado o Natal conosco foi imperdoável!

— Cathy, eu não tinha como sair do UMass naqueles dias. Meus plantões caíram justamente no Natal e no Réveillon. Eu não tinha como ir... — Gabriel já contara essa história diversas vezes, mas sua sogra parecia não cansar de cobrar-lhe.

— Há algo errado entre você e o Justin? Você pode me dizer. Se eu puder ajudar...

— Não. Claro que não! — ele sabia que havia sim uma questão em curso, mas tinha razões suficientes para não dividi-la com os Thompson. — Fique tranquila, Cathy! O Justin ficou um pouco chateado com a minha escala nas festas de fim de ano, mas já está tudo bem!

— E quando vamos nos ver novamente? Que tal outro final de semana em Pine Hill?

— Eu adoraria! Mas aquilo lá deve estar congelando!

— É justamente por isso que eu adoro o inverno lá! Obriga-nos a ficar aconchegados dentro de casa! — Cathy ria de suas próprias teorias.

— Bom, hoje ainda é quarta-feira. Podemos tentar no sábado, o que você acha? — antes que Gabriel tivesse uma resposta, o bip da chamada em espera anunciava que Justin estava ligando. — Cathy, podemos nos falar mais tarde? Justin está me ligando.

— Claro, meu querido! Vamos combinar o final de semana! Tchau!

Gabriel passou a falar com o namorado.

— Oi, meu amor! Bom dia! Adivinhe com quem eu estava falando agora?

— Mamãe! — Justin tinha certeza disso.

— Ela mesma! Até hoje me cobrando a ausência no final do ano.

— Mas eu também não me conformo com isso, Gabe. Quando é que vamos resolver essa questão? Não vamos poder esconder isso da minha família por muito tempo.

— Você sabe o que eu penso...

— Eu sei, mas você não acha que isso está indo longe demais?

— Não sei se é a hora certa de contar aos seus pais sobre o Matthew. Imagine só: nós não fizemos um ano de namoro e já temos, indiretamente, um filho?! O que Ed e Cathy vão pensar disso?!

— Gabe, eu já disse... nós devemos contar toda a história. Tenho certeza de que eles vão compreender. — Justin também não compreendia bem o porquê daquelas insistentes negativas do namorado. Argumentou: — E quer saber mais? Acho que eles vão adorar! O Matthew é um garoto extraordinário.

— Eu não teria tanta certeza assim.

— O que está acontecendo, hein?! Acho que precisamos conversar.

— O que você acha de almoçarmos juntos no D'Angelo? Realmente chegou a hora de conversar algumas coisas com você.

— Helen, onde está aquela minha gravata verde? — Ethan se arrumava, já atrasado para uma reunião. Ainda teria que descer de Holden para Worcester. — Querida, você não está me ouvindo?

— Eu não sei, Ethan. Não sei onde está... — aproximou-se do quarto, considerando de pouca importância a demanda do marido e falando ao telefone com o United States Post Service. — Querido, coloque outra. Há tantas no closet.

— Eu não quero outra! Quero minha gravata verde!

— Então procure! Eu agora não posso...

Helen vinha enfrentando essa batalha com o USPS desde o ano anterior, quando uma de suas encomendas extraviou e ninguém lhe deu quaisquer explicações plausíveis. Ora afirmavam que o produto havia sido entregue, ora diziam apenas que não conseguiam localizá-lo no sistema. Ameaçou processá-los, mas tinha convicção de que não poderia fazer isso de fato, nem chamar a atenção para sua compra. Da mesma forma, temia pelo destino que foi dado à encomenda.

*

Nicole tinha acabado de chegar à Wachusett Regional High School para o curso de inverno, quando foi interpelada pelo amigo Thomas Marshall, ainda no estacionamento.

— Quanto tempo você pretende continuar enganando as pessoas? — questionou Thomas, sem rodeios.

— O quê? Do que você está falando? — respondeu Nicky, antevendo o caminho que seu amigo pretendia seguir.

— Você sabe muito bem do que eu estou falando...

— Não. Não sei! E se você não se incomoda, eu estou atrasada pra aula do curso. — Nicole tentou desconversar e ir embora, mas foi segurada pelo braço.

— Não faça isso com você, Nicky — apesar da situação, Thomas tinha uma voz doce, quase protetora. — Quantos anos ele tem? Quarenta? Quarenta e cinco? Você ainda não tem vinte anos.

— Isso não é da sua conta, Thom!

— É, sim. Eu sou seu amigo, gosto de você... — ele percebeu que conseguira alguma atenção da garota. — Nicky, você me conhece há quanto tempo? Desde que éramos bebês, certo?!

— Não estou entendendo aonde você quer chegar.

— Nós somos amigos desde que éramos crianças. Dividíamos o berçário enquanto nossas mães trabalhavam na Gale Library... Corríamos juntos pelos corredores do supermercado... Desde o primeiro dia de aula, você e Hannah sentavam juntas no ônibus escolar e guardavam o lugar atrás pra mim. Lembra quando você teve catapora?

— Eu fiquei parecendo a superfície da Lua! — Nicole parecia estar cedendo.

— No dia seguinte, quando Hannah disse que você estava doente, eu saí da aula e fui correndo pra sua casa. Eu precisava vê-la. Precisava saber como você estava — Thomas estava apelando a sentimentos e saudosismos que nunca tinha dividido com outra pessoa. — Quando cheguei lá, sua mãe disse que você estava bem, mas que eu não poderia vê-la, porque aquilo que tinha era contagioso. Fiquei desesperado. Achei que você fosse morrer. Fingi que tinha ido embora e fiquei escondido atrás da antiga garagem da sua casa, de onde eu conseguia avistar seu quarto. Eu precisava vê-la de qualquer forma!

— Eu me lembro disso — Nicky abriu um leve sorriso com aquela recordação. — Você jogou pedras dentro do meu quarto.

— Fiquei horas escondido ali e você não aparecia. Eu precisava chamar a sua atenção! Assim que me viu, você veio correndo. Usava um vestidinho azul-claro, com flores brancas e amarelas e estava com o corpo cheio de pintinhas vermelhas.

— Eu me lembro disso. Estava horrorosa!

— Pra mim você continuava linda! — Thomas, que ainda segurava o braço da amiga, escorregou sua mão até encontrar a dela. Olharam-se fixamente. — Você chegou correndo, não falou nada, apenas me abraçou e me deu um beijo na boca.

— Por que você está lembrando isso agora?

— Porque eu nunca consegui esquecer!

— Claro! Alguns dias depois, você acabou adoecendo. Ficou engraçado, cheio de pintas vermelhas também.

— Não importa! — Thomas baixou um tom na voz, incorporando definitivamente o ar romântico. — Eu já estava contaminado havia muito tempo. Aquele beijo apenas acendeu todas as minhas luzes, tudo que eu já sentia por você e não sabia bem o que era.

— Thom, eu sei aonde você quer chegar e não acho razoável... — Nicole não conseguiu terminar a frase.

— Eu amo você, Nicky! Sempre amei.

Thomas puxou a garota e deu-lhe o beijo na boca que esperava repetir desde os tempos de criança. No início Nicole até ofereceu alguma resistência, mas sentiu seu corpo ceder e as pernas e braços titubearem. Escondido atrás dos carros, no estacionamento da WRHS, Christian ouvia toda a conversa e acompanhava a cena. Não sabia como reagir.

— Você perdeu a cabeça? — Nicole afastou o garoto e deu-lhe um tapa na cara. No fundo, tinha gostado do beijo e não pretendia repreender Thomas. Mas ela estava namorando. A hipocrisia social ordenava uma reação clichê. Após a bofetada impulsiva, seus lábios tremiam em receio, e tinham o sabor das boas memórias. Ainda assim, prosseguiu. — Você não tinha o direito de fazer isso, Thom!

— Ele é um velho, Nicky! — gritou o garoto, em alto e bom som. — Você não o ama!

— Cale sua boca! — ela respondeu à altura, mesmo trêmula. — Você não tem o direito de achar que sabe o que as pessoas sentem.

— Quanto tempo faz desde aquele primeiro beijo, escondidos atrás da garagem da sua casa? Dez anos? Onze anos? — Thom parecia determinado a convencê-la. — O que mudou de lá pra cá?

— Tudo! — Nicky foi rápida na resposta. — Nós mudamos. Nós crescemos!

— Esse é o ponto... nós crescemos! E fizemos isso juntos. Vivemos de perto nossas mudanças. Dividimos dúvidas. Compartilhamos uma história! — ele voltou a segurar as mãos da garota. — E aqui estamos nós, muito diferentes do que éramos há uma década, mas num mesmo patamar de evolução, num mesmo degrau da vida! Pra nós, isso é possível ao longo de toda a escada.

— Thomas, você... — Nicole foi novamente interrompida.

— Você consegue imaginar a sua vida com esse cara daqui a vinte anos?

— Não seja idiota!

— Você é quem não deve ser idiota. Daqui a vinte anos, você ainda não terá chegado aos quarenta. Estará no auge da vida, provavelmente chegando ao topo da carreira. Ainda vai conseguir fazer muitos planos, desejar muitas coisas e com metade da vida pela frente. — Thomas fez uma pausa breve. — E ele? Quantos anos terá nessa época? Sessenta? Sessenta e cinco? Já estará muito mais perto do fim. Será que ele vai conseguir acompanhar você no auge?

— Isso é um absurdo, Thomas! — Nicole parecia revoltada, mas aquela linha de raciocínio já tinha lhe passado pela cabeça e era temerária.

— Não! Não é um absurdo. Essa é a lei da vida, Nicky.

— Uma análise bastante preconceituosa, de sua parte, para a lei da vida.

— Quero ver você falar em preconceitos quando estiver na idade da loba, sedenta, repleta de desejos. E pra ele tentar e só tentar chegar perto de saciá-la, vai ficar refém dos "comprimidinhos azuis", sem calor, sem paixão, sem prazer verdadeiro. Tudo artificial...

— Você não sabe a besteira que está falando.

— Eu até posso não saber tanto sobre a besteira que estou falando. Mas agora, olhando nos seus olhos, vejo que você sabe exatamente a besteira que está fazendo com a sua vida e com a dele. — Thomas, ao concluir, fez a saída perfeita. Aquela que deixa a outra parte sozinha, imersa à reflexão. Deu as costas para Nicole e seguiu caminhando para a porta central do prédio da WRHS. Sem quebrar o ritmo dos passos, virou-se apenas para colocar sua última pitada naquele caldeirão de dúvidas remexido: — Pense nisso, Nicky! Pense nisso.

Justin estava na sala da presidência da ETS quando sua secretária anunciou que Emma Elmhirst, assessora de imprensa da empresa, precisava de uma reunião imediatamente. Pediu que ela entrasse.

— Olá, Emma, bom dia! — recebeu-a com afeto, apesar de apreensivo. Justin conhecia bem o trabalho da jovem Emma. Assim que assumiu o comando da ETS, ele próprio tinha avaliado seu currículo e decidido por sua contratação após uma entrevista extremamente articulada e bem-sucedida. Sabia que Emma jamais solicitaria aquela reunião imediata se não fosse por um bom motivo, digno de sua rápida atenção.

— Bom dia, presidente! — a assessora tinha o ar grave. — Me desculpe por interrompê-lo de forma tão brusca e sem avisá-lo com antecedência, mas nós temos um problema em curso.

— Tudo bem. Eu estava apenas assinando algumas ordens de pagamento. — Justin assinou o último cheque, entregou os documentos à sua secretária, autorizando-a a deixar a sala e fez sinal para Emma sentar-se à sua frente. — Sente-se. Qual é o problema?

— Há alguns meses venho observando eventos estranhos nas filiais da ETS. Estranhos e coincidentes. No início eu os vi isoladamente, mas, agora, estou percebendo que eles estão interligados.

— O que está acontecendo, Emma? — Justin sentiu a tensão pairar. — Estou começando a ficar assustado.

— Pode ser assustador, sim. — A assessora colocou sobre a mesa uma pasta escura, repleta de documentos impressos e clippings de jornais, revistas e portais regionais, de onde sacou uma folha com apontamentos. Pediu licença, levantou-se e foi até o grande mapa da região da Nova Inglaterra, pendurado na parede esquerda da sala da presidência. Nele estavam marcadas todas as duzentas e dezesseis filiais da ETS. Prosseguiu, utilizando alfinetes de cabeça alaranjada. — No final de 2008, a ouvidoria nos encaminhou algumas reclamações de clientes de Pittsfield.

— Eu me recordo. — atravessou Justin. — Alguns carros que nós vendemos apresentaram panes e outros problemas eletrônicos. Na época, tio John foi até lá e constatou que aquela série de veículos tinha sido fabricada com um pequeno defeito. O relatório dele está nos arquivos. Nós comunicamos à montadora e foi feito recall gratuito aos clientes de Pittsfield. A ETS efetuou o reparo e as trocas necessárias sem cobrar dos consumidores e, depois, os fabricantes pagaram à ETS pelo serviço prestado.

— Exatamente — assentiu Emma. — Nos dois meses seguintes, fizemos a mesma coisa para os clientes de Barre, em Vermont; de Dove, em New Hampshire; e de Rumford, no Maine.

— E o fabricante assumiu todos os custos do recall que nós fizemos.

— Isso mesmo — confirmou. — Parecia um fato isolado que afetou apenas um serial de veículos, de uma única montadora.

— Emma, aonde você quer chegar? — Justin acompanhava atentamente a explanação da assessora de imprensa. — Não foram fatos isolados?

— Receio que não, presidente. — Ela assumiu um tom quase didático. — Mas antes eu preciso colocar um ponto, um preâmbulo — fez uma breve pausa e prosseguiu, certa da atenção do chefe. — Há alguns anos, alguns bombeiros da Califórnia atentaram para uma lâmpada antiga que funcionava diuturnamente, sem nunca ter sido trocada. Ficaram curiosos e quando viram sua data de fabricação ficaram assustados. Ela datava de 1901! Foi feita para durar, assim como praticamente tudo o que a indústria produziu até a década de 1930. Em relação a esse caso específico, uma lâmpada hoje não dura muito. Ela queima automaticamente depois de um período relativamente curto. Daí, o consumidor é obrigado a comprar novas lâmpadas com frequência, o que garante um volume constante de produção na fábrica e, obviamente, um padrão linear nas vendas de mercado. A partir da década de 1930, logo após a Grande Depressão, essa passou a ser a estratégia da maior parte das indústrias. Um vício capitalista, digamos assim. Essa prática passou a ser chamada de Obsolescência Planejada: um bem durável é projetado para não ser tão durável assim. De forma antiética, ele é produzido com um prazo de validade calculado apenas para beneficiar o fluxo comercial. Uma lâmpada instalada na sua casa hoje, e sem precisar considerar as muitas interferências do meio externo, está programada para um colapso, para queimar, após mil horas de uso. E você vai ter que comprar outra!

— O.k. Prossiga. — Justin estava completamente absorto às palavras de Emma.

— Em muitos países, essa estratégia comercial é considerada uma violação de direitos do consumidor. Mas em praticamente todo o continente americano isso não é um crime em potencial. A indústria acabou adotando os prazos de validade oficiais e o famoso "período de garantia do fabricante". Em suma, encontraram uma forma tergiversa de legalizar a Obsolescência Planejada.

— E então? — ele queria entender como isso poderia afetar a ETS.

— Bom, no ano de 2009, nós recebemos reclamações sistemáticas de clientes com pane elétrica nesses lugares. — Emma levou algum tempo para colocar todos os alfinetes alaranjados para marcar as cidades a que se referia. — São cento e cinquenta e oito filiais, espalhadas pelos seis estados da Nova Inglaterra, com ocorrências maciças em Connecticut e Rhode Island.

— Meu Deus! — Justin estava boquiaberto com o número de casos e com os indícios do relato.

— Presidente, essa história não acaba aqui.

— Ainda tem mais? — ele franziu o cenho.

— Infelizmente.

— Então prossiga, por favor.

— Em Connecticut a situação parece ser mais grave: as reclamações sistemáticas de panes elétricas em veículos comprados na ETS, ou que passaram pelas revisões oferecidas pela nossa empresa, são, em sua maioria, de imigrantes. Especialmente consumidores hispânicos, italianos, latino-americanos e asiáticos.

— Emma, você tem esses números?

— Sim, senhor — a assessora sentou-se novamente à mesa, alcançou sua pasta e retirou um relatório com cerca de duzentas páginas. Folheou o volume e afirmou: — Só em Connecticut, as reclamações de imigrantes somam sessenta e três por cento do total.

— Isso é assustador, Emma. — Justin parecia não acreditar que fosse possível tudo aquilo. — Como os ouvidores não informaram sobre isso?

— Eles informaram, sim, presidente! Tanto que eu consegui reunir esses dados para lhe apresentar esse relatório. Eles informaram aos setores responsáveis, ou seja, o Comercial e o Financeiro.

— Ao Ethan e ao tio John — concluiu Justin, respirando fundo. — Qual foi a medida adotada? Quero dizer... pelo menos na maioria dos casos?

— Em todos os casos foram adotadas as mesmas medidas de 2008, porém, agora, em larga escala.

— Só pra que deixemos as coisas bem claras... você está desconfiando que a ETS esteja praticando, deliberadamente, uma espécie de Obsolescência Planejada nos carros que vendemos ou que revisamos?

— Por enquanto é só uma desconfiança, baseada em números oficiais. — Emma estava tensa por falar aquilo, mas via-se obrigada a fazê-lo.

— Além desses percentuais, há alguma outra coisa que corrobore sua tese? — Justin questionou, certo de que sua assessora era competente e não estaria presa a suposições e achismos.

— Há sim, presidente. Em algumas filiais, nos últimos meses, a ETS está cobrando em duplicidade pelos reparos nos veículos: aos clientes e às montadoras.

— Mas isso, sim, é crime! — Justin quase saltou da cadeira.

— Exatamente. Na semana passada um portal de notícias de Danbury fez uma matéria e deixou, nas entrelinhas, a suspeita de que a ETS estaria vendendo carros com defeitos programados, obrigando os clientes aos reparos em curto espaço de tempo. Mas não citou nominalmente a empresa. Apenas deu a entender — Emma engoliu em seco. — Três clientes já entraram na Justiça contra a ETS e uma montadora enviou um ofício pedindo explicações mais detalhadas.

— Nós vamos precisar do Ethan e do tio John aqui!

— Presidente, infelizmente nenhum dos dois ainda está na empresa. Eu verifiquei antes de vir falar com você — Emma baixou a cabeça. — Quero me desculpar por não o ter informado das minhas suspeitas antes. Eu ainda não tinha todos os dados disponíveis. E eram só suspeitas. Lamento muito por isso.

— Não lamente — ele a interrompeu. — Eu quero que você me mostre esse relatório detalhadamente. Quero saber tudo o que está acontecendo... E, pensando bem, é melhor mantermos esse assunto apenas entre nós dois por enquanto. Vamos avaliar a situação.

— Perfeitamente. Vou começar então pelos...

— Emma, antes que você comece a me mostrar os documentos, eu vou fazer uma ligação importante — Justin a interrompeu, alcançando o celular e discando para Gabriel. Caixa Postal. "Ele deve estar ocupado", concluiu. Optou, então, por enviar um SMS: "Gabe, me perdoe, mas surgiu um problema grave aqui na ETS e preciso resolvê-lo. Vamos ter que desmarcar nosso almoço. O que você acha de jantarmos juntos hoje? Eu te amo! Bjs. Justin". Olhou para Emma e disse: — Vamos lá, me mostre tudo o que você tem nessa pasta. Pelo visto teremos um dia cheio!

Depois daquela conversa com Thomas Marshall, Nicole sentiu que não teria cabeça para acompanhar qualquer uma das aulas de seu último curso de inverno na WRHS. Precisava conversar com o melhor amigo, seu irmão Justin. Havia tantas dúvidas pairando que seria bom ouvi-lo e também desabafar.

Entrou em seu Peugeot 308 CC vermelho, desceu a capota retrátil e partiu em direção à sede da ETS em Worcester. O frio intenso daquele janeiro parecia lhe cortar a pele, mas sentiu que precisava daquela tortura. "Na dúvida, a dor é uma aliada", pensou. Inseriu seu pen drive na entrada USB do painel do veículo e aumentou o volume do som.

Descendo a Reservoir Street, já na altura dos reservatórios de Holden, diminuiu a marcha para contemplar a vista em verde e branco da floresta, margeando o lago brilhante e com as águas absolutamente paradas. No som, Adele começava a cantar "Hometown Glory". Estacionou o carro e chorou. Conhecia o caminho. Compreendia tudo. "I ain't lost, just wandering", cantou Adele.

Os olhos de Helen vertiam lágrimas sem cessar. Estava terminando de picar a cebola que usaria no preparo do almoço, quando ouviu a campainha soar. Foi até a porta e quase perdeu os sentidos. Lá estava sua sogra, Catherine. Nas mãos, a encomenda extraviada pelo USPS. Percebeu imediatamente que a caixa estava aberta. Não disse qualquer palavra. Ficou olhando para o lado de fora, enquanto Cathy passou por ela. O olhar era de decepção e raiva.

— Helen, feche a porta e olhe pra mim! — ordenou Catherine, atendida lentamente pela nora. — Demorou algum tempo pra que eu decifrasse o que significavam os caracteres japoneses das embalagens. Deu trabalho, mas a internet me ajudou.

— Você não tinha o direito de abrir uma correspondência minha! — disse Helen, visivelmente nervosa.

— Cale a boca! — gritou Cathy, como nunca tinha agido antes. — Eu sei muito bem que fiz o que legalmente não poderia fazer. Mas não me arrependo!

— Isso é um abs...

— Já disse pra você ficar quieta! Eu estou falando e não quero ser interrompida. Sente-se aí e só fale quando eu perguntar. — Cathy apontou o sofá. Se antes a cebola tinha levado Helen às lágrimas, agora elas vinham por puro desespero.

A sogra continuou o discurso repreensivo:

— No início de dezembro, fui colocar alguns cartões de Natal no correio e Irving Shane me entregou essa encomenda. Coitado, nem sabia o que estava fazendo. Pediu pra que eu a entregasse a você e disse que se tratava de uma remessa até então extraviada, pela qual você estava brigando desde março do ano passado. — Catherine olhou para a embalagem em mãos. — Até aqui, tudo bem. Holden é uma cidade pequena. Você é minha nora. Essas coisas acontecem. Mas eu fiquei intrigada... o que você estaria comprando no Japão? O conteúdo não era pesado. Não parecia qualquer equipamento eletrônico ou algo do gênero. A princípio, confesso que fui curiosa e invasiva. — Cathy ruborizou. — Decidi abrir cuidadosamente a embalagem para descobrir seu conteúdo. Ainda bem que o fiz! Três caixas de medicamentos aparentemente diferentes. Aquilo só aumentou a minha curiosidade. Algo estava errado. Boa coisa não poderia ser.

Catherine passou os minutos seguintes expondo como conseguira descobrir que aqueles medicamentos eram, na realidade, substâncias fabricadas por laboratórios japoneses, cuja interação triangular tinha efeito abortivo. Simulavam um aborto espontâneo, além de ter como reação adversa a queda vertiginosa das taxas de fertilidade feminina.

— Helen, só tenho duas perguntas a lhe fazer... Os abortos que você sofreu foram provocados? E por que isso?

Catherine só teve como resposta o choro quase convulsivo da nora, despencada no sofá e no derretimento de si mesma e de suas mentiras. Cathy tentou novamente.

— Eu só quero tentar entendê-la. Tentar compreender seus motivos. Se você não quer ter filhos, por que então você deu prosseguimento aos tratamentos de fertilidade, sabendo que estava, também, ingerindo medicamentos contra ela? Isso é de uma incoerência doentia. Uma psicopatia.

Não havia respostas por parte de Helen. Mas, apesar do silêncio, ficava cada vez mais claro a Cathy que sua nora era vítima de graves distúrbios e que aquela sua descoberta poderia ter resultados ainda mais apavorantes.

— E mais, Helen. Se você não queria aquelas crianças, poderia ter conversado com Ethan, falado com todos nós. Jamais aceitaríamos um aborto, mas em última instância, você poderia fazê-lo de forma menos danosa à sua saúde, em qualquer hospital ou clínica especializada dos Estados Unidos. Você tinha obrigação de falar, de conversar sobre isso conosco.

— E ouvir de vocês as mesmas coisas de sempre? Pra quê? — Helen decidiu falar, ainda que entre soluços. — De que adiantaria eu dizer ao Ethan ou a vocês que eu não quero ter filhos?

— É isso então... Você nunca quis ter filhos? — Cathy sentou na poltrona, postando-se à frente de Helen. — Só estou tentando entender tudo isso.

— Entender o quê, Cathy? Será que não está bastante claro? Eu não quero ter filhos, nunca quis. Todo dia eu vejo essas mulheres, que como você, abriram mão da própria vida, do marido, de tudo, só pra cuidar dos filhos. — Helen alternava entre a fala rápida e algumas frases vagarosas. — O que uma mãe faz? Ela perde a vida! A vida passa a ser dos filhos.

— Não seja tola, Helen! — combateu Cathy.

— Tola? Tolice é pensar que tudo fica melhor depois de carregar uma criança nove meses na barriga. Isso, sim, é uma tolice! A mulher fica deformada, os hormônios entram em parafuso e nem o marido a quer mais! Você sabe por que o Ethan quer tanto ter um filho? Pra ter uma boa desculpa pra não me querer mais! Pra não ter que fazer amor comigo!

— Você é louca! — Catherine estava nauseada.

— Cathy, você acha mesmo que eu sou louca? — Helen mirou-a nos olhos, lágrimas saltando. — O que você acha que o Ethan foi fazer na Europa em 2008? Você acha mesmo que ele foi a uma feira de automóveis? Depois eu sou a tola...

— Você não está mais dizendo coisa com coisa! — apesar dessa afirmação, a sogra finalmente tinha cedido na postura, ciente dos mistérios da questão.

— Ethan foi à Europa para pagar o silêncio de uma vagabunda com quem ele teve um filho! — Helen elevou o tom de voz, diante da cara apreensiva de Cathy. — É isso mesmo! Você não queria tanto um netinho? Pois é, agora você tem um bastardo pra amar.

— Helen, é melhor parar de dizer essas loucuras.

— Isso não é loucura! — gritou. — Você se lembra daquele dia, em outubro de 2008, quando caiu uma tempestade? Lembra-se da mulher que se acidentou com o filho, em frente ao Eagle Lake Hotel?

— Claro que eu me lembro; aquilo foi terrível. — Catherine começou a sentir um calor sobre-humano. Lembrava-se perfeitamente daquela tarde chuvosa, quando falara com Sybille minutos antes de sua morte.

— Pois é... Aquela era a vagabunda, cujo silêncio, meses antes, Ethan tentou comprar, oferecendo-lhe dinheiro de Edward. Os dois estão nessa! Eles planejaram tudo! Dariam dinheiro a ela pra nunca revelar a safadeza do Ethan, pra nunca revelar que há um Thompson bastardo por aí.

— Helen, não fale sobre o que você não sabe — Catherine foi taxativa, mas já tinha baixado o tom de voz.

— Você é quem não sabe de nada! — Helen estava visivelmente transtornada. Levantou do sofá e andava de um lado para o outro, ora chorando, ora sorrindo. — É isso que acontece com uma mãe... ela perde a noção, perde tudo! Enquanto você cuidava do seu precioso jardim, decorando a casa e assando seus cordeiros, seu marido e seu filho tramavam nas suas costas, sem dó ou piedade.

— Você não está em condições de conversar, Helen!

— Por que, então, você não me faz a pergunta?

— Que pergunta? — Cathy parecia contaminada por aquela situação.

— A grande pergunta! A maior de todas! — Helen gesticulava, grandiloquente. — A pergunta que todos esqueceram de fazer!

— Que pergunta, Helen?

— Pra onde foi o bastardo? Porque a piranha da mãe dele teve o destino que mereceu. Morreu ali mesmo, na hora! Mas e o garoto? Todos ficaram sabendo que o garoto sobreviveu. Onde está o garoto? Você sabe? Sabe, Cathy?

— Helen — Catherine começou a sentir o ar lhe faltar.

— Eu sei onde o Thompson bastardo foi parar! Eu sei... Eu fui ao Eagle Lake perguntar, falei com o Seamus e depois falei com o chefe Sullivan. — Helen fez uma pausa. — O bastardo foi socorrido por um médico brasileiro que estava chegando ao hotel. O nome dele é Dr. Gabriel Campos. Não é irônico?

— O quê? — Cathy viu o mundo revirar. Tudo o que Helen tinha dito até então não eram surpresas e muitas coisas não tinham sido compreendidas corretamente. Mas o envolvimento de Gabriel na história causou-lhe tremedeira.

— Tem mais, querida Cathy! — a voz da nora começou a lembrar a das pessoas quando começam a ficar bêbadas e a boca parece amolecida. — O chefe Sullivan me confirmou... o Dr. Gabriel salvou o bastardo e conseguiu sua custódia na justiça! Não é irônico?! — foi sarcástica. — O garoto tem tanta sorte, que nem saiu da família, foi adotado pelo seu genro veadinho!

Catherine não resistiu. Enfiou a mão na cara de Helen, jogando-a sobre o sofá. Ajoelhou na almofada e continuou esbofeteando a nora. Descontrolou-se em definitivo.

— Não fale assim dele! Isso não é verdade! — gritava Cathy, enquanto esmurrava Helen. — Você não sabe o que está dizendo!

— Todos são mentirosos nessa família! — gritava Helen, em contraponto, mas sem revidar qualquer um dos muitos murros que recebia. — São todos doentes! Vocês são loucos! Mentirosos!

— Cale a boca! — Catherine deu-lhe um soco no nariz, fazendo a nora jorrar sangue pela beirada do sofá e no tapete da sala. — Cale sua boca! Você não sabe o que está dizendo!

— Você acha mesmo que eu estou mentindo? — o sangue escorria como cachoeira pelo rosto de Helen. — Naquela tarde do acidente, eu ouvi pela extensão do telefone quando Ed ligou para o Ethan e disse que a mulher estava em Holden. Eu ouvi seu marido falando do dinheiro que dariam a ela pra se calar. Por isso Ethan saiu correndo daqui naquela tarde. Ele foi se encontrar com aquela vagabunda no hotel!

— Não é verdade, Helen. Ethan estava comigo, lá em casa! — revelou Cathy. — Quem foi se encontrar com a mulher no Eagle Lake foi o Edward!

Fez-se um silêncio ensurdecedor naquela sala. Catherine saiu de cima da nora e desabou na poltrona, chorando. Helen, por sua vez, de tão assustada, sequer atentou-se para o sangue que ensopava a parte frontal da sua blusa de lã. Estava estupefata. Cathy também já sabia da história de Sybille.

— Você sempre soube disso? — perguntou a nora.

— Fiquei sabendo naquela tarde. A mulher ligou lá pra casa. Queria falar comigo. Disse que era da Bélgica e estava em Holden. — Catherine falava pausadamente, tentando recuperar o fôlego depois do acesso de violência contra Helen. — Ela disse que teve um filho com Edward. E que não sabia que ele era casado, até ele desaparecer e anos depois enviar o Ethan para lhe oferecer suborno em troca do silêncio.

— O quê? — Helen parecia não acreditar. — O garoto é filho do Ed? Mas...

— Você entendeu tudo errado, Helen! — Cathy chorava.

— Meu Deus! Então o garoto... — a nora não concluiu o raciocínio. Foi tomada pela necessidade de uma nova pergunta. — Você sabia disso o tempo todo! Por que não contou? Por que não contou a todos?

— Pelos mesmos motivos que você também não o fez — Catherine olhou Helen profundamente. — Você também sabia de tudo. Entendeu algumas coisas erradas, claro! Mas também sabia de tudo. E não contou nada a ninguém.

— Ethan estava protegendo o pai.

— Helen... Quem te contou essa história sobre o Gabriel? Isso não pode ser verdade.

— Mas é verdade! Ele salvou a vida do garoto, cuidou dele e conseguiu a custódia na justiça. Eu conferi no inquérito sobre o acidente e depois fui ao Tribunal de Justiça de Worcester e vi a sentença da guarda provisória.

— Isso é uma loucura! — Catherine levantou-se e seguiu em direção à saída. — Helen, vá se limpar. Tem sangue por todo lado — parecia ter retomado o controle. — Não vamos contar nada a ninguém por enquanto. Nem sobre a mulher, nem sobre o garoto, nem sobre seus abortos. Eu vou pensar numa forma de resolver tudo isso.

— Mas, Cathy...

— Não fale mais nada, por favor. Eu volto aqui amanhã e conversamos. Agora eu preciso sair. Preciso respirar.

Catherine pegou seu carro e dirigiu, quase em estado de choque, até Pine Hill. Chegando à casa do lago, desceu e andou apressadamente pelo gramado, descendo as escadas entre as rochas sem o menor cuidado.

Atravessou o deque até sua margem. Parou e ficou tentando encontrar ar, vendo a neve começar a cair sobre as águas. Seu coração parecia estar prestes a arrombar o tórax. A respiração não era suficiente. As lágrimas também não. Ajoelhou à margem do deque e gritou. Gritou alto. Um urro de dor. Uma dor na alma. Seu grito ecoou por todo o lago, agora gelado, e por toda a floresta ao redor, coberta de gelo branco.

O relógio já se aproximava das oito da noite e Gabriel e Matthew aguardavam Justin, em uma mesa reservada, no Bocado Tapas Wine Bar, um restaurante simpático no número 82 da Winter Street, bem próximo à sede da ETS. Levar o garoto consigo foi uma estratégia. Era hora de contar tudo o que sabia daquela história e o pouco que vira naquele dia trágico em Holden. O médico ainda não sabia por onde começaria, nem mesmo se Justin o perdoaria por tantas coisas ocultas, mas daquela noite não passaria.

Justin tinha marcado às sete com Gabriel, mas seu atraso de uma hora foi necessário. Depois de ler o relatório de Emma Elmhirst e estudar com ela as principais possibilidades e estratégias de ação, ainda se viu obrigado a conversar por algum tempo com a irmã, Nicole, consumida por dúvidas cruéis sobre seu relacionamento com o professor Christian Taylor. Sabia que Gabriel precisava lhe falar algo que estava fora do esquadro e temia pelo que poderia ouvir. Convidar Nicky para acompanhá-los também foi sua estratégia. Sem saber e sem contar, ambos tinham escalado uma espécie de guarda-costas para a conversa que viria.

Passava das oito da noite quando todos se encontraram no Bocado. Gabriel ficou surpreso com a presença de Nicole, mas instantaneamente julgou que ela seria positiva. Nicky, por sua vez, custou a compreender quem era aquele garoto, apresentado inicialmente como o filho adotivo de Gabriel. A garota não escondeu a curiosidade em seu olhar. De alguma forma, reconhecia os traços físicos de Matthew.

— Justin... — Gabriel precisava começar por algum lugar. — Nós precisamos conversar uma coisa muito séria e é ótimo que Nicole e Matthew estejam aqui nesse momento. Matt poderá me ajudar a contar uma história e Nicky tem o direito de ficar sabendo, já que está indiretamente envolvida.

— O quê? Eu? Como? — Nicole não conseguia compreender as palavras do cunhado.

— Gabe, algo me diz que essa história não é agradável. — Justin já conseguia antever a gravidade encravada na circunspecção do namorado e de Matthew. — Por favor, diga logo. Eu já estou ficando apavorado. Definitivamente, hoje não está sendo um dia fácil.

— Justin, eu amo você, muito! — os olhos de Gabriel marejaram. — E espero que você consiga me perdoar algum dia por ter ocultado algumas coisas que eu sei sobre a sua família, sobre o seu pai e que até hoje não havia revelado — uma lágrima desceu. — Quero que você saiba que só escondi tudo isso para tentar proteger o Matthew.

Justin e Nicole ouviram com atenção toda a história. Não conseguiam dizer uma única palavra. Gabriel e Matthew contaram tudo que sabiam sobre Sybille, o suborno, a viagem de Ethan à Europa, o acidente em Holden e como um tinha entrado definitivamente na vida do outro. Imagina-se que revelar a paternidade e fraternidade de alguém seja um momento extremamente solene, quase teatral. Naquela noite não foi assim. A grande verdade foi dita de forma objetiva, quase seca: Edward Thompson era o pai de Matthew. Cada um permaneceu com um grito contido dentro de si. O silêncio dos quatro ecoou por todo o ambiente, com olhares bailando, perdidos por entre taças, pratos e talheres.

poses, anyway!

A verdade não é um instrumento de libertação. Tão somente, a verdade é uma porção racional de águas turvas que se choca, de forma permanente e sistemática, contra os rochedos subjetivos da mentira. Do outro lado, estamos nós, sôfregos em barricada, tentando proteger alguma água cristalina que circunda nosso umbigo.

A verdade não liberta. Ela apenas modifica nossas relações com os outros e com o mundo. Em geral, ela é triste e fria. Desdoura ilusões e macula os afetos. Quando a verdade vence, o que distingue as pessoas não é o fato de tê-la desejado. Para o bem ou para o mal, a diferença se estabelece pela habilidade com que passamos a viver em meio às águas turbulentas.

O fim de janeiro de 2010 foi marcado pelo frio intenso. Um inverno rigoroso se abateu sobre Massachusetts. Tempestades com neve, granizo e ventos fortes atingiram todo o estado. Uma espessa cortina branca cobriu os campos e as sucessivas nevascas colocaram cinquenta centímetros de gelo nas ruas. Aeroportos e estradas foram fechados. As condições climáticas foram severas.

Dez dias após muitas verdades serem descortinadas, o silêncio parecia imperativo a toda a família Thompson. Um tempo frio de digestão dos acontecimentos. Justin tinha reunido seus pais e seus irmãos para abrirem, juntos, a Caixa de Pandora com as verdades sobre Matthew e Sybille. Defendeu Gabriel, sem que este soubesse, por ter ocultado aquilo que sabia e acabou conquistando uma compreensão forçada de todos. Exigiu que Edward e Ethan contassem suas versões da verdade. Não era fácil encarar a dimensão dos fatos e quanto tudo aquilo mudaria suas vidas. Mas era necessário.

O perdão para Edward nunca viria. Ele sabia disso. Muito além de manchar a fidelidade do casamento e a lealdade das relações familiares, ele tinha abandonado aquela mulher na Europa, grávida e desprotegida. Mais que isso: tentou comprar deliberadamente seu silêncio e, depois, entregou mãe e filho à própria sorte. O fato de Sybille estar morta inumou qualquer possibilidade de contraponto e para a assunção do argumento havia um espaço considerável entre aquilo que cada um tentava acreditar em seu íntimo e aquilo que passou a constar do saber familiar.

Catherine, por sua vez, optou por um silêncio estratégico. Temporalizar quando e como ficou sabendo de tudo, não a ajudaria sob nenhum aspecto. Pelo contrário, faria dela uma espécie de cúmplice. O que protege o carrasco não é o fio da navalha, mas a máscara silenciosa que esconde seu rosto. Não por acaso Cathy defendeu abertamente Gabriel por seu ato silencioso. Para Edward destinou apenas um olhar seco, misto de decepção e reprovação. Homem sensível e sagaz, ele percebeu que aquele fitar de juízo o acompanhava desde a tarde chuvosa daquele outubro de 2008. Mas estava em franca desvantagem naquele momento e não era prudente levantar mais questões perigosas.

O silêncio de Catherine ultrapassou as fronteiras de sua existência. Numa conversa reservada e terrivelmente dolorosa, decidiu que não contaria a ninguém sobre os ardis de Helen e todas as tragédias provocadas. Impôs à nora uma condição: ela deveria começar, imediatamente, um tratamento psicológico. A própria Cathy a acompanharia. Teriam motivos de sobra para justificar a busca por ajuda dessa natureza, sem que fosse necessário externar à família seus distúrbios mais perversos. Por outro lado, Catherine teria a oportunidade de mostrar a Helen que o exercício da maternidade não é apenas uma jornada abnegada ou uma disputa emocional, mas uma importante e intensa viagem pelos caminhos da vida de uma mulher, de um casal e de uma família.

Por fim, a decisão unânime transpassou o destino de Matthew. O garoto era um Thompson e já tinha passado por agruras demais em pouco mais de catorze anos de vida. Trazê-lo ao seio da família era o mínimo a ser feito naquele momento. Conhecê-lo, ou reconhecê-lo, seria o desafio a partir daquele momento. Novamente, as mãos do destino tinham atuado, determinando que Matthew fosse lançado às mãos de Gabriel, um indelével novo membro daquela família. Justin estava magoado. Mas seu amor era maior.

Como a porção saudável dos seres humanos não é linear, a grande guerra deu-se quando Nicole aproveitou a "sessão verdade" e abriu à família seu relacionamento com Christian Taylor, vinte e seis anos mais velho que ela. Foi uma hecatombe. Edward e Ethan elevaram o tom, vociferando contra "aquele professor criminoso, pedófilo e vagabundo". Catherine tentou falar a favor da filha, mas também sentia alguma repulsa por uma relação, a seu ver, tão díspar. No front, Justin, que já conhecia Christian e a intimidade da irmã, os defendeu com argumentos que versavam sobre caráter, amor e diferenças, assuntos que ele dominava com maestria.

Impossível crer que a família Thompson sairia daquela reunião particular em clima de absoluta paz. Não foi assim. No entanto, uma certeza permeava todos: só o tempo é capaz de acalmar as águas. A ele era entregue a tarefa de traçar uma perspectiva plana. Previsão, de fato, só havia uma: o tempo para os Thompson é rápido, é dinâmico, tem pressa.

O último sábado de janeiro amanheceu sob o mesmo signo dos dias anteriores: frio intenso e ventos cortantes. Apenas a neve tinha dado trégua. Matthew percebeu quanto Gabriel estava entristecido com a ausência de Justin. Naqueles dez longos dias tinham apenas conversado por telefone. A distância física acabou seguindo a lógica da intempérie. Mas, também, agigantou neles sentimentos fortes, como a saudade e a dependência.

O médico teria todo o final de semana de folga e o aquecimento do quarto, somado ao conforto da cama, não pretendiam ajudá-lo a levantar. Deitado, escutava ao longe as risadas de Matthew e da velha Gertrude que, dado o perfume dominante, deveriam estar na cozinha preparando strudel de maçã, seu favorito. Certamente, a cozinha tinha se transformado no palco de uma batalha de farinha.

Gabriel ouviu quando a campainha tocou. Olhou para o relógio de pulso, que marcava 9h26 da manhã. Não tardou para que Matthew entrasse no quarto, ainda mais pálido do que era naturalmente:

— Pai... — o chamamento do garoto tinha um misto de tensão e medo, mas para Gabriel soaram com extrema sensibilidade, provocando emoções desconhecidas. Era a primeira vez que Matthew se referia a ele daquela forma: "Pai". Um segundo, uma palavra, uma referência, na maioria das vezes pode mudar tudo. — Pai, acorda! — repetiu.

— Oi, meu filho... — Gabriel sentiu o sabor novo daquele tratamento, mas havia uma preocupação no ar. — O que foi? O que há de errado?

— É melhor você descer. A mãe do Justin está lá embaixo — o garoto tinha a voz trêmula.

— O quê? — o médico deu um salto da cama, ainda que com dificuldades de acreditar naquilo. — Catherine está aqui?

— Está, sim. E ela quer falar com você.

Ele precisou de poucos minutos para vestir uma roupa mais adequada e ir ao banheiro. Desceu as escadas e avistou Gertrude, servindo, educadamente, strudel de maçã à sua sogra.

— Hum! Esplêndido! Quando desci do carro, senti esse cheirinho bom — dizia Catherine quando Gabriel entrou na sala. — Aí está você, seu dorminhoco! — Levantou-se para cumprimentá-lo. Assim como Nicole, olhava para Matthew e reconhecia com clareza os traços de Edward naquele garoto. Tentou parecer o mais natural possível. — Vim buscar todos vocês pra passarem o final de semana conosco em Holden.

— Cathy, eu acho... — Gabriel teve a real sensação de que aquilo poderia ser apenas um sonho, do qual despertaria em breve.

— Você não acha nada, Gabe! — Catherine foi taxativa, acordando o genro. — Isso não é uma proposta. É uma ordem! — sorriu carinhosamente e mordeu o strudel. — Hum! Isso aqui está maravilhoso!

Quando o carro de Catherine estacionou na casa do lago, em Pine Hill, todos já tinham acordado. Ficaram espantados quando a viram descer do veículo com Gabriel, Matthew e Gertrude. Naquele momento tiveram a certeza de que a matriarca tinha calculado milimetricamente aquele final de semana e por isso os tinha carregado pra lá. Até Mildred e John foram convidados!

Apesar da manhã cinzenta de inverno, alguns raios de sol cortavam as nuvens no céu, tingindo áreas monocromáticas. A família os recebeu calorosamente e o silêncio só se fez presente quando Edward estendeu a mão para cumprimentar Matthew, mirando o fundo dos olhos do garoto, que depois de uma breve hesitação, retribuiu.

— Meu nome é Matthew — apresentou-se. — Você deve ser o Edward, certo?! — ninguém jamais saberá dizer o que passou pela cabeça do jovem naquele momento. Gabriel jurou ter visto olhos marejados. Mildred sentiu uma espécie de sarcasmo sombrio. Para manter em ignorância aqueles que não sabiam da história, o silêncio foi rompido por incontáveis conversas paralelas.

A atenção, então, voltou-se para o outro carro que adentrava os domínios da casa de Pine Hill. Nicole pensou se deveria simular um desmaio. Ed e Ethan entreolharam-se. Em seguida, queriam fuzilar Catherine. Gabriel custou a acreditar. Eram Christian Taylor e sua irmã, a dra. Nancy.

— Pronto! Agora todos estão presentes! — disse Catherine, quase festejando. — Sejam bem-vindos, fico feliz que tenham aceitado meu convite — dirigiu-se ao casal que acabara de chegar.

Com treze pessoas à mesa em Pine Hill, o cenário era de um almoço festivo em família. Até os olhares fulminantes de Edward sobre Christian deixavam claro que se tratava de um pai tentando proteger a filha de um candidato a genro com cara de garanhão maduro. Nada fazia lembrar aquela família que quase foi implodida dez dias antes. "Talvez o tempo dos Thompson seja esse", pensou Gabriel, olhando ao redor. "Ou talvez, encarar o novo universo e adaptar-se tenha sido a melhor opção", concluiu.

O almoço tinha acabado de ser servido, quando Edward ficou de pé e tomou a palavra.

— Peço sinceras desculpas, mas sinto-me na obrigação de dizer algumas coisas. — Ed conseguiu a atenção de todos. — O que tenho a dizer é tão sincero quanto as desculpas que acabei de pedir... — riram, enquanto ele limpava a garganta. — Em primeiro lugar, quero dizer que todos vocês são muito bem-vindos à nossa casa e espero que sobrevivam ao frio desse lugar! — novas risadas acompanharam aquele início de discurso que fazia lembrar os primeiros minutos de filmes trash. — Confesso que minha querida mulher nos surpreendeu ao organizar tão secretamente esse final de semana com toda a família e alguns candidatos a entrar nela. — Ed tinha o tom grave, mas deixou claro sua proposta quase cômica, se não fosse real. — Aliás, minha cara Gertrude, eu ficaria muito feliz se você entrasse para a família Thompson em definitivo... Agora há pouco roubei um strudel de maçã lá na cozinha. Estava divino! — a graça foi incontrolável.

Edward falou por longos dez minutos, discorrendo sobre quase tudo. Irrelevâncias, claro. Porque aquilo que poderia ser mais profundo e denso, ninguém ousaria dizer. Ed cumpriu seu papel de anfitrião e foi bem-sucedido. Quando se preparava para sentar e alguns já alcançavam os talheres, foi a vez de Justin levantar e pedir a palavra.

— Eu sei que todos estão famintos e a comida da mamãe está cheirosa! — deu início ao seu discurso, surpreendendo seus pais e irmãos, já que nunca tinham visto tal movimento em toda vida. — Eu serei breve. Prometo! — Justin afastou um pouco sua cadeira para ganhar espaço. — Meu pai já lhes ofereceu as boas-vindas, para as quais tenho certeza de que toda a família assina embaixo. Mas o que eu vou dizer não tem nada a ver com isso... — alcançou a taça de vinho e deu uma golada, na expectativa de legitimar sua coragem. — Há quase dois anos, eu estava no Aeroporto de Boston quando tropecei e derrubei no chão todas as malas de um brasileiro que tinha acabado de pisar em solo americano. Quando ele me pegou pela mão, me ajudou a levantar e ficamos frente a frente, senti que meu coração tinha sido dominado por um sentimento absolutamente desconhecido. Apaixone-me à primeira vista... — enquanto Justin falava, Gabriel estava mais vermelho que o batom de Nancy. — Depois disso, o destino se encarregou de nossos encontros e desencontros, sem qualquer explicação lógica pra tudo isso. Hoje, eu e Gabriel estamos aqui, juntos, sentados à mesa da minha família, repleta de pessoas que nos são muito importantes. Estamos aqui, juntos e felizes. Não poderia encontrar uma ocasião melhor pra fazer isso.

Justin deixou a mesa, foi rapidamente à sala de Pine Hill, abriu um pequeno baú de madeira, disposto sobre a lareira. De lá, sacou uma delicada caixa preta aveludada. Voltou à mesa, onde todos buscavam compreender o que estava acontecendo.

— Como eu dizia... — retomou o discurso. — Não haveria melhor ocasião para perguntar isso ao Gabriel, diante de todos vocês como testemunhas. — Justin ajoelhou diante da cadeira do namorado. — Eu não tenho a menor dúvida de que você é o amor da minha vida. Gabriel, você aceita se casar comigo? — abriu a caixa, em cujo interior brilharam duas alianças grossas em ouro branco, cada uma delas entremeada com um fio de ouro amarelo.

Gabriel sentiu que seu coração poderia saltar a qualquer momento, tal qual a lágrima que acabara de verter. Tantas coisas passaram por sua cabeça: seus pais, que não estavam ali fisicamente para viver com ele aquele momento; até Matthew, que naquela manhã o chamara de "Pai", e agora sorria, meneando levemente a cabeça, como quem ordena: "Diga sim, diga sim". Gabriel olhou para Justin:

— Sim, mil vezes sim!

Ainda ajoelhado, Justin pegou uma das alianças e colocou no dedo de Gabriel, que fez a mesma ação. Todos à mesa aplaudiram, comemorando.

— Oh! Meu Deus! — repetia Catherine, emocionada. Levantou-se e foi cumprimentar o filho e o genro, no que foi seguida por todos os demais. — Isso é maravilhoso! Agora temos um casamento para organizar!

Um sol avermelhado brilhava fraco naquele fim de tarde, sem amenizar a queda vertiginosa da temperatura. Justin e Gabriel chegaram à entrada da casa e avistaram Matthew, sozinho, na ponta do deque de madeira, às margens do Pine Hill. Foram juntar-se ao garoto, que ouvia música em seu MP4. Aquele era seu lugar favorito.

— Filho, está tudo bem? — Gabriel colocou a mão em seu ombro.

— Sim — respondeu Matthew, tirando o fone do ouvido.

— Matt, eu e o Gabriel temos duas coisas a lhe perguntar — disse Justin. Ao perceber que o garoto aguardava, prosseguiu: — Bom, Gabe tem sua guarda provisória e agora nós vamos nos casar. Isso dará a ele o status de cidadão norte-americano. Nosso casamento é reconhecido legalmente pelo Estado de Massachusetts. Se, a partir daí, eu e ele entrarmos com um pedido de adoção, é quase certo que a justiça conceda sua guarda definitiva e nós seremos seus pais legalmente. Mas precisamos saber de você, com sinceridade. — Justin ajoelhou, como fez ao pedir Gabriel em casamento. — Você aceita ser nosso filho e vir morar nessa casa conosco?

A resposta de Matthew não veio em palavras. Ele abraçou Justin com força e puxou Gabriel, para que se ajoelhasse e se juntasse naquele abraço. Eles já eram uma família e algumas coisas que estavam fora do lugar, nem pareciam existir mais.

Do jardim, Catherine observava a cena no deque, emocionada. Tinha tomado uma decisão acertada ao reunir todos naquele final de semana. Quem poderia imaginar que tantas coisas poderiam mudar, e pra melhor? Foi surpreendida pela chegada de Edward, carregando um copo de uísque:

— Nunca imaginei viver para ver isso — disse Ed, vendo os rapazes e Matthew à margem do lago. — Quando Justin nos disse que era gay, minha primeira reação não foi raiva, decepção ou qualquer coisa assim. Eu tive medo. Medo por ele. Medo por mim. Fiquei apavorado com a possibilidade de vê-lo sofrer de alguma forma.

— Mas por que ele sofreria? — questionou Cathy. — Eles não são diferentes de nós, Ed. Sentem as mesmas coisas. Amam da mesma forma. Os riscos de sofrer são os mesmos, afinal estamos falando de pessoas, de seres humanos. A orientação sexual não faz a menor diferença nesse sentido.

— Eu sei disso. Compreendi com o tempo. — Ed levou o copo à boca. — E hoje, minha querida, naquela mesa, diante de tantas pessoas, eu vi a coisa mais destemida, mais brava, mais corajosa de toda a minha vida.

— São impressionantes as lições que nossos filhos são capazes de nos ensinar. — concluiu Cathy, deixando-o no jardim e voltando para o interior da casa. Edward ficou olhando para os três no deque.

— Você disse que tinha duas perguntas... — retomou Matthew, sentado entre Justin e Gabriel, no deque. — Uma já está decidida. E a outra?

— Matt, nós estávamos conversando lá dentro e concluímos que seria bom fazer uma coisa — desta vez foi Gabriel quem assumiu a palavra. — É um assunto delicado...

— Fala logo, pai! — apressou Matthew. — Seja o que for, nós já tivemos tantas coisas ruins até aqui e mesmo assim continuamos juntos.

— Eu sei, meu filho — Gabriel deu-lhe um beijo na cabeça. — Você não teve o direito de se despedir da sua mãe. E nós queremos levá-lo até a Bélgica para que possa fazer isso. É o mínimo que podemos fazer antes do casamento e de entrarmos com o pedido definitivo de adoção. Você quer ir lá conosco?

Quando Matthew referiu-se às coisas ruins que tinham vivido nos últimos meses, jamais poderia imaginar que a questão lançada por seus novos pais seria de tal magnitude. Ao mesmo tempo, tinha convicção de que esse adeus era necessário, ainda que doloroso. Sua resposta novamente não veio em palavras. Abraçou-os com força.

Após alguns minutos ali, juntos, Gabriel tentou descontrair o clima.
— O que você estava ouvindo?

— Aquele cantor de que você gosta... Rufus Wainwright — respondeu Matthew, colocando um fone no ouvido de cada um de seus pais.

— Uau! Rufus Wainwright? — surpreendeu-se Justin. Ao reconhecer a música "Poses", fez questão de dizer: — Perfeito!

Catherine voltou ao jardim acompanhada de todos os convidados e com uma câmera fotográfica nas mãos. Queria registrar aquele momento especial. Gritou para que Justin, Gabriel e Matthew viessem se juntar ao grupo.

Nicole armou a câmera digital sobre um pequeno tripé e correu para encaixar-se. Da esquerda para a direita: tio John, tia Mildred, Ethan, Helen, Edward e Catherine ao centro, Justin e Gabriel abraçados e com Matthew à frente, Gertrude, Nicole, Christian e Nancy. Todos juntos no jardim, com os rochedos próximos e o lago Pine Hill ao fundo, cercado pela floresta e a neve daquele inverno rigoroso.

Um sábado absolutamente inusitado e inesquecível. Aquela seria a única e última foto com toda a família reunida. Um dia maravilhosamente incomparável.

Um mês após aquele final de semana coletivo no Pine Hill, Justin e Gabriel desembarcaram na Bélgica com a missão de acompanhar Matthew em sua jornada de despedida. O casal tinha convicção de que esse era um rito fundamental para que ele começasse sua nova vida. Mais que isso: o garoto tinha o direito de dizer adeus à mãe, ainda que ela estivesse em seu último leito.

Foram treze horas de voo desde Boston até Bruxelas, com uma escala rápida em Nova York. Todos os novos casais, as novas famílias, antes de legitimar qualquer compromisso, deveriam ser obrigados a realizar uma longa viagem juntos. Elas são emblemáticas e têm o poder de revelar como cada um reage à sensação de inércia comunicativa. Passar metade de um dia sobrevoando o oceano Atlântico, por exemplo, pode expor defeitos, fobias e patetices. Pode-se descobrir que o companheiro é fanático por Cher e Cavaleiros do Zodíaco, enquanto você admira Kyra Sedgwick no papel da delegada-chefe Brenda Leigh Johnson e seu filho acha tudo isso um grande tédio. Se uma família é capaz de sobreviver, sem estresse, a essa disparidade durante uma viagem intercontinental, é possível sonhar com as Bodas de Prata, porque provavelmente o casamento chegará lá.

Os três venceram, com louvor, o desafio. Tomaram um táxi previamente contratado para percorrer os noventa e quatro quilômetros que ainda os separavam da pequena Turnhout, passando pela Antuérpia. Enquanto Justin e Gabriel contemplavam a belíssima chegada à Região de Flandres, para Matthew aquela hora entre a capital e sua cidade natal parecia maior que a travessia do Atlântico. Não conseguia definir seus sentimentos, quiçá suas reações. Em um único minuto, via-se variando entre a ansiedade e o medo, entre a precipitação e a ponderação.

Qualquer adolescente, aos catorze anos de idade, é sacudido pelas mudanças bruscas de sua natureza. Muito além das transformações fisiológicas, as alterações de nível social promovem verdadeiras avalanches nos sentidos. Para Matthew, a intensidade era ainda maior. Quando os caminhos da vida não permitem uma explicação lógica, o que resta é tentar livrar-se dos medos e encarar a estrada. Recuos não eram mais permitidos e suas defesas estavam próximas ao limiar da exaustão.

Passava das dez da manhã quando os três entraram na Dijkzigde, uma rua estreita e extremamente bem conservada na área antiga de Turnhout. Matthew sentiu um frio na coluna quando avistou aquela casa baixa, de telhado inclinado e tijolinhos vermelhos à vista, onde passou sua infância. Quando desceu do carro, por um instante sentiu o perfume de chocolate e baunilha. Acreditou ter visto a própria mãe, sorrindo ao abrir a porta, carregando a velha panela de bronze e suspendendo a colher de madeira para medir a elasticidade do fio doce. Ela lhe oferecia a colher, inclinando levemente o rosto e abrindo farto sorriso, como quem diz: "Venha experimentar! Mas só um pouquinho, viu?!".

— Mamãe... — balbuciou Matthew, imerso em suas lembranças.

— Filho, está tudo bem? — questionou Gabriel, observando o estado do garoto. — Não tenha medo. Nós estamos aqui com você.

— Eu estou bem — revelou, incerto do que dizia.

Foram até a porta e bateram. Não havia campainha. A resposta não veio. Provavelmente, ninguém estaria morando ali desde os tempos em que Sybille partiu com o filho para os Estados Unidos. Matthew sugeriu que fossem até o mercado, no final da rua, onde sua mãe trabalhava. Certamente teriam mais informações, inclusive sobre o local onde ela fora sepultada. Quando começaram a caminhada, um velho de aparência suja, barba branca e comprida e um boné preto, esgarçado pelo tempo de uso, vinha naquela direção, gesticulando e falando algo que parecia uma mistura de francês e holandês.

— Acho que ele está querendo saber por que batíamos à porta da casa... Está dizendo que ele mora ali! — Justin era fluente na língua francesa, mas compreendia com dificuldade o que aquele homem dizia.

Depois de um breve diálogo quase incompreensível, Justin olhou para Matthew e Gabriel e revelou:

— O nome dele é Achiel. Ele mora na casa. — Justin mirou Matthew: — Matt, ele é o pai de Sybille. Ele é seu avô.

O garoto não tinha como reconhecê-lo. Nunca tinha visto aquele homem, apesar de saber a sua história. Por mais que Sybille tivesse tentado poupar o filho dos detalhes mais tétricos de sua relação com aquele homem, deixara evidente sua repulsa desde os tempos de criança até o momento em que ele a abandonou para ir trabalhar no Mar da Noruega.

Aquela repulsa agora invadia os sentimentos de Matthew, que instintivamente foi se encostando cada vez mais em Gabriel.

— Ele está dizendo que veio pra cá assim que soube da morte da filha. Disse a ele que nós somos amigos de Sybille — percebendo a tensão do garoto, Justin questionou, facultando-lhe a decisão importante. — Matt, devo dizer quem é você?

Matthew respondeu com um leve aceno negativo com a cabeça. Apesar da pouca idade do garoto, tanto Gabriel quanto Justin sabiam que aquela era uma decisão que não lhes cabia. De alguma forma, compreendiam a reação do filho e aquela era uma deferência robusta, apesar de difícil.

O velho Achiel, por sua vez, reconheceu em Matthew os olhos de Sybille e até os seus. Na maioria das vezes, basta um olhar para que reconheçamos os nossos. Teve a certeza quando os convidou a entrar naquela casa e observou que o garoto não tinha expressão de novidade. Seus gestos guardavam memórias. "Filho de quem é, provavelmente veio aqui com esses caras pra tentar me tirar da casa", pensou. Mas antes que qualquer conclusão pudesse ser cogitada, Justin antecipou-se em dizer que estavam ali apenas para tentar descobrir onde Sybille tinha sido enterrada, para que pudessem ir ao seu túmulo.

O homem foi à cozinha e voltou de lá com um papel pardo, onde anotara os dados do jazigo de Sybille, no Cemitério de Turnhout, que, segundo ele, ficava próximo dali, a uns dois quilômetros. Gabriel percebeu que Matthew não estava se sentindo bem naquele local, em meio a tantas recordações severas. Trataram de se despedir daquele velho frio e deixaram a casa minutos depois. Já distantes uns cento e cinquenta metros, foram surpreendidos pelos chamamentos de Achiel, vindo ao encontro deles. Nas mãos, ele tinha algo semelhante a um caderno velho.

Sem dizer uma única palavra, o entregou ao garoto. Lia-se na capa: "Para meu filho Matthew — Receitas para fazer da vida um chocolate menos amargo". O silêncio tem sinônimos precisos e adequados para cada situação. E aquele era um momento que não exigia qualquer ruído. Tudo já estava dito.

Matthew, Gabriel e Justin entraram no Cemitério de Turnhout por um portão branco na Kwakkelstraat. Atravessaram a estreita alameda de túmulos organizados e bem cuidados. Desceram um pequeno lance de escadas, próximo ao grande Cristo crucificado que dava as costas para uma nova ala de jazigos, seguida por um extenso campo gramado, aguardando seus novos moradores perpétuos.

Não foi difícil encontrar a lápide simples, em rocha lisa acinzentada, onde o nome Sybille Genezen constava em ferro escuro. Matthew ajoelhou e depositou o ramalhete ralo de copos-de-leite, comprado minutos antes na entrada do cemitério. Justin e Gabriel se ajoelharam, como esteios a ladear o filho, sustentando-o. Ele abriu o velho diário que lhe fora entregue pelo avô naquela manhã e leu a primeira página escrita à mão:

Matthew, meu filho

Não sei em que momento ou circunstância da vida você irá ler esse diário. Nem ao menos sei se um dia irá fazê-lo, mas espero que sim. Nunca confiei suficientemente na memória para delegar a ela a tarefa do registro. A memória é falha. Ela vacila. Muitas vezes prefere esquecer. E se há uma coisa que de fato me assusta é o esquecimento. Escrevo este diário para que você nunca me perca e para que eu não o perca também. Quero sempre estar presente em sua vida. Quando isso não for mais possível, que essas páginas lhe sejam não apenas companhia, mas a lembrança indelével de alguém que amou você mais que a si, que amou você mais que tudo!

Com amor, Sybille

Na página seguinte, Matthew encontrou duas fotos de sua mãe, coladas na frente e no verso da folha. Havia a marca de uma terceira, que fora extraída e deixara registros de cola e alguns pequenos rasgos.

— Matt... — disse Gabriel — quando meus pais morreram, eu não conseguia imaginar como seria a vida sem eles. Foi muito difícil, mas eu precisava seguir em frente, precisava continuar. Hoje estou aqui, com você, com o Justin, formando uma nova família. — A voz do médico embargou, mas ele prosseguiu. — Tenho certeza de que meus pais, onde quer que estejam, estão felizes por mim. Tenha certeza de que sua mãe está feliz por você. — Gabriel voltou-se para a lápide, falando à defunta. — Sybille, não se preocupe. Nós vamos cuidar do Matthew.

— Quero lhe ensinar uma oração — disse Justin, pegando a mão de Matthew e pedindo que ele alcançasse a de Gabriel. — Ela diz tudo que precisamos ter ao longo da vida. Chama-se Oração da Serenidade: "Deus, concedei-me a Serenidade para aceitar as coisas que não posso mudar. Coragem para mudar o que posso. E a Sabedoria para saber a diferença".

Não se pode afirmar quanto tempo ficaram ali, em silêncio, após a oração. Ao longe, Achiel os observava. Do bolso da jaqueta jeans, tirou uma foto de Sybille, arrancada do diário que agora estava com Matthew. Fosse como fosse, nem ele pretendia esquecê-la. Guardou novamente a fotografia e desapareceu por entre os túmulos, antes que pudesse ser notado. Foi-se com a certeza de que, para algumas decisões na vida, nunca há perdão.

Quando os três decidiram que era hora de partir, Matthew voltou correndo ao jazigo, descolou com cuidado uma das fotos do diário e a prendeu entre o nome e o sobrenome da mãe, cravados na lápide.

— Pra que ela não se perca — explicou aos pais.

O casamento de Justin e Gabriel foi num sábado de primavera, dia 29 de maio de 2010, nos jardins da casa do lago Pine Hill. Edward e Catherine sugeriram que o presente da família ao novo casal deveria ser aquela casa, tão adorada pelo filho. A aprovação fui unânime. É bem verdade que Gabriel, Justin e Matthew já estavam praticamente morando lá, e o garoto já estava estudando na Wachusett Regional High School desde que voltaram da Bélgica, em fevereiro. Raras eram as noites que passava na casa daqueles que, em tese, se tornaram seus avós, na Tanya Drive.

Cathy já tinha passado quase toda a manhã coordenando os últimos preparativos para a festa. A pedido dos noivos seria uma cerimônia simples. Mas isso era um pedido bastante inconcebível para aquela mãe. Cuidou de cada detalhe com esmero. Uma tenda branca foi instalada no jardim onde cento e cinquenta cadeiras de madeira foram posicionadas de forma a contemplar o lago e o altar, também em madeira, coberto de flores. Na parte externa da tenda, um pequeno palco foi instalado para a banda e uma pista de dança com piso iluminado. Por todo o jardim, postes lembravam tochas, com luzes amareladas. A escadaria entre os rochedos e o deque também foram amplamente iluminados. Este último tinha em suas margens arranjos florais. Como detalhe último, duas dezenas de pequenas balsas iluminadas boiavam nas águas do Pine Hill.

Já passava das quatro da tarde quando Catherine deu-se por satisfeita. Precisava voltar para casa, em Holden, e se arrumar. Quando desceu a varanda de entrada e caminhava em direção a seu carro, teve um déjà vu. Dessa vez não era uma Ford velha, mas uma pick-up Dodge preta. E o conteúdo era exatamente o mesmo de quase quarenta anos antes: Jeffrey.

— Ei, Cat! — disse Jeffrey, ao descer do veículo.

— Jeff? — Cathy ainda não conseguia acreditar, estupefata.

— Quem mais só aparece em dia de casamento? — perguntou o rancheiro, abrindo um saudoso sorriso.

*

Gabriel ajeitou pela última vez o colarinho alto e gomado exigido pela casaca. Nancy o ajudava com os últimos retoques no cabelo, quando Gertrude entrou:

— Querido, você está lindo! — disse a velha senhora, comovida. — Eu deveria estar muito feliz por você, pelo Justin e pelo Matthew. Mas só em pensar que a partir de amanhã vocês não vão mais estar morando na minha casa, meu coração aperta.

— Venha cá, Gertrude! — Gabriel puxou-a para um abraço apertado. — Você está pensando que eu vou deixar você em paz tão fácil? Nem sonhe com isso. Eu vou estar sempre aqui. Eu não vivo mais sem seu bolo de carne e seu strudel de maçã!

— Qualquer coisa, eu me mudo pra cá! — brincou Nancy. — Vamos ficar velhinhas juntas!

— Eu nem sei como lhes agradecer. — Gabriel sentiu o nariz comichar e os olhos se encherem d'água. — Quando cheguei aqui, há quase dois anos, eu não tinha ninguém. Hoje tenho uma família e vocês fazem parte dela!

— Gabe, se eu chorar vai borrar toda a maquiagem! — Nancy secava com cuidado as lágrimas que saltavam.

— Nada disso teria acontecido na minha vida sem vocês duas — Gabriel chorou. — E você, dra. Nancy, disse que eu gostaria de passar um final de semana em Holden. Veja só o que você me arrumou!

— Naquele dia eu tinha pensado só num final de semana de relaxamento. Mas você foi logo arrumando marido e filho! — a médica sorriu.

— Por falar em filho, alguém viu o Matthew? — questionou Gertrude.

— Matt vai para a cerimônia com Nicole. Disse que não quer que ninguém o veja pronto antes do casamento. Mas eu tenho certeza de que eles estão armando alguma. Ele e Nick ficaram ao telefone a semana inteira — Gabriel estava desconfiado.

— Então vamos logo! Você não é noiva, Gabe, é noivo! Não tem o direito de chegar atrasado! — brincou Nancy.

— Só um minuto — Gertrude interrompeu. — Antes de sairmos para a cerimônia, eu tenho um pedido a fazer.

— Claro! O que quiser. Há alguma coisa errada? — perguntou Gabriel, com certo tom de preocupação.

— Não há nada de errado, querido. Só quero te pedir uma coisa. Aqui nos Estados Unidos, nós cumprimos uma tradição para dar sorte e longevidade ao casamento: a noiva deve usar "algo antigo, algo novo, algo emprestado e algo azul". Como não vai haver noiva nesse enlace, achei que você deveria usar isso... — Gertrude tirou da bolsa de mão um lenço finíssimo em seda azul. — Irving usou esse lenço no nosso casamento e eu gostaria de dá-lo a você, para que o use no seu.

— Oh! Meu Deus! — Gabriel sentiu o ar lhe faltar. — Gertrude, eu não posso aceitar isso.

— Por favor, aceite! Tenho certeza de que ele adoraria vê-lo usando esse lenço no dia do seu casamento — Gertrude arrumou-o delicadamente no bolso da casaca. — Perfeito!

— Obrigado! Você é muito especial, "vovó"!

— Espere! Espere! Espere! — acenou Nancy. — Gabe, você já tem o "algo antigo" e o "algo azul". O "algo novo" são esses sapatos maravilhosos que você comprou em Boston. Mas e o "algo emprestado"? Vou resolver isso — a médica correu até sua bolsa e pegou uma caneta Mont Blanc. — Está resolvido! Você vai levar a minha caneta para assinar o documento do casamento!

— O que seria da minha vida sem vocês? — Gabriel as abraçou.

— Agora vamos logo! Já estamos atrasados!

— Senhoras e senhores, estamos aqui reunidos para testemunhar a união de Justin Thompson e Gabriel Campos — o oficial de justiça deu início à cerimônia sob os olhares emocionados do casal e dos convidados. — Por favor, concedam-nos a honra de ouvir seus votos.

Gabriel foi o primeiro:

— Justin... Eu poderia apenas dizer "Te amo" e tudo estaria explicado. Mas, agora há pouco, antes vir encontrá-lo aqui no altar, Gertrude me contou que vocês, norte-americanos, têm a tradição de que a noiva deve usar em seu casamento "algo antigo, algo novo, algo emprestado e algo azul". Não há uma noiva nessa cerimônia e sim um homem extremamente feliz e apaixonado, diante de outro homem que deseja recebê-lo como marido... Mas que ninguém se engane... eu estou com todos os "algos", como manda a tradição! Que bom que há tantas "coisas antigas" a rechear nossas memórias e nossas relações e determinar o que somos hoje e o que estamos prestes a fazer. Quantas "coisas novas" já temos, juntos, muito antes de dizer "sim" oficialmente e quantas outras virão. Muitos dizem que a felicidade só depende de cada um, mas isso não é verdade. Para que nossa felicidade seja completa, precisamos das "coisas emprestadas", do carinho, afeto e amor que recebemos da família e dos amigos. E, por fim, o azul é uma cor que simboliza tudo que é estável, profundo, leal, sábio e eterno. Então, que o nosso amor e o nosso casamento sejam uma grande "coisa azul". Eu te amo, Justin.

Justin tomou a palavra para seus votos:

— Gabriel... Lembro perfeitamente da primeira vez que estive aqui nesse local, às margens do lago Pine Hill. Ainda era uma criança e disse aos meus pais: "Quero me casar nesse lugar!". Um amigo querido sempre me disse pra ter cuidado com aquilo que desejamos, porque pode acontecer! Está acontecendo agora. E que bom que está acontecendo agora, porque, antes de conhecer você, eu achava que era completo. Tinha uma família carinhosa e feliz, uma vida confortável, um trabalho honesto e alguns bons amigos pra compartilhar o tempo e as conquistas. Daí eu conheci você e meu mundo mudou. Com você, aprendi a observar os seixos rolados no fundo de um lago. Muitas vezes, olhando de fora, achamos que são águas turvas e sentimos medo. Você me ensinou que, por mais que elas pareçam assim, basta ter a coragem de mergulhar. Só assim podemos descobrir que tudo não passava do reflexo da luz nas pedras lisas no fundo do lago... Só com a coragem de mergulhar é que temos o privilégio de ver quão cristalinas são suas águas. Talvez não seja por acaso que, quando criança, eu disse que queria me casar aqui, no lago. E um anjo ouviu o meu pedido e o realizou. Aqui estamos nós dois, prontos para o mergulho. Eu te amo, Gabe!

— Por favor, tragam as alianças — pediu o oficial de justiça, atendido imediatamente por Matthew, que as conduziu ao altar. Mas o garoto não voltou ao seu lugar. Desceu e desapareceu em meio aos convidados.

— Justin, por favor, aceite essa aliança como símbolo do carinho, da minha lealdade e do meu mais profundo amor — disse Gabriel, enquanto colocava a aliança em Justin.

— Gabriel, por favor, receba essa aliança como símbolo do meu amor, da minha fidelidade e de absoluta devoção.

— Assim... — prosseguiu o oficial — pela autoridade que me foi concedida pelo Estado de Massachusetts, eu vos declaro oficialmente casados.

O beijo do casal foi interrompido pela ovação dos convidados. Até Mildred, que um dia jurou jamais comparecer ao casamento gay de Justin, lá estava secando as lágrimas. Os noivos ainda não tinham deixado o altar, quando foram surpreendidos pelo som de um violão. Todos viraram para o pequeno palco, onde Matthew começou a tocar e cantar "Bridge Over Troubled Water".

Justin e Gabriel foram realmente surpreendidos e ficaram mais emocionados do que já estavam. Já tinham mergulhado naquelas águas. Um mergulho profundo.

submersos

Cada alma, em seu universo isolado, busca refúgio estabelecendo algum distanciamento da realidade imposta. Talvez essa seja a melhor definição para o comportamento de toda a família Thompson nos meses seguintes ao casamento de Justin e Gabriel.

O casal e seu filho Matthew se entocaram na casa do Pine Hill e estavam vivendo aquele momento fundamental de descoberta das relações. Não havia espaço para os problemas familiares. Apesar de todo o passado catastrófico, o garoto passou bem por seu primeiro ano na Wachusett Regional High School. Suas notas finais foram excelentes, fez amigos e, ainda que com o sotaque europeu carregado, parecia um distinto cidadão de Holden desde o nascimento. Continuava a ter aulas de violão e desde a leitura do diário deixado por sua mãe, escrever passou a ser sua obsessão. Escrevia muito, sempre. Escrevia sobre tudo.

Gabriel concluiu sua especialização em Cardiologia e foi imediatamente contratado pelo UMass. Acalentava o desejo de ter seu próprio consultório, mas o volume de trabalho parecia ter triplicado desde que sua amiga, e agora ex-tutora, Nancy Taylor assumira a direção da Clínica do Coração do hospital. Eles pretendiam implantar um novo modelo de gestão, mais humano, e isso demandava esforço e dedicação quase exclusivos. Mas o médico também aprendeu a valorizar o tempo de folga de sua atividade profissional. Agora tinha um marido, um filho e uma casa enorme que precisavam dele tanto quanto os pacientes infartados. Agora tinha uma família de verdade.

O declínio da economia americana teve efeitos reais sobre a ETS, e Justin passou o restante dos meses de 2010 tentando conter a queda vertiginosa na venda de automóveis. Além disso, seguiu observando de perto as atividades suspeitas de Ethan e John nas filiais. Ao lado da assessora Emma, plantou armadilhas, colocando sob a responsabilidade do irmão e do tio as concessionárias com maior prejuízo no primeiro semestre. Mas não poderia fazer qualquer suposição ou acusação sem ter provas factuais das fraudes. E para isso precisava de tempo e análise. As ratoeiras já estavam armadas e agora era uma questão de ter paciência.

Se Pine Hill era a residência de uma família em construção, a casa dos Thompson na Tanya Drive caminhava em sentido oposto, desconstruindo-se. Edward fingia estar pleno e feliz, mas essa versão era contrariada pelo aumento exponencial no consumo de uísque. Passava dias enfurnado no escritório, em uma espécie de depressão, sentado na cadeira e aguardando algum salto no ponteiro dos relógios da vida. Se alguém entrava, ele punha-se à farsa de estar lendo relatórios, enviando e-mails ou até lendo os jornais. A verdade é que sua vida estava se resumindo a um copo na mão.

Catherine embarcou para outro planeta. Sua atenção ao marido era quase nula. Intensificou sua dedicação aos jardins da casa na cidade e em Pine Hill. Descobriu em Matthew uma experiência completamente nova e, com ele, passava horas sentada no gramado ou no grande deque, contando histórias e dividindo boas gargalhadas. Gostava da companhia do garoto e sentia a recíproca verdadeira. Como combinado, passou a acompanhar Helen em demoradas sessões com um psicanalista e uma psiquiatra, três vezes por semana em Worcester. Inventaram um curso de pintura para não levantar quaisquer suspeitas na família, mas sabiam que Mildred estava com uma pulga atrás da orelha. Ethan também sentiu mudanças expressivas na mulher, mas não teve a sensibilidade de perceber que ela estava em tratamento médico. Preferiu acreditar que a arte, por si só, estava curando Helen de males que nem ele tinha conhecimento. Dizem que os homens são facilmente ludibriados, mas, na verdade, eles é que parecem optar pelo engodo.

Enganado também permaneceu o professor Christian Taylor. Depois de flagrar toda a conversa entre Nicole e Thomas no estacionamento da WRHS, em vez de tentar um diálogo franco e aberto sobre a relação, decidiu partir para uma série de adulações temerárias, disfarçadas de galanteios românticos. Sob essa máscara, passou a adotar uma postura possessiva e centralizadora, tal qual um ditador prestes a ser deposto. O carro de Nicole parado na garagem durante um mês inteiro dá a dimensão desse controle. Christian buscava e levava a namorada aonde quer que fosse. Termo equivocado este: passarinho de estimação. Não é possível conceber que alguém tenha qualquer estima real por algo que precisa ser aprisionado. O amor verdadeiro exige liberdade. Nicole já começava a sentir a estreiteza da gaiola.

Em outra prisão íntima, Catherine tentava oprimir as águas revoltas provocadas pelo reaparecimento de Jeffrey. Ela nunca soube quem teria resgatado seu amor do passado. Ele disse ter lido a notícia do casamento nos sites dos jornais *The Landmark* e *The Daily Holden*, sem tê-la convencido por completo. O que não foi dito é que Nicole havia enviado, secretamente, o convite de casamento, dois dias após ter lido as correspondências antigas entre sua mãe e o rancheiro de Middletown Springs, encontradas sob o piso do sótão na casa de Pine Hill, durante as primeiras arrumações para a festa e para a mudança de Justin e Gabriel.

Parece impossível duas pessoas ficarem quase quatro décadas sem se ver e, quando se reencontram, apenas um olhar faz os corações palpitarem com aquele frescor típico dos vinte anos. Naquele dia não trocaram muitas palavras. Apenas o suficiente para resgatar também o velho hábito da troca de correspondências. Não mais pelo correio. Agora se falavam com frequência por e-mail, o pombo eletrônico bem mais seguro.

Assim é o coração, sujeito às intempéries. Ele tem armadilhas capazes de corromper qualquer inteligência. Por sua natureza, o amor não produz certezas.

— Gabe, onde vocês estão? — perguntou Justin em sua enésima ligação naquele início de noite, véspera de Natal.

— Daddy J, nós já estamos chegando... — respondeu Matthew. O celular de Gabriel estava com o Bluetooth ativado e conectado ao Citroën C4 Aircross que comprara recentemente.

— Meu amor, estamos na Reservoir Street. Daqui a pouco chegamos em casa — disse o médico.

— Considerando que vocês ainda vão ter que chegar aqui e se arrumar, nós vamos nos atrasar para a ceia de Natal... Mamãe vai ficar furiosa! — continuou Justin, em tom chavão dos maridos.

— Justin, nós não vamos nos atrasar — afirmou Gabriel, categórico. — Mas também não posso andar mais rápido do que já estou. A neve que caiu na estrada a lubrificou como KY!

— Gabe, eu não quero que corra! É perigoso demais! — Justin depois falou ao filho: — Matt, não deixe seu pai correr, ouviu?!

— Na verdade estamos indo devagar até demais — respondeu Matthew, enfadado.

— Não estamos "indo devagar até demais" — Gabriel discordou em deboche. — Isso aqui não é a vigésima quinta continuação de *Velozes e furiosos*!

— O.k., mocinhos! Estou esperando vocês em casa!

— Te amo, daddy J! — disseram, em uníssono, Gabriel e Matthew, iluminando o carro com seus sorrisos.

Ao contrário do calor emanado dentro do Aircross, o frio intenso daquele final de dezembro de 2010 tingiu de branco as florestas de bétulas, áceres e pinheiros ao redor de Holden. Gabriel tinha descido a Worcester para uma visita especial aos seus pacientes no UMass, no que foi carinhosamente acompanhado pelo filho, Matthew. Tão logo desligou o telefone, Gabriel retomou a conversa com o garoto, interrompida pela ligação do marido:

— Vullen, a propósito daquilo que estávamos conversando, os grandes mitos da ficção, os que realmente merecem destaque, não têm medo do inimigo. A grande batalha que travam é com sua própria fração humana. Com aquelas necessidades básicas do homem em sociedade, especialmente quando diz respeito ao amor, como carinho, beijo, sexo — seguiu o pai, externando suas opiniões, após ler diversos apontamentos de histórias escritas pelo filho num caderno preto de capa dura.

Aquele 24 de dezembro de 2010 marcou a última ceia com todos os lugares da mesa dos Thompson ocupados. A casa da Tanya Drive estava milimetricamente decorada, a mesa era farta e não faltaram garrafas de Cabernet Sauvignon para brindar à festa. A base da árvore de Natal praticamente desapareceu embaixo de tantos presentes. Mas tudo não passava de um belo Papai Noel disfarçado em veste vermelha e branca e com o saco cheio.

Quando o relógio soou meia-noite, Matthew deixou de lado seu deslumbramento pela locomotiva percorrendo a vila em miniatura para os abraços de Feliz Natal e a entrega dos presentes. Ethan pediu a palavra:

— Família! — ele pediu a atenção de todos. — Eu e Helen queremos falar uma coisa... Nós sabemos que mamãe e Nicole devem estar furiosas por não termos, aparentemente, nenhum presente a lhes dar. — Ethan foi interrompido pelos protestos de Cathy e Nicky e pela gargalhada dos demais. — Mas... as aparências enganam! — voltou-se para a esposa. — Eu falo ou você fala?

— Não sei. Fale você! — respondeu Helen.

— Não, querida, é melhor que você fale!

— Ethan, eu não sou boa pra essas coisas...

— Mas, meu anjo...

— Helen está grávida! — bradou Justin, antecipando a notícia. — Me perdoem! Mas não aguentei a tensão.

— Oh! Obrigada, Justin! — disse Helen, constrangida.

— Obrigado mesmo, Justin... Por estragar a surpresa! Como você ficou sabendo?

— Helen me contou hoje cedo — Justin estava duplamente constrangido, mas não conseguia suportar aqueles jogos.

— Meu Deus! Isso é maravilhoso! — festejou Edward.

A notícia foi um grande presente para a família. Catherine foi pega de surpresa e temia pela nora ainda em tratamento, mas mostrou-se verdadeiramente feliz com a perspectiva de um novo neto.

— Vamos ver se essa mocinha vai segurar essa criança desta vez! — cochichou Mildred ao ouvido de John. E foi logo abraçar Helen. — Oh! Querida! Venha cá. Dê-me um abraço! Esse foi o nosso melhor presente de Natal de todos os tempos, não é, John?! Agora vamos ter nosso primeiro sobrinho-neto!

— E eu? — questionou Matthew, quanto àquela afirmação.

— Ah! Me desculpe. É verdade! Nós já temos um sobrinho-neto. Tão querido! Vamos ter nosso segundo!

— Um brinde! — interrompeu Edward, conclamando a família a erguer suas taças. — Um brinde a mais um Thompson que está a caminho!

A segunda-feira, dia 27 de dezembro de 2010, começou como um dia comum, seguindo os hábitos saudáveis impostos por Gabriel, o "cuidador dos corações". Mesmo com o inverno rigoroso, os três acordavam cedo e corriam três quilômetros às margens do Pine Hill. Depois chegavam em casa e tomavam juntos um belo café da manhã. Estavam à mesa quando o celular de Justin tocou. Era Ileana Northfleet, advogada da ETS. Pediu licença ao marido e ao filho e quebrou a regra de nunca atender telefonemas durante as refeições. Atendeu-a na varanda, numa conversa que não durou mais que cinco minutos. Voltou à mesa e disse, em tom grave:

— Ethan e tio John estão presos.

— O quê? — Gabriel levantou-se, incrédulo.

— Foram presos nessa madrugada, na sede da ETS — revelou Justin, completamente tenso. — Eu preciso descer imediatamente para Worcester.

— Mas o que aconteceu? Foi aquela história que você estava investigando com a Emma? — questionou o médico, com quem Justin não mantinha segredos.

— É bem provável... Mas ainda não sei os detalhes... A dra. Ileana só pediu pra que eu vá pra lá. — Justin alcançou o sobretudo no suporte para roupas, vestindo-o sobre o terno escuro, já de saída: — Gabe e Matt, por favor, não falem nada ainda para a família. E se alguém ligar pra cá, encaminhem para a Emma na ETS, o.k.?!

— Justin! — interceptou Gabriel, ao lado de Matthew, que estava visivelmente assustado. — Eu vou cancelar meu plantão e nós vamos com você.

— De jeito nenhum, meu amor! Vocês ficam aqui... É melhor mesmo que você cancele seu plantão, mas fique aqui em Holden. Tenho certeza de que vou precisar de vocês aqui.

— Promete que você vai ter cuidado? — pediu Gabriel.

— Eu prometo. Mas agora eu tenho que ir.

— Daddy J, não corra! — exigiu Matthew.

— Não se preocupe, Vullen. Vai ficar tudo bem.

Gabe e Matt ficaram à varanda de entrada da casa do Pine Hill, acompanhando Justin sair em alta velocidade em seu carro, desaparecendo em meio à névoa matinal e aos troncos grossos dos pinheiros que ladeavam o caminho.

Quando Justin chegou à sede da ETS, na esquina da Franklin com a Foster Street, em Worcester, deparou-se com dezenas de carros do FBI e um batalhão de jornalistas. Desceu com dificuldade até o estacionamento privativo da diretoria, vendo os agentes carregando computadores, notebooks, arquivos e muitos documentos para os veículos oficiais. Assim que desceu do Hummer, um homem alto, magro e de bigode espesso, trajando um terno caramelo, veio em sua direção.
— Sr. Justin Thompson?
— Sim, senhor.
— Meu nome é Stefano LaBelle — estendeu a mão em cumprimento. — Sou o agente do FBI que está conduzindo essa operação. Temos mandatos de busca e apreensão contra sua empresa. Também estamos cumprindo, simultaneamente, outros dezesseis mandatos de prisão aqui e em outras filiais da ETS em três estados. — Percebendo que Justin estava atento às informações, mas bastante tenso, LaBelle esclareceu: — Seu irmão, Ethan Thompson, e seu tio, John Collins, foram presos, acusados de diversas fraudes comerciais e financeiras, assim como seus cúmplices nas filiais de Connecticut, New Hampshire e do Maine.
— Agente LaBelle, eu acredito que... — Justin, assustado, mas já ciente do que se passava, foi interrompido pelo oficial.
— Sr. Thompson, como presidente da ETS, você só não está sendo preso porque escutas telefônicas autorizadas pela Justiça de Massachusetts interceptaram diversas conversas entre você e uma assessora... — o

agente consultou os papéis em mãos. — O nome dela é Emma Elmhirst. As investigações concluíram que você também estava sendo enganado e já tinha ordenado a criação de armadilhas para pegar os fraudadores. Lamento que eles sejam da sua família.

— Eu já desconfiava, Sr. LaBelle — acrescentou Justin, num misto de raiva, constrangimento e humilhação.

— Não se preocupe quanto à imprensa. Nós já conversamos com a advogada da empresa e sua assessoria de comunicação. Ainda não foi dada nenhuma declaração aos repórteres.

— E como eles ficaram sabendo dessa operação, agente LaBelle? — questionou Justin.

— Você sabe como é, né?! — respondeu o oficial, afagando o enorme bigode com os dedos. — Os jornalistas são cobras criadas, sempre descobrem tudo!

Catherine estava tirando a neve acumulada em frente à sua casa quando viu o carro de Mildred entrar em alta velocidade pela Tanya Drive, cruzando a rotatória final numa linha reta. A mulher desceu do carro desesperada, aos prantos e gritando:

— Cathy! Cathy! Em nome de Deus, por que estão fazendo isso conosco?

— O que está acontecendo, Mildred? — Catherine assustou-se. — Me diga o que está havendo.

— Eu acabei de ver na TV. Está dando em todos os jornais! — Mildred não conseguia unir os pensamentos. — Eles vão acabar conosco! Vão nos destruir! É o nosso fim!

— Ei! O que está acontecendo aqui? — perguntou Nicole, saindo de casa acompanhada por Edward, após ouvir os gritos da tia. — É um ataque terrorista? Uma invasão alienígena?

— É muito pior! Muito pior! — a tia não parava de soluçar, em desespero. — Ed, você precisa fazer alguma coisa... Eu não confio no Justin nessas horas!

— Pelo amor de Deus, Mildred! Tente se acalmar e nos dizer o que está acontecendo — pediu Edward, logo percebendo que algo muito sério estava em curso, já que os carros de Gabriel e Helen também acabavam de estacionar em frente à sua casa.

— Como ficar calma? Oh, meu Deus! Eu preciso de um remédio pra minha pressão — Mildred não conseguia concluir os raciocínios.

— Foi o Justin? O que aconteceu com meu filho? — Catherine sentiu uma pontada no coração ao imaginar que algo ruim pudesse ter acontecido ao filho do meio.

— Não, Cathy! — interveio Gabriel, chegando às pressas, seguido por Matthew e Helen, que também estava com cara de desespero. — Não foi com o Justin.

— Gabe, me diga logo o que está acontecendo, antes que minha cabeça exploda! — implorou Edward.

— Tio John e Ethan foram presos — anunciou Gabriel, tratando de antecipar as explicações em meio à chuva de perguntas. — Justin já está na sede da ETS com os advogados. Eles estão sendo acusados por fraudes comerciais e financeiras.

— Mas isso não é possível! — bradou Ed. — Isso é um completo absurdo! Não pode ser verdade...

— Onde eles estão? Onde eles estão? — Catherine indagava sem cessar, derrubada em prantos.

— Agora nós precisamos tentar manter a calma — pediu Gabriel, sentindo a dificuldade de ser atendido. — Vamos entrar e eu explico tudo. Mas nós precisamos manter a calma... Só assim vamos poder ajudá-los.

Como numa combinação prévia, todos os telefones da casa e celulares começaram a tocar. Não havia a menor possibilidade de esconder aquela situação. Todos os noticiários da Costa Leste dos Estados Unidos já estavam anunciando a operação do FBI na ETS. Apenas a CNN e a WCVB-TV, afiliada da ABC em Boston, mostravam alguma cautela nas informações. Alguns veículos de comunicação já falavam no caso como o maior escândalo automotivo da história dos Estados Unidos.

Os dias seguintes à explosão do caso foram sôfregos. Justin, com a ajuda do pai, montou um gabinete de crise na sede da ETS. Gabriel encafuou o resto da família na casa do Pine Hill, mais isolada e onde o acesso da imprensa e dos curiosos seria infinitamente mais difícil. Ainda assim, um paparazzo, escondido na margem oposta do lago e com lentes potentes, conseguiu tirar várias fotos dos Thompson nos jardins da casa. No dia seguinte, essas fotos estampavam a capa de alguns jornais e revistas. Dentre os tabloides sensacionalistas, o que foi mais comedido dizia: "Escândalo — Obsolescência Planejada: veja o estilo de vida luxuoso dos donos da ETS".

Por sorte, se assim é possível expressar, o Caso ETS, como ficou conhecido, estourou à véspera das festividades do Ano-Novo. No final de semana da virada, o assunto ainda ganhava páginas internas, mas não tinha mais apelo de capa, o que ajudava no processo de arrefecer o imbróglio entre a verdade dos fatos e as especulações da mídia.

Ainda assim, um notável colunista do *The Boston Globe* fez uma miscelânea entre o Caso ETS e as tentativas de retomada da economia norte-americana, acusando não apenas a empresa, mas a maioria das montadoras em crise de praticar a Obsolescência Planejada como estratégia criminosa para manter a circulação de capitais no setor. Quando 2011 raiou, duas das principais indústrias fornecedoras que tinham a ETS como concessionária exclusiva na região da Nova Inglaterra suspenderam os contratos e entraram com processos judiciais exigindo indenizações milionárias da empresa dos Thompson.

Os advogados da ETS só conseguiram a soltura de Ethan e John na terça-feira, dia 11 de janeiro de 2011, após o pagamento de oitocentos mil dólares de fiança. O primeiro ato de liberdade foi uma reunião particular, no escritório da casa de Holden, onde estavam presentes apenas Edward, Justin, os dois acusados, a Dra. Ileana Northfleet e três dos melhores advogados de Massachusetts, contratados a peso de ouro. Lá, Ethan e John viram-se obrigados a confessar, à minúcia, o passo a passo do golpe que vinham aplicando na empresa desde o início de 2008.

Primeiro tinham testado o plano em filiais menores no Maine e em New Hampshire. Depois expandiram para cidades em Vermont e Rhode Island. Como não tinham sido notados, inseriram concessionárias de Massachusetts e Connecticut. Foi nesse momento que a assessora de imprensa Emma Elmhirst detectou uma série de reclamações correlatas de clientes e desconfiou, produzindo o primeiro relatório. Sem saber que Ethan e John eram os cabeças do esquema e tendo-os como representantes dos setores Comercial e Financeiro, respectivamente, entregou-lhes sua suspeição.

Diante daquele perigo, tio e sobrinho tinham duas opções: ou confessavam a Justin e o convenciam a permitir a Obsolescência Planejada como uma estratégia de mercado; ou deveriam partir de forma agressiva na tentativa de desqualificar o presidente da ETS e conquistar o apoio de Edward. Como tinham a certeza de que Justin jamais aceitaria a prática de fraudes comerciais na empresa, a segunda opção foi levada a cabo, culminando naquele 20 de abril de 2009, quando conseguiram a intervenção de Ed sobre os negócios, alegando os números negativos da empresa e a centralização intransigente de Justin na presidência da ETS. Considerando apenas os relatórios que lhe foram apresentados e sem ter ciência da fraude, o patriarca acabou se tornando cúmplice dos crimes praticados.

— Seu imbecil! — Edward acertou um tapa na cara de Ethan, que chorava como nos tempos de criança, quando era repreendido por suas travessuras.

— Ed, nós só... — John tentou falar, mas foi interrompido por Edward, que lhe apontou o dedo na cara.

— Cale a boca, seu velho desgraçado! — bradou. — Vocês dois me traíram, me enganaram, enganaram o Justin e toda a família. Vocês têm noção do que fizeram? Vocês arruinaram quatro décadas de história! Em dois anos, destruíram quarenta anos de trabalho! Arruinaram o império que eu construí com dedicação e honestidade.

— Pai, me perdoe... — aos soluços, Ethan implorava.

— Cale sua boca, moleque! — Ed preparava-se para dar outro tapa na cara do filho, quando Justin o segurou.

— Pai, se acalme — pediu. — Isso não vai adiantar. Nem vai resolver os problemas.

— Como você quer que eu me acalme? — o pai caminhou até o pequeno bar improvisado do escritório e serviu-se de uísque, sem gelo. — Essas duas cobras que eu criei dentro de casa, dentro da minha empresa. Dois bandidos! Vocês mereciam apodrecer na cadeia!

— Pai... — Ethan ainda tentava qualquer apelo.

— Eu já disse pra calar a boca! — Edward arremessou o copo de vidro contra o filho, que conseguiu desviar por reflexo, deixando-o explodir em cacos, próximo à porta do escritório. — Não quero mais ouvir a sua voz, Ethan... Eu não quero mais ver a cara dos dois. Fora daqui! Fora da minha casa! Fora!

Catherine começou a esmurrar a porta, tão logo ouviu os gritos e o copo quebrando. Ficou desesperada ao ver Edward enxotando o filho e o cunhado. Ela tentou conter o marido.

— Ed, pelo amor de Deus, não faça isso! — tentou interferir, no que foi arremessada, por sorte, ao sofá.

— Não venha com seus perdões românticos, Cathy! — Edward gritava. — Eles arruinaram nossa família! E a culpa é sua! — apontou para Catherine. — A culpa é toda sua! Quando esse safado aprontava, você passava a mão na cabeça, defendia-o, não permitia que eu lhe desse os corretivos! Viu no que deu?! A culpa é toda sua! Seu filho é um criminoso federal!

— Pai, por favor... — Justin tentava contê-lo.

— Eu quero vocês fora da minha casa! Agora! — estava transtornado e empurrava Ethan e John para a saída. — Fora daqui! Torçam pra que eu nunca mais coloque os olhos em vocês, porque eu não vou responder pelos meus atos!

Nicole tirou Helen da sala, temendo pelo bebê que ela carregava na barriga. Gabriel ordenou que Matthew as acompanhasse até a cozinha. Não queria o garoto assistindo àquela crise generalizada. Justin ficou ao lado da mãe, jogada aos prantos no sofá, e os quatro advogados não ousaram dizer qualquer palavra. Mildred tratou de fingir um desmaio, despencando no chão da sala. Gabriel correu para acudi-la.

— Gabriel, não coloque suas mãos limpas nessa imundície! — Edward empurrou o genro. Segurou Mildred por baixo das axilas e seguiu arrastando-a até a porta. — Você também vai pra fora da minha casa, sua ingrata! Eu aposto que sabia de tudo! E aposto que está ouvindo tudo que estou dizendo! — John e Gabriel tentaram impedir o patriarca, mas ele estava irascível. Arrastou a irmã até o lado de fora da casa. — Eu sustentei esses vagabundos por décadas! Dei emprego, casa, comida, dinheiro! Judas! Não ousem mais aparecer aqui! E tratem de arrumar bons advogados... Da ETS não sairá um único centavo para defender vocês! Fora daqui! Sumam da frente da minha casa e nunca mais apareçam! Eu não quero passar pela humilhação de os vizinhos verem bandidos na minha casa!

Edward bateu a porta atrás de si e despencou de joelhos no chão, chorando compulsivamente. Ao longe, assustado com a confusão, Matthew viu o desespero daquele homem, urrando uma dor que parecia dilacerar sua alma. Sentiu pena de Ed. Mas o recôndito mais cinzento de suas memórias o lembrou de toda a tristeza e dor vividas por sua mãe e do desespero que a levou à morte.

Apesar de algum gosto por presenciar o castigo que Edward recebera, predominava em Matthew o sentimento de compaixão. No final daquela manhã de terça-feira, o garoto aprendeu uma das mais duras lições da vida: a punição para os erros humanos sempre vem, de uma forma ou de outra, mais cedo ou mais tarde; mas o pior de todos os castigos é inspirar piedade.

Não seria fácil arrumar toda aquela bagunça. "Talvez jamais seja possível", concluiu Nicole, em pensamento, enquanto recolhia os cacos do copo que o pai arremessou contra Ethan no escritório. Os alicerces da família Thompson tinham sido abalados e não havia qualquer vislumbre de reconstrução.

Ela caminhou até a grande janela do cômodo. Viu a neve caindo lentamente sobre o jardim. Olhou ao redor de si e era capaz de ouvir os gritos ecoando nas paredes, repetindo a tempestade daquela manhã. Voltou a observar o jardim e a imensidão branca que o cobria. Num ímpeto, abriu a janela. Uma lufada de vento gelado passou por seu rosto e sacudiu seus cabelos. As paredes silenciaram. Fechou os olhos e deixou-se invadir pela quietude do frio.

Diante da desordem, o ser humano tende a se trancar do lado de dentro. Ou permite ser trancado. Mas, na maioria das vezes, a bagunça não é externa. A desordem é interna e ficamos presos dentro de cômodos cada vez menores, salpicados de copos quebrados e paredes que não calam. Invariavelmente, tudo que precisamos fazer é abrir a janela e sair. Não por acaso, diante dos piores problemas afigura-se a necessidade de "encontrar uma saída". A quietude externa pode mudar e salvar vidas.

Nicole abriu os olhos, alcançou o telefone sobre a mesa do pai e ligou para Christian. Diante de tudo aquilo, tinha chegado o momento de uma conversa definitiva.

Justin e Gabriel decidiram passar aquela noite na casa da Tanya Drive. Sequer cogitaram a hipótese de deixar Edward e Catherine sozinhos no olho do furacão. Já passava das dez da noite quando deitaram na cama, com Matthew dormindo entre eles, como que agasalhado, buscando um cantinho de proteção entre seus pais adotivos. O garoto já estava no sono profundo, próprio dos adolescentes.

— Como vai ser agora, Justin? — perguntou Gabriel, apreensivo e falando baixo para não acordar o filho.

— A situação não é simples... — respondeu Justin, acompanhando o tom do marido. — Eu falei novamente com os advogados, hoje à tarde.

— Que a situação não é simples, não precisamos de nenhum advogado pra dizer. Está mais que óbvio! Eu quero saber quais são as possibilidades de solução.

— Bom, eu não fui acusado pelas fraudes. Pelo contrário... as investigações provaram que eu estava no caminho de descobri-las. O FBI só foi mais rápido. Isso me dá alguma flexibilidade para tentar sanar essa crise e encontrar alguma forma de reerguer a empresa e sua credibilidade.

— Mas, Justin, como vão ficar o Ethan e o tio John?

— Não vão ficar, Gabe. O Conselho Administrativo da ETS acatou meu pedido hoje e os dois foram destituídos dos cargos, mas eles continuam acionistas. Papai foi considerado licenciado para todos os fins. Ele não tem condições de participar de quaisquer decisões nesse momento. Nós não vamos poder agir impulsivamente. Tudo terá que ser calculado e em longo prazo.

— Meu amor, eu posso pedir um afastamento temporário do UMass para ajudá-lo na ETS... Nancy é a diretora e vai compreender perfeitamente — prontificou-se Gabriel.

— Nunca conheci uma pessoa que tivesse um coração maior que o seu, Gabe! — Justin esticou-se por cima da cabeça de Matthew e beijou o marido. — Eu agradeço sua proposta, mas acho melhor você manter seu emprego no UMass, pois não sabemos como tudo isso vai terminar.

— Você acha que vão exigir o fechamento da ETS?

— Isso não. As autoridades entenderam que a presidência e o conselho administrativo não estavam envolvidos e colaboramos com tudo que nos foi solicitado, ainda que isso possa representar a condenação do Ethan e do tio John. — Justin parecia engolir em seco. — Eu sei que é terrível dizer isso, mas eles não nos deixaram escolha. Agora precisamos salvar a empresa, algo que talvez não seja possível.

— Justin, há mais alguma coisa que eu deva saber?

— Há, sim, meu amor — assentiu Justin, levando a mão à cabeça de Gabriel para um cafuné. — Mas eu não quero preocupá-lo. Sei que posso contar com você pra qualquer coisa, mas essa parte dos problemas eu tenho que resolver sozinho.

— Você não tem que resolver nada sozinho, Justin! — Gabriel sentou na cama. — Me diga agora o que eu não estou sabendo!

— Mas...

— Diga agora!

— O.k. Eu digo. Antes que você acabe acordando Vullen. — Justin também se sentou na cama. — Duas montadoras se sentiram extremamente prejudicadas pela fraude e pelo escândalo. E, para falar a verdade, elas foram. Não há dúvida.

— Bom, disso eu sei... Li nos jornais.

— Bem... Cada uma delas está pedindo vinte milhões de dólares de indenização pela quebra dos contratos de exclusividade e por danos à imagem das marcas. — Justin olhou profundamente para o marido. — São quarenta milhões só nesses dois processos!

— Quarenta milhões? Meu Deus! Mas a empresa não tem todo esse valor...

— E isso apenas nos dois processos das montadoras. Não estamos considerando as centenas de ações que serão movidas pelos clientes lesados. Já pedi um levantamento de mercado. É bem provável que tenhamos de vender parte da ETS para pagar as dívidas.

O casal ainda passou algum tempo conversando sobre as possíveis soluções para todo o desespero que se agigantava no horizonte. Não existiam muitos espaços de manobra naquele momento. Nenhum deles poderia fugir às decisões que estavam por vir.

Quando Christian chegou à Tanya Drive, Nicole já o aguardava, sentada em um dos bancos do jardim frontal da residência dos Thompson, iluminada pela luz amarelada de dois pequenos postes e com o cachecol em lã vermelha envolvendo a cabeça, protegendo-a do frio de cinco graus negativos daquele fim de noite de janeiro.

— Nicky, como estão as coisas? — perguntou o professor, tentando sem sucesso dar-lhe um beijo na boca.

— Ainda estamos na tempestade — respondeu Nicole, esquivando-se da aproximação do namorado. — Mas esse não é o ponto, Christian.

— Não estou gostando do seu tom de voz...

— Olha, você sabe que eu sou objetiva, não gosto de fazer rodeios — ela começou. — Fui aceita na Universidade Columbia e vou para Nova York.

— Que ótimo, querida! — Christian tentou abraçá-la, mas foi novamente repelido. — Podemos nos mudar para Nova York!

— Não, Chris. Não podemos. Eu posso. Você, não!

— O que você está tentando dizer?

— Não estou "tentando dizer". Estou dizendo!

— Nicky, você está terminando comigo?

— Estou — taxou Nicole, com alguma dor. — Eu estou terminando com você.

A conversa foi muito mais simples do que a garota previa. O professor não retrucou à decisão. Sequer insistiu. No fundo, Christian sabia que isso aconteceria mais cedo ou mais tarde. Tinha certeza de que aquela antiga conversa com Thomas Marshall provocara os instintos da namorada. E contra os instintos, não há argumentos.

Paradoxalmente, foi Nicole quem ponderou.

— Você vai aceitar assim, tranquilamente?!

— O que você esperava? — Christian sorriu, em sarcasmo. — Que eu me ajoelhasse e implorasse seu amor? A dignidade é a única coisa que carregamos ao longo da vida.

— Isso não é apenas uma questão de dignidade.

— É, sim, Nicole! — disse ele. — E mesmo que não fosse, essa é a única coisa que faz diferença para mim nesse momento.

Não houve um "adeus". Mas também não houve um "até breve". O fim da relação era cristalino. Quando assim o é, qualquer despedida corre o risco de cair nas falácias. Nicole e Christian não precisavam lograr suas próprias consciências.

Nicky continuou sentada no jardim da casa, observando o carro do professor desaparecer entre a neve e a névoa que dominavam a Tanya Drive.

A quarta-feira, 12 de janeiro, amanheceu cinzenta, pálida como típicas manhãs de inverno na Costa Leste dos Estados Unidos. O sereno da madrugada anterior não tivera tempo de escorrer pelas folhas das árvores e cair ao chão. Foi interrompido no meio do processo pelo frio intenso, formando pequenos cones invertidos a pesar o limbo dos folículos pinulados. O tapete branco cobria o chão por toda parte, onde quer que os olhos avistassem.

Ao levantar da cama, Justin teve a real sensação de que era o primeiro a fazê-lo na casa da Tanya Drive. Desceu a escada em meio ao silêncio. Avistou o grande relógio de parede da sala de jantar, que marcava 10h18 da manhã. Foi até a cozinha, vazia como nunca antes. Abriu a porta dos fundos e viu a neve cobrindo todo o jardim e a passarela após a pequena escada. "Se mamãe já tivesse acordado, essa neve não estaria mais no caminho", pensou. Mas, em seguida, conseguiu distinguir delicados passos fazendo uma trilha até a garagem. Seguiu-os, confirmando que o carro de Catherine não estava mais lá. "Onde ela foi tão cedo?", questionou-se com alguma aflição.

Voltou ao interior da residência, buscando algum indício que pudesse revelar o destino da mãe. Preso à geladeira com um ímã em forma de couve-flor, um bilhete em papel azulado jazia, dobrado em três partes e quase imperceptível. Justin pôs-se a ler o que sua mãe escrevera:

Caro Edward e queridos filhos,

Há quase quarenta anos, tomei uma decisão julgando que aquele seria o melhor caminho para minha vida. Talvez tenha sido. Talvez, não. Como afirmar alguma coisa no momento em que todos nós estamos submersos por dúvidas e questionamentos? Tudo que sei é que não posso voltar no tempo e retificar minhas escolhas, e que a vida nos cobra diariamente a ratificação delas.

Eu sei que construímos uma família linda, fomos, ao máximo, os pais que podíamos ser e, ainda que estejamos no olho de um furacão, não podemos atribuir alguma culpa específica a fatos isolados. Mas também não podemos mais fingir que nada está acontecendo. Tenho convicção de que sou uma boa mãe, assim como Edward é um excelente pai e vocês são filhos extraordinários, já construindo suas próprias famílias. Não acredito que falhamos como tal. A tempestade atual é apenas o resultado de decisões irrefletidas, tal como a minha há quatro décadas.

Se eu não posso voltar no tempo e acertar o caminho, quero aproveitar os dias, os meses e os anos que me restam tentando construir uma nova estrada, como aquela que avistei aos meus vinte anos. Não tenho "ilusões de Dorothy". Apenas deixei-me tomar pelas possibilidades.

Não fiquem preocupados comigo. Eu estarei bem, assim como espero que fiquem. Em breve, entrarei em contato para dizer onde estou e o que farei. Mas agora preciso de algum tempo para curar as feridas e pavimentar esse novo caminho. Ele será fundamental para que eu possa estar viva e para que, de alguma forma, eu tenha condições emocionais de ajudar cada um de vocês. Apenas respeitem o tempo.

Já sinto saudades de vocês...

Mas não sinto saudades de tudo.

Com amor,
Cathy

Justin sentiu-se anestesiado ao terminar a leitura. Jamais imaginou que sua mãe fosse capaz de lhes pedir "um tempo". Sentou em uma das banquetas entre a copa e a cozinha e chorou. Não tinha uma definição para o que sentia: misto de medo, raiva, susto e até algum rancor. Ficou ali, lendo e relendo o bilhete. Depois subiu novamente ao quarto. Precisava aninhar-se ao marido, numa tentativa de sentir alguma proteção.

Encontrou Gabriel e Matthew dormindo, abraçados. Deitou na cama e se juntou aos dois. Sentiu quando o filho virou e jogou uma perna sobre cada pai e, ainda em sono profundo, com uma das mãos começou a amarfanhar sua orelha, como fazia todas as vezes que os três dormiam juntos.

Edward acordou sentindo que sua cabeça e seu corpo pesavam as toneladas de um elefante. O sedativo que Gabriel lhe dera na noite anterior ainda parecia atuar em seu organismo, deixando seus movimentos reféns da tontura. Foi ao banheiro da suíte, acionou a torneira e mergulhou o rosto em punhados de água fria. Ao olhar no espelho, mal conseguia se reconhecer, quiçá ousar adentrar as memórias do dia anterior. Estacou à porta e ficou tentando calcular a distância que teria de percorrer até a cozinha, sem a certeza de que a conseguiria transpor. Mas precisava de um café forte. Ou uma dose de uísque, cogitou.

Arrastava-se vagarosamente pelo corredor quando, em frente à porta do quarto de Justin, conseguiu ouvir alguma conversa, sem distinguir palavras. "Justin, Gabe e Matt dormiram aqui?", questionou-se em meio à confusão. Quanto mais se aproximava da porta de madeira, mais os sons ficavam nítidos:

— ... e eu só achei esse bilhete grudado na geladeira. Ela foi embora e só deixou um pedaço de papel! — dizia Justin, com voz visivelmente trêmula.

— Justin, ela foi em busca da felicidade. Ela tem esse direito! — argumentou Nicole, que estava no quarto dos rapazes e teve a voz identificada pelo pai.

— Você sabia que ela faria isso? — questionou o irmão.

— Não exatamente. Mas eu imaginei.

— Como assim, Nicky? — intrometeu-se Gabriel. — Diga-nos o que está acontecendo. Estamos aflitos. Cathy saiu sem rumo, sem dizer pra onde iria, deixando só um bilhete... Tudo isso é muito estranho.

— Ela não saiu sem rumo! — assegurou a filha. — Ela, com certeza, foi para Vermont.

— Vermont? — estranhou Justin. — Por que ela iria para Vermont?

— Olha, Justin, vocês não devem se lembrar, mas tinha um homem na festa. Ele usava um terno escuro e passou toda a cerimônia com o chapéu na mão. Ele chegou a cumprimentá-los. Disse que era um antigo amigo da mamãe. — Enquanto Nicole falava, tanto Justin quanto Gabriel assentiram com a cabeça, recordando a pessoa que ela descrevia. Do lado de fora do quarto, Ed também conseguia se lembrar daquele homem na festa. Nicole prosseguiu: — Pois é... Aquele é Jeffrey, o primeiro namorado dela. A história é muito longa, mas só pra resumir, há quase quarenta anos, ela o deixou para se casar com o papai. Ele ainda veio atrás dela, mas já era tarde demais.

— E ele mora em Vermont — concluiu Gabriel.

— Exatamente — confirmou Nicky. — Mamãe ficou muito mexida desde que se reencontraram na festa de vocês. Mesmo depois de casada com o papai, eles ainda se corresponderam por um tempo.

— Como é que é? — Justin parecia ainda mais assustado. — Então a mamãe traiu o papai?

— Pelo amor de Deus, Justin! — esbravejou Nicole. — Não se pode chamar de traição uma simples troca de correspondências!

— Discordo, Nicky! — falou Gabriel, no que foi corroborado por Justin. — Me desculpe, mas isso é bastante complicado.

— Seja como for, Gabe. A questão é que agora, diante de todas as coisas que aconteceram, ela acabou explodindo. E, certamente, foi encontrá-lo. — Nicky pegou o bilhete. Edward ouvia tudo atentamente. — Ela diz aqui que precisa de um tempo e garante que vai entrar em contato. Eu acho que devemos respeitá-la.

— Como você sabe de tudo isso, Nicky? — perguntou Justin, intrigado. — Vocês conversaram sobre isso?

— Não, Justin! Claro que não! Você conhece a mamãe... Ela jamais conversaria sobre isso com um de nós. Antes do casamento, quando começamos a arrumar Pine Hill para a festa e a mudança de vocês, eu acabei encontrando as cartas do Jeffrey escondidas no sótão. Não deixei mamãe perceber que eu as tinha achado e as trouxe pra cá. Estão no criado-mudo do meu quarto... São relatos apaixonados... — Ed não terminou de ouvir o que Nicole tinha a dizer sobre as tais cartas. Ele mesmo poderia lê-las. Partiu em direção ao quarto da filha. Por sorte, também não escutou quando Gabriel concluiu:

— Você leu as cartas e decidiu convidá-lo para o casamento? Foi isso?

— Exatamente — respondeu Nicky.

Pela fresta da porta do banheiro, ao final do corredor do segundo pavimento, Matthew acompanhava os movimentos de Edward. Tinha ido escovar os dentes e, quando estava para sair, viu quando ele parou em frente ao quarto dos pais, ouvindo a conversa. Viu também quando ele entrou trôpego no quarto de Nicole e saiu de lá escondendo na parte de trás da calça um chumaço com vários envelopes velhos. Só quando Ed voltou para seu quarto e trancou a porta, o garoto saiu do banheiro.

Matthew nunca contou a ninguém ter visto aquela cena.

Passava das duas da tarde quando Edward encontrou os demais almoçando na mesa da copa. Estava bem-vestido, barbeado e com os cabelos penteados. Ainda assim, tinha a tristeza estampada no rosto, como era de esperar.

— Papai, boa tarde! Você está melhor? — saudou-o Justin, recebendo um visível sorriso forçado como resposta. — Gabe buscou comida no Val's Restaurant. Sente-se aqui... Almoce conosco.

— Onde está sua mãe? — questionou Edward, em desfaçatez.

— Mamãe deu uma saída, mas já deve estar voltando — antecipou-se Nicole, entreolhando o irmão e o cunhando.

— Ótimo! Ela deve estar bastante brava comigo! — seguiu o engodo. — Me perdoem a descortesia, mas eu não vou almoçar com vocês. Eu vou sair.

— Aonde você vai? — interrogou Justin, levantando-se da banqueta.

— Vou a Paxton — respondeu Ed, com segurança. — Não se preocupe, eu estou bem! Eu marquei um encontro com Quoyle, um amigo das antigas.

— Quoyle? Quem é Quoyle? — Justin estava achando aquilo estranho. Nunca tinha ouvido o pai falar sobre esse homem.

— Como eu disse, um amigo das antigas! — repetiu Edward, sem dar muitas explicações e seguindo em direção à porta. Antes de sair, ressaltou seu recado. — Quando sua mãe voltar, digam a ela que eu a amo e que também a perdoo.

— O que ele quis dizer com isso? — tentava entender Nicole.

— Eu não sei, mas isso está tão esquisito. — Justin foi até a porta da cozinha e ficou olhando o pai sair em alta velocidade em seu sedan escuro. Percebeu que algo estava errado naquela história. Voltou-se para os demais na copa e questionou. — Vocês já ouviram o papai falar sobre esse tal Quoyle?

— Não. Nunca — respondeu Nicole. — Mas ele disse que é um amigo antigo. E deve ser isso mesmo. Ele deve estar precisando conversar. Desabafar com alguém. O clima nessa casa está péssimo!

— Pior será quando ele voltar e descobrir que a mamãe foi embora — previu Justin, voltando à pequena mesa da copa, onde o que havia sobrado da família almoçava.

Edward pegou a Graystone Drive até a Reservoir Street. Estava em alta velocidade. No trajeto, abriu o porta-luvas do veículo e pegou a garrafa de uísque que costumeiramente mantinha ali. Abriu-a com a boca e deu uma golada. Quase bateu no carro de uma senhora que deixava sua residência. Passou direto pelo cruzamento, tomando a rodovia estadual 31 Sul, em direção a Paxton. Corria tanto que não viu Gordon cumprimentá-lo enquanto tirava a neve da entrada de seu terreno.

A cada lance que lhe passava pela memória, dava um gole na garrafa de uísque. Palavra por palavra, estava absorvido pelas juras de amor eterno reveladas nas antigas cartas de Jeffrey para Catherine. Sadicamente, imaginou-os felizes, com toda cor e movimento, festejando almoços em família, brindando taças de vinho, saboreando o cordeiro assado de Cathy. Ouvia o som das risadas, sentia os abraços apertados. Imaginou a mulher fazendo amor com o rancheiro, agarrados em aloite passional sobre o feno de algum estábulo de Vermont. "Vagabunda!", gritou dentro do carro, sem deixar de dar goles na bebida. Ouvia os gemidos de prazer de Catherine. Acelerava mais, cada vez que ouvia seus orgasmos com outro homem.

A neve cobria toda a vegetação à margem da 31 Sul e a rodovia, mesmo nas retas, não permitia uma boa estabilidade do carro. Mas Edward só sentiu a velocidade em que trafegava quando entrou na curva em formato de S que antecede a ponte sobre o reservatório Kendall. Teve dificuldade para manter o carro na pista, mas não tirou o pé do acelerador. Quando entrou na ponte, o velocímetro de seu sedan estava cravado em cento e quarenta quilômetros por hora. Ouviu novamente Catherine gemendo de prazer.

Na margem sul do reservatório Kendall, a jovem Petal tinha acabado de trair o marido com um pescador imundo, que fedia a lixo velho de cozinha. Tinham feito sexo ali mesmo, na beira d'água, e ela limpava a areia das pernas enquanto vestia a calcinha grená.

De repente, ouviu um ruído fino ecoar, como fazem as unhas arranhadas na lousa de uma sala de aula. Em seguida um estrondo forte nas águas, como se uma rocha grande tivesse sido jogada dentro do lago.

Apertou os olhos para tentar ver de onde vinha aquilo, mas desistiu com o silêncio posterior. Arrumou a alça do sutiã e foi até uma árvore velha, caída às margens do Kendall, onde pendurara suas vestimentas. O pescador imundo também estava sentado em seu tronco, calçando as botas. Olhou para a moça e sorriu. Só então Petal percebeu que o homem não tinha os dentes frontais. Cuspiu no chão e começou a vestir as roupas. Queria sair logo dali.

Fosse um dia normal, Catherine poderia gastar cerca de três horas para percorrer os pouco mais de duzentos quilômetros que separam Holden de Middletown Springs, uma pequena cidade de setecentos e quarenta e cinco habitantes no sudoeste de Vermont, quase na divisa com o estado de Nova York. Mas o trajeto consumiu quase dez horas. Por longos trechos, não podia ultrapassar os quarenta quilômetros por hora e foi obrigada a parar duas vezes por conta das interdições nas estradas.

Também parou deliberadamente na rodovia 12, exatamente na fronteira entre os estados de Massachusetts e New Hampshire, pouco depois de passar por Winchendon. Ficou olhando o tapete branco entre os pinheiros verdes e o movimento constante do limpador de para-brisas afastando os flocos de neve que ainda caíam naquela região. Sabia que, quando ultrapassasse aquela fronteira, estaria sacramentando a decisão tomada na noite anterior. Alguns poderiam chamar aquilo de covardia. Outros de fuga. Mas só estava tentando seguir as ordens do seu coração, sem qualquer consulta racional. Não fazia isso havia quarenta anos e estava arrependida.

Seguindo em frente, foi tomada por compunção assim que parou para abastecer o carro num posto Citgo, logo após cruzar a Ponte Arch, sobre o rio Connecticut, que separa North Walpole, em New Hampshire, e Bellows Falls, já no estado de Vermont. Desceu do veículo e foi tomar um Hot Coffee do Dunkin' Donuts. Estava exausta da noite anterior e sua cabeça não parava de girar. Sentada ali, pela primeira vez foi acometida pelo medo do que seus filhos iriam pensar dela, partindo em disparada em busca de um passado mal resolvido, deixando apenas um bilhete como testemunho.

Seguiu em frente. Não havia mais volta. Passava das cinco da tarde quando começou a subir a Dudley Road, em Middletown Springs. Entrou devagar no Rancho Crossing Dreams, que em quase nada fazia lembrar o lugar onde vivera sua primeira noite de amor, quatro décadas antes. A velha casa de madeira deu lugar a um belo chalé em pedras claras e telhado avermelhado, saltando à vista sobre o gelo branco dos campos. Olhou o sopé das colinas onde ficava o antigo armazém e o estábulo, e que agora era ocupado por algo semelhante a uma estufa gigante.

Ao parar em frente a casa, avistou Jeffrey, sentando à escada de acesso, fumando um cigarro e esperando-a chegar. Desceu do veículo e foi correndo ao seu encontro. As lágrimas jorraram sem controle e suas pernas pareciam fracas demais. Jogou-se extenuada nos braços daquele homem. Ao sentir as mãos dele percorrendo suas costas, percebeu os arrepios que elas provocavam ao longo da trajetória.

Mirou seus olhos, ainda que tivesse a visão ofuscada pelas lágrimas. Ele tinha o olhar tenso.

— Jeff, me perdoe — foram as primeiras palavras de Catherine. — Me perdoe por todos esses anos. Me perdoe por não ter vindo com você antes.

— Cat, você está bem? — perguntou Jeffrey, em preâmbulo.

— Agora eu estou bem!

— Eu já estava ficando preocupado.

— Não vou mais deixá-lo, Jeff!

— Achei que você tinha se perdido pela estrada. Estava prestes a comunicar à polícia.

— O quê? — Catherine saltou. — Como você sabia que eu estava vindo pra cá?

— Cat, eu preciso que, em primeiro lugar, você fique calma — pediu Jeffrey, começando a conduzi-la à subida da escada de entrada de sua casa.

— Como você ficou sabendo? — ela insistia.

— Seu filho Justin. Ele ligou pra cá.

— Justin? — assustou-se Cathy, novamente. — Mas eu não disse ao Justin que estava vindo pra cá. Aliás, eu não disse pra ninguém.

— Isso é o que menos importa agora — conduziu-a para dentro. — Com uma pesquisa rápida na lista telefônica ou na internet é fácil me localizar ou o rancho Crossing Dreams.

— Mas, Jeff... Ele não sabe da sua existência! — Catherine não conseguia mais organizar os pensamentos. — Como isso é possível?

— Você tem que voltar para Holden imediatamente — anunciou Jeffrey. — Mas não se preocupe. Eu vou com você.

— Eu não vou voltar para Holden! — ela mostrava-se definitiva em sua decisão. — Não volto para Holden de jeito nenhum! Eu vim pra ficar com você. Pra fazer aquilo que eu deveria ter feito quarenta anos atrás.

— Cat, nós vamos ter todo o caminho de volta para conversar sobre isso.

— Você não me quer aqui? É isso? Você tem outra mulher? — ela disparou a falar. — Por que, então, você foi ao casamento do meu filho?

— Não fale assim — Jeff abraçou-a. — Eu te quero mais que tudo no mundo. Sempre quis... Sempre sonhei com o dia que você viesse ao meu encontro.

— Então por que quer que eu volte para Holden?

— Cat, me ouça! — ele a segurou pelos ombros. — Aconteceu uma tragédia.

holden memorial day

União talvez seja a palavra mais delicada no vocabulário do mundo. Ela pressupõe o maior dos paradoxos que o ser humano foi capaz de criar. Se por um lado, unir é mais que uma tendência, é um instinto de sobrevivência, um sedimento social; por outro, ela é a prova incontestete de todas as nossas diferenças. União, por suas vastíssimas definições objetivas e subjetivas, exclui qualquer possibilidade de solidão, mas não implica a perda da individualidade.

Ao longo da história da humanidade, guerras são constantemente travadas em nome de uma abstração chamada paz. Mas nem as guerras, nem as pazes, fazem supor qualquer espírito de deferência ao indivíduo como um todo. Guerra e paz são instrumentos evasivos, e invasivos, de busca por uma uniformidade.

Não por acaso, a Guerra Civil Americana, entre 1861 e 1865, constitui página expressiva da história. A secessão das colônias do Sul e do Norte promoveu episódios jamais vistos, inspiração para milhares de livros, artigos e estudos, além de influência direta na política, na arte e na cultura. Em seu saldo, quase um milhão de cidadãos mortos, dos quais seiscentos e dezoito mil eram soldados. Esse jogo patriótico de guerra e paz constituiu a alma americana, o insuperável espírito de aliança de uma das mais plenas democracias do planeta.

Os seixos rolados que se chocam e se harmonizam nas águas profundas de cada cidadão são os eixos de existência dos Estados Unidos da América.

*

A trombeta fúnebre ecoou pelo Cemitério Grove anunciando o toque de silêncio. Hasteada a meio mastro, a bandeira norte-americana tremulava ao vento da primavera. Naquela segunda-feira, dia 30 de maio de 2011, outras trezentas e cinquenta e seis pequenas bandeiras foram cravadas no extenso gramado verde do Grove para homenagear igual número de veteranos de guerra ali sepultados. Era o primeiro ato daquele feriado nacional, quando a tradicional Holden Memorial Day Parade celebraria os cento e cinquenta anos do início da Guerra Civil Americana.

Milimetricamente alinhada e em continência, a 25ª Infantaria de Massachusetts, vestida de azul num forte símbolo da União, aguardou o fim do minuto de silêncio para dar início à salva de vinte e um tiros. À sua frente, quatro soldados conduziam, cerimoniosos, a grande bandeira da unidade. Aquela pequena cidade, nas colinas do Condado de Worcester, sempre se preocupou com o espírito e os valores americanos, realizando anualmente aquela parada em nome do patriotismo de seus cidadãos.

Não foi fácil, mas os membros do Holden Hills Country Club e da Holden Historical Society fizeram o pedido formal e conseguiram que o Comitê Organizador do Memorial Day prestasse homenagem a um de seus mais ilustres cidadãos, morto em janeiro: Edward Thompson.

Ao final dos ritos e discursos tradicionais, o presidente do Comitê convocou a família à pequena área mais alta do gramado, que servia como uma espécie de palco. A decisão dos Thompson foi simbólica: Matthew realizaria o discurso. Ele próprio o escreveu, sem a intervenção ou qualquer conhecimento dos demais. O garoto aproximou-se do microfone instalado e deu início à leitura:

— Senhoras e senhores, bom dia! Falar em nome da família Thompson, da minha família, é uma honra! Quantos poetas, escritores, músicos e cantores tentam fazer da morte algo belo, de forma a camuflar a dor e consolar o sofrimento. Venha ela como vier, não há beleza na morte. Ela é apenas uma das solenidades da vida. Justamente aquela que impõe a existência irrefutável do destino. Quis esse destino que meu avô, Edward Thompson, partisse cedo demais, muito antes que eu pudesse conhecê-lo o suficiente para merecer estar aqui, hoje, lhe prestando essa homenagem em nome dos meus pais, dos meus tios e da minha avó. A vida de Edward Thompson pode ser resumida em palavras cujos signos são de monumental estatura: amor, ousadia, honestidade e trabalho. Dedicou sua vida a eles. Deixar saudades não implica honras ou perdão. Mas deixar lições para a vida é um caminho para a eternidade. É provável que eu leve o resto da minha vida para compreender as lições e as saudades deixadas por Edward Thompson. Em nome da família, quero, desde já, agradecer a todos pela oportunidade desta homenagem. Um dia, meu pai Justin me ensinou uma prece extraordinária, bastante adequada a este momento e à minha querida família. — Matthew não precisou pedir. Todos ficaram de pé. — A Oração da Serenidade... Deus, concedei-me a Serenidade para aceitar as coisas que não posso mudar. Coragem para mudar o que posso. E a sabedoria para saber a diferença. Muito obrigado.

Os aplausos foram de uma densidade ímpar. Em seguida, ao som do *Réquiem em ré menor* de Mozart, executado pela pequena Orquestra da Holden Memorial Society, dois soldados da Infantaria, carregando uma coroa de flores, seguiram a família até o túmulo de Edward, onde depositaram a coroa. A morte, por sua irreversibilidade, acaba rendendo homenagens jamais imaginadas em vida. Quiçá merecidas.

O desfile já tinha tomado conta da Main Street quando os Thompson conseguiram chegar à frente do Holden Town Clerk. A Memorial

Day Parade se torna maior a cada ano e há a real sensação de que todos os cidadãos de Holden vão às ruas.

Foram centenas de cumprimentos, alguns ainda frios por conta do escândalo das falcatruas na ETS. John Collins e Ethan fizeram um acordo com a Justiça do Estado de Massachusetts, no qual passaram a ensinar o passo a passo das possibilidades de fraude no setor automotivo, fato que levaria à descoberta de outras duas dezenas de casos semelhantes nos Estados Unidos. Em troca, foram sentenciados a penas alternativas, como limpar os banheiros públicos de Worcester duas vezes por semana, durante os cinco anos vindouros.

Depois da abertura do testamento de Edward, ficou constatado que o patriarca deixara vinte e cinco por cento da ETS para cada filho, quinze por cento para Catherine e dez por cento para Mildred e John. Ethan e John também se viram obrigados a aceitar o acordo razoável proposto por Justin: eles teriam que vender a totalidade de seus trinta e cinco por cento para arcar com ações indenizatórias impetradas pelas montadoras lesadas e, em troca, ele manteria seus empregos, seus salários e uma rigorosa fiscalização em suas atividades. O acordo era justo, e tio e sobrinho não tiveram saída a não ser aceitá-lo.

Catherine, por sua vez, abriu mão de sua parte na ETS em favor de Matthew e da filha que Ethan e Helen esperavam para agosto, conquanto coubesse a Justin a administração desses bens. Mesmo abalada pela morte de Edward, Cathy não adiou sua decisão de mudança para Middletown Springs, onde passou a viver seu primeiro e seu último grande amor ao lado do rancheiro Jeffrey. Justin tentou dissuadi-la, mas foi convencido por cirúrgicas intervenções do marido, Gabriel, e da irmã, Nicole. Ainda assim, a morte do pai era muito recente e ele não conseguia administrar seus sentimentos diante daquele novo homem na vida da mãe, por mais que tentasse compreender todo o processo e sentimentos envolvidos.

A morte de Edward nunca foi devidamente esclarecida. A perícia constatou que o carro se arrastou por alguns metros pela barra de proteção da ponte, até rompê-la e mergulhar nas águas geladas do Reservatório Kendall. Mas não havia qualquer sinal de frenagem no asfalto. Ainda assim, a garrafa de uísque encontrada no interior do veículo e a detecção de álcool no corpo de Ed não indicavam que ele estava bêbado, dada a quantidade encontrada no sangue, mas apontavam para o fato de ele estar bebendo ao volante. O depoimento espontâneo de Gordon corroborou a tese, ao afirmar que Edward passara por ele, em frente à sua casa na rodovia 31, em altíssima velocidade.

O chefe Donald Sullivan tinha suas dúvidas, chegando a cogitar a hipótese de suicídio. Como era vizinho dos Thompson na Tanya Drive, ouvira com clareza a forte discussão do dia anterior ao acidente. Mas precisaria de mais tempo e recursos para investigar, tomar depoimentos e, fatalmente, invadir a intimidade da família. Eram amigos e vizinhos havia mais de trinta anos. Ponderou tudo. Ainda que tenha pesado não ser aquela uma decisão correta, tinha certeza de que era justa, além de não provocar dores absolutamente desnecessárias. Em seu relatório final encaminhado ao Departamento de Justiça, concluiu que Edward perdeu o controle do sedan, em alta velocidade, se arrastou pela barra de proteção e caiu no Kendall. Na queda e com o choque na água, ele teria perdido os sentidos após bater a cabeça. Morreu por afogamento menos de cinco minutos depois. Seu corpo foi encontrado às 3h17 da tarde de quarta-feira, dia 12 de janeiro de 2011.

Assim como a mãe, que abandonou Holden e foi morar no interior de Vermont, nos primeiros dias de fevereiro Nicole já tinha se mudado para Nova York, admitida para o curso de Engenharia da Universidade Columbia. Os cálculos mais complexos ganhavam ar de simplicidade diante da tarefa de esquecer Christian e superar a morte do pai. Talvez para sua sorte, Thomas Marshall, que pretendia seguir os caminhos do pai, tinha sido admitido no curso de Políticas Públicas da mesma instituição. Nicky ainda não conseguia ver-se em uma relação com Thom, mas já estava descobrindo no rapaz um grande companheiro, repleto de qualidades.

Naquele início de tarde, ao chegar à frente do Holden Town Clerk, Nicole avistou Christian Taylor pela última vez. Ele estava sentado no gramado, à sombra de uma árvore frondosa e rodeado de garotas jovens da Wachusett Regional High School. O professor-galã lia para as meninas uma edição velha com poemas de e. e. cummings. "... nunca houve ninguém tão louco que não conseguisse chamar a si todo céu com um sorriso", ela ouviu ao passar perto, respondendo o cumprimento dele com um sorriso quase sarcástico e ouvindo o deleite daquelas moças sentadas ao redor de Christian. "Nunca houve ninguém tão louca como eu!", concluiu, colocando o capacete e subindo à garupa de Thomas para se juntar ao desfile na ala das motocicletas. O professor discretamente acompanhou sua saída, até que desaparecessem de seu campo de visão.

Uma banda marcial marchava, rufando os tambores e entoando os trompetes, enquanto carros antigos desfilavam com famílias felizes agitando bandeirinhas. Ao largo da avenida principal, as flores coloridas davam o tom daquela primavera e a população de Holden comemorava nas ruas, radiante, seu orgulho patriótico.

Um homem passou em sua bicicleta extravagante, decorada com pisca-pisca de todas as cores, bandeiras e caixas de som. No volume mais alto, tocava "Massachusetts", dos Bee Gees: "Talk about the life in Massachusetts, Speak about the people I have seen, And the lights all went out in Massachusetts, And Massachusetts is one place I have seen. I will remember Massachusetts...".

*

Apenas a família e alguns poucos amigos foram convidados para o breve coquetel de inauguração da Heart Fields, a pequena, porém moderna, clínica montada por Gabriel em Holden, na esquina da Main Street com a Bailey Road, bem em frente à unidade local do UMass Memorial Medical Center. Era a realização de um sonho.

Ele e Justin estavam plenamente felizes. Correram com toda a organização para que pudessem inaugurar a clínica naquele feriado de 30 de maio, um dia depois de completarem um ano de casados. Antes de cortar a fita à entrada, o médico recebeu de Nancy o conselho para fazer um pedido, ao que prontamente atendeu. Ela, a propósito, estava muito bem acompanhada por um médico alemão que conhecera durante a viagem de férias que fez, acompanhando Gertrude à terra natal de sua família. Gabriel se emocionou com o postal que Gertrude lhe enviara pelas mãos de Nancy. Sua avó postiça tinha decido passar aquele ano com seus familiares em Berlim e terminou aquela carinhosa mensagem afirmando "que não mandaria o strudel de maçã, porque eles só são gostosos quentinhos!".

Em meio aos convidados, Justin e Gabriel ficaram estáticos quando viram Matthew entrar pela grande porta frontal de mãos dadas com uma garota morena, muito bonita, de cabelos ondulados, aparentando a mesma idade de seu filho.

— Pai — Matt engoliu seco e olhou para Gabriel. — Daddy J — olhou para Justin. — Eu quero que vocês conheçam minha namorada, Claire.

— Uau! — surpreendeu-se Justin, levando uma pisada repreensiva de Gabriel.

— É um prazer conhecê-la, Claire — cumprimentou o médico, amistoso e sorridente, vendo o filho ruborizado feito um tomate. — Seja bem-vinda!

— É um prazer conhecê-lo também, Dr. Gabriel — respondeu a tímida Claire, fazendo par em rubor com o namorado.

— Matt, você não nos disse que tinha uma namorada! — insistiu Justin, meio sem saber como se comportar naquela situação.

— Justin! — o marido chamou-lhe a atenção entredentes.

— Mesmo sendo uma grande surpresa, é um prazer conhecê-la, Claire — atenuou Justin.

— O prazer é todo meu, Sr. Thompson — a garota se mostrava extremamente educada.

— Claire, por favor — pediu Gabriel, simpático. — Nos chame apenas de Gabriel e Justin.

— Pai, com licença, eu vou apresentar Claire para Cathy e tia Nicole — disse Matthew.

— Faça isso, elas vão adorar conhecer sua namorada — respondeu Gabriel.

Justin e o marido entreolharam-se. Aquela era realmente uma ótima novidade, perfeita para integrar o hall das comemorações daquele dia. Deixaram o ambiente e saíram pela grande porta de vidro. Queriam contemplar o empreendimento.

— Bom trabalho, Dr. Campos Thompson! — Justin puxou Gabriel pelo ombro, abraçando-o. — Excelente trabalho!

— Isso aqui é um sonho! — o marido respirou fundo.

— Não, Gabe. Isso aqui não é um sonho — Justin mirava seus olhos. — Isso aqui é um desejo realizado, um degrau a mais na escada em direção ao seu sonho. Foi você quem me ensinou isso, lembra-se?!

— Aos nossos sonhos, Justin. Aos nossos sonhos.

— Aos nossos sonhos — repetiu Justin, orgulhoso.

O casal se aproximava para um beijo quando foi interrompido por Florence, a espevitada recepcionista do Val's Restaurant, acompanhada por Ernest, o garçom.

— Olá, rapazes! Eu não poderia perder essa inauguração! Ainda mais agora, quando estou precisando que cuidem do meu coração! — Florence olhou Ernest por cima do ombro.

— Sejam bem-vindos! — incontáveis foram as vezes que Gabriel repetiu a saudação naquela tarde.

— Vocês formam o casal mais lindo de Holden!

— E você é a recepcionista mais desavergonhada que eu conheço — brincou Justin, com a intimidade conquistada ao longo dos anos, puxando-a para um abraço apertado.

— Eu sou apenas sincera, querido — respondeu Florence, sorrindo. — Digo o que penso, falo o que não posso e faço o que devo! Esse é meu lema!

— Nós sabemos muito bem disso! — assentiu Gabriel. — Vá conhecer a clínica! De repente você encontra alguém lá dentro pra medir sua frequência cardíaca! — piscou para a recepcionista, provocando Ernest.

Florence e Ernest tinham acabado de atravessar a porta de entrada, quando ela voltou alguns passos e revelou a Justin e Gabriel.

— Eu sempre soube que vocês dariam certo juntos. Pareciam feitos um para o outro desde a primeira vez que os vi chegar ao Val's, no meio da ventania daquela tarde chuvosa. — Florence abriu os braços. — Vocês bem que poderiam me agradecer!

— Ah é?! Pelo quê? — questionou Justin, tentando compreender o que a recepcionista lhes dizia.

— Naquele dia, eu menti! — confessou Florence, sorridente. — Coloquei vocês juntos naquela mesa, apesar de outras três estarem desocupadas!

— O quê? Você não fez isso... — Justin não conseguia acreditar na sagacidade da moça.

— Eu tinha certeza de que aquele era o meu dever! Deu certo! —

dito isso, Florence entrou novamente na Heart Fields, com ar de vitória, deixando Justin e Gabriel boquiabertos do lado de fora.

Foi decisão unânime. A família toda encerraria aquele dia especial em um jantar improvisado na casa do Pine Hill, regado a Cabernet Sauvignon, cujas garrafas lotavam a adega. Partiu de Gabriel o convite para que todos dormissem lá, como havia muito tempo não acontecia. Além do mais, desde o Natal os Thompson não sentavam juntos à mesa. Ele sabia que esse era o melhor caminho para superar os traumas.

Catherine até tentou assumir a cozinha, mas foi impedida pelo genro e por Jeffrey. Ambos se encarregariam de preparar algo para a ceia da família. Nada a fazer, foi até a porta de entrada para conferir o jardim que, com tanto esmero, cultivou ao longo dos anos. Avistou Justin e Matthew no gramado, iluminados pela lua e pelo céu estrelado daquela primavera. Foi juntar-se a eles e acabou acompanhando o final da conversa.

— Matt, eu acho ótimo que você tenha convidado a Claire para jantar conosco — disse Justin, sério. — Mas essas coisas não podem ser assim. Você já conversou com os pais dela?

— É claro que não! — Matthew parecia não acreditar no que estava ouvindo.

— Então, amanhã nós vamos à casa dos Quaker em Jefferson e você vai se apresentar formalmente.

— Mas, Daddy J.

— Isso não está aberto à discussão, Matt! — definiu Justin. — Está decidido. Amanhã nós vamos lá. Mas não se preocupe. Eu vou com você.

— O.k. — concordou Matthew, sem ter certeza absoluta de que deveriam fazer aquilo. A única coisa que sabia, de fato, é que estava apaixonado por Claire e isso valeria qualquer iniciativa, ainda que pouco habituais na contemporaneidade. — Eu só queria saber em que século você está, Daddy J?!

— Respeito e integridade nunca se perdem no tempo — concluiu Justin, passando a mão pela cabeça do filho. — E veja bem... você se lembra de tudo aquilo que eu e Gabe conversamos com você sobre sexo, não é?!

— Pai! — a pele alva do garoto ganhou imediato rubor. — Na frente da vovó não, por favor! — disse, batendo em retirada antes que ele fosse ainda mais longe. Já conhecia bem seus pais.

Catherine acompanhou admirada aquele diálogo, sem dar uma única palavra. Com a saída de Matthew, abraçou o filho e ficaram contemplando o lago Pine Hill enquanto conversavam.

— Tive que me segurar pra não chorar! — disse Cathy.

— Por quê, mamãe?

— Justin, isso foi impressionante! Você falou como um pai de verdade falaria a um filho.

— Mas eu sou um "pai de verdade" para Matthew. Eu e Gabe somos os pais dele e ele nos tem como tal.

— Eu sei disso. Não poderia ser diferente partindo de vocês dois. — Catherine tentou consertar as palavras. — O que eu quis dizer é que eu nunca tinha visto você falando assim. Falando como um pai!

— Mãe! Não fale assim — Justin sentiu seus olhos marejarem. — Não me faça chorar!

— Justin, você é o pai dessa família agora — afirmou Cathy, deixando rolar as lágrimas.

Ela e o filho ficaram ali, abraçados, por um longo tempo, velados pela lua e iluminados por seu reflexo nas águas do Pine Hill. Só foram interrompidos quando Jeffrey chegou à porta e anunciou:

— O jantar está servido. Se é que podemos chamar aquilo de jantar!

Sentados à grande mesa na noite daquele 30 de maio de 2011 estavam Catherine e Jeffrey, Ethan e Helen, com sua barriga de seis meses de gestação, Mildred e John, Nicole e Thomas Marshall, Matthew e Claire. Justin e Gabriel ocuparam as cabeceiras. Na ausência de quem habitualmente fazia aqueles discursos antes do jantar, Catherine tomou a palavra.

— Por favor, quero um minuto da atenção de vocês! — a matriarca estava solene. — Hoje foi um dia imensamente feliz. E ficou muito mais com todos vocês à mesa. Minha família! — Catherine sentiu as lágrimas novamente. — Agora estamos aqui, celebrando nossa união, nossa reunião. Talvez, a partir de agora, as regras sejam diferentes. Muitas coisas que pensávamos ser verdade acabaram não sendo. Como saber? A única coisa que podemos esperar é que a felicidade possa nos surpreender com momentos assim, quando tudo o que nos parecia impossível ou improvável é transformado e acontece diante dos nossos olhos. Somos uma família e, seja como for, nunca deixaremos de ser. Porque família é isso... união e reunião. Ela nunca acaba, nunca termina — Catherine pegou o cálice de vinho à sua frente e o ergueu. — Quero propor um brinde a uma pessoa... Sem ele, essa família nunca teria começado. E mesmo com sua ausência, seguiremos em frente. Ao Edward!

— Ao Edward! — repetiram todos, em uníssono, erguendo suas taças.

O jantar improvisado não estava tão bom quanto os famosos cordeiros preparados por Catherine. Isso não era um problema. Todos estavam bem. Talvez para sempre. Talvez por algum tempo. Mas naquela noite, os leões estavam felizes.

EPÍLOGO

ampulheta

Honestamente? Nunca pensei que voltaríamos a sentar à mesa em família novamente. Passei longas noites insone pensando se seríamos capazes de superar aqueles tempos. De alguma forma, superamos.

Na manhã do dia seguinte, a casa do Pine Hill estava linda. O sol brilhava, nos aquecendo à margem do lago, emoldurados pela floresta ao longe e o jardim florido ao redor da nossa casa de pedras. Como todos seguiriam seus rumos no final da manhã, decidimos ficar juntos no velho deque, em uma espécie de café da manhã, meio piquenique.

Como nos tempos de criança, tio Ethan jogou Daddy J nas águas do lago e pulou em seguida. Depois de um breve silêncio, Catherine e tia Nicole também pularam. Thomas mergulhou de cabeça! Tio Ethan veio à beirada do deque e desceu tia Helen com cuidado, pois minha prima Elizabeth, ainda que estivesse confortavelmente instalada naquele barrigão, também merecia conhecer nossas águas. Até tia Mildred e tio John se jogaram! Meu pai, Gabriel, me olhou e estendeu a mão. Alcancei-a e pulamos juntos.

Ficamos ali, mergulhados, jogando água uns nos outros... Jogando água pra cima, feito fogos de artifício... Águas de artifício! Foi a melhor forma que encontramos para celebrar aquele momento. É provável que isso acabe se tornando uma regra, como nos tempos de criança. Talvez aquilo fosse um ato final de limpeza. Ou o ato inicial de felicidade.

Na ampulheta do tempo a verdade parece simples. Mas a história nunca é. Eu poderia dizer que essa é apenas uma história sobre um lago onde pedras foram atiradas e extraídas pelas intempéries da vida, provocando ciclos de ondas turbulentas que logo retroagem à calmaria. Porque o tempo é dinâmico. O tempo escorre rápido demais.

Fosse a história simples assim, sequer existiria a ampulheta. Quiçá as muitas verdades sobre as nossas águas turvas. Não. A história não é tão simples. Uma vez as pedras retiradas ou atiradas na água, até o tempo será subjugado. O lago nunca mais será o mesmo. Ele terá sido modificado... para sempre.

Mas não tenha medo. Mergulhe.

Esta obra é especialmente dedicada à memória de

Maria Angélica Costa
(1966-2011)
e
Maurício Álvares de Oliveira
(1958-1999)

Dois grandes seres humanos, seixos rolados fundamentais em minha vida, e que foram retirados das águas cedo demais...
E tudo é amor e uma imensa saudade.

composição: Verba Editorial
impressão e acabamento: Geográfica
papel da capa: cartão 250 g/m²
papel do miolo: ofsete 75 g/m²
tipologia: Sabon
abril de 2015 [2ª reimpressão]

A marca FSC® é a garantia de que a madeira utilizada na fabricação do papel deste livro provém de florestas que foram gerenciadas de maneira ambientalmente correta, socialmente justa e economicamente viável, além de outras fontes de origem controlada.